作者简介

赫尔岑
(1812——1870)

俄国哲学家、作家、革命家。1829年秋进莫斯科大学哲学系数理科学习。学习期间,他和朋友奥加辽夫一起组织政治小组,研究社会政治问题,宣传空想社会主义和共和政体思想。主要作品有《克鲁波夫医生》《偷东西的喜鹊》和《往事与随想》等。

Кто Виноват

谁

外国情感小说

之

罪

?

Foreign Classic Romantic Novels

〔俄〕赫尔岑 著

郭家申 译

人民文学出版社

图书在版编目(CIP)数据

谁之罪?/(俄罗斯)赫尔岑著;郭家申译.—北京:人民文学出版社,2017

(外国情感小说)

ISBN 978-7-02-013185-3

Ⅰ.①谁… Ⅱ.①赫…②郭… Ⅲ.①长篇小说—俄罗斯—近代 Ⅳ.①I512.44

中国版本图书馆CIP数据核字(2017)第191473号

出版统筹	仝保民
责任编辑	陈 黎
策划编辑	张福生
特约策划	李江华
特约编辑	李宝新
书籍设计	李思安
出版发行	人民文学出版社
社　　址	北京市朝内大街166号
邮政编码	100705
网　　址	http://www.rw-cn.com
印　　刷	三河市祥宏印务有限公司
经　　销	全国新华书店等
字　　数	150千字
开　　本	787×1092毫米 1/32
印　　张	10
印　　数	1—6000
版　　次	2019年2月北京第1版
印　　次	2019年2月北京第1次印刷
书　　号	978-7-02-013185-3
定　　价	49.00元

如有印装质量问题,请与本社图书销售中心调换。电话:010-65233595

КТО ВИНОВАТ

КТО ВИНОВАТ

目录

第一部 —————— 1

第二部 —————— 161

献 给

纳塔莉娅·亚历山大罗夫娜·赫尔岑

以表达作者深厚的情谊

莫斯科,一八四六年

> "未查清的案件，听天由命，
> 已查清结案的，全部归档。"
>
> 会议记录

《谁之罪?》是我发表的头一篇小说，是我在诺夫哥罗德流放的时候(1841)开始写作，很久之后才在莫斯科脱稿的。

诚然，我以前做过尝试，想写点类似小说的东西；但其中一篇未能写成①，而另外一篇——不是小说②。最初，刚从维亚特卡搬到弗拉基米尔的时候，我就想写一篇小说，缓和一下我那篇有点求全责备的回忆，聊以自慰，向一个女人的形象投掷鲜花，以免让人看见她的眼泪。③

自然，我未能完成自己的任务，因为在我这篇未完成的小说中牵强附会的地方不胜枚举，兴许有两三页之多。我

① 指作者早年在维亚特卡时写的小说《叶莲娜》(1836—1837)，见《往事与随想》第三卷，第二十一章。
② 指一八四〇至一八四一年发表在《祖国纪事》上的《一个青年人的札记》。
③ 这里指的就是梅德韦杰娃，赫尔岑注明的出处是一八五七年《北极星》第三辑有关回忆梅德韦杰娃的部分。

的一位朋友^①后来吓唬我说:"要是你不再写一篇新的文章,我就把你这篇小说刊登出来,它就在我的手里!"幸亏他的威胁没有兑现。

一八四〇年底,《祖国纪事》发表了《一个青年人的札记》片段——《马利诺夫市和马利诺夫人》,受到许多人欢迎;至于札记的其余部分,显然受了海涅的 $Rei-sebilder$^② 的强烈影响。

不过《马利诺夫市》差一点给我惹了麻烦。

维亚特卡的一位官员要向内务部长提出控告,并请求当局予以保护,他说马利诺夫市的各位官员和他的可敬的同事们是如此相像,以致会损害下属对他们的尊敬。我的一位维亚特卡的朋友问他有什么证据说马利诺夫市人诬蔑了维亚特卡人。那位官员回答他说:"证据多了,比如,作者直截了当地说中学校长的妻子有一件草莓色的礼服——这难道不是吗?"校长妻子知道后——大发雷霆,不过不是冲着我,而是冲着那位官员。"他是眼睛瞎了,还是在胡说八道?"她说,"他在哪儿看见我有草莓色的礼服了?不错,我是有一件深颜色的礼服,但那是紫罗兰色的。"这种颜色上的细微差异可真是帮了我的大忙。于是那位懊恼不已的官员方才就此罢休——要是校长夫人果真有一件草莓色礼服,而且那位官员

①指俄国作家、医生和翻译家尼·赫·凯切尔(1809—1886),他与俄国革命民主主义者过从甚密;赫尔岑在《往事与随想》中对他有详细的记述,说他只会停留在"最初的愤怒上"。
②德文,意为《旅行记》。

坚持要告的话，那么在当时的情况下，这草莓色给我造成的伤害，恐怕比拉林娜家的草莓汁可能给奥涅金造成的伤害要大多了。①

《马利诺夫市》的成功促使我动手去写作《谁之罪?》。

小说的第一部分我是从诺夫哥罗德带到莫斯科的。莫斯科的朋友们不喜欢它，于是我也就把它放下了。几年后，对它的看法有了变化，但是我既不想发表，也不想继续写下去。后来别林斯基有一次从我这里把稿子取走了——而且他独具慧眼，读得津津有味，对小说的评价一反往昔，大大超过了它的实际价值，还给我写信说②："要是我对你这个人的评价不是跟评价一个作家那样，或者更高的话，那么我就会像波将金在《旅长》③上演后对冯维辛说的那样，对你说：'死去吧，赫尔岑！'但是波将金错了，冯维辛并没有死，并且写出了《纨绔少年》。我不想犯错误，而且我相信，继《谁之罪?》之后，你将会写出这样的作品，它会使众人说：'他做得对，他早就应该写小说了！'这既是对你的恭维，也是一句相宜的双关语。"

书刊检查机关对本书大砍大杀，作了种种删减——可

①这里指奥涅金说的几句话："我看拉林娜头脑简单／倒是一位可爱的老妈妈／我担心那草莓汁／吃下去会给我带来伤害。"(见普希金的长诗《叶甫盖尼·奥涅金》第三章第四节)
②赫尔岑援引的是别林斯基一八四六年二月六日写的信，文字上略有出入。
③波将金(1739—1791)，俄国陆军元帅；通常写回忆录的人都认为他的这句话是针对冯维辛的另一部喜剧《纨绔少年》(1782年上演)，而不是针对《旅长》(1770年上演)说的。

惜我没有留底。有些话我还记得（发表时它们被排成斜体字），甚至整页都能想起来（因为该页印出时附在第三十八页之后①）。这个地方我所以记得特别清楚，是因为别林斯基曾为它被删除而大为恼火。

一八五九年六月八日
Park－House，Fulham

① 见本书第一部第三章。

第一部

退役将军和上任的教师

傍晚时分,阿列克谢·阿布拉莫维奇站在阳台上,经过两个小时的午睡,他还没有完全清醒过来,这时,他懒洋洋地睁开双眼,不时地打着哈欠。用人走进来有事情禀报,但阿列克谢·阿布拉莫维奇不理不睬,视若无睹,而做下人的也不敢贸然打扰老爷。这样过了两三分钟,阿列克谢·阿布拉莫维奇方才问道:

"有什么事吗?"

"老爷刚才睡觉的时候,莫斯科来了一位老师,是大夫请来的。"

"啊?"(实际上这里应该用什么:是疑问号"?"还是惊叹号"!"——情况尚未定。)

"我把他领到您辞退的那个德国人住的房间里了。"

"啊!"

"他让我等您睡醒后就来禀报。"

"叫他来吧。"

这时阿列克谢·阿布拉莫维奇变得更加英姿勃勃,气宇轩昂了。不一会儿,那位哥萨克用人进来禀报说:

"那位老师来了。"

阿列克谢·阿布拉莫维奇沉默片刻,然后很威严地看了哥萨克人一眼,说:"怎么搞的,你这个笨蛋,嘴里塞什么东西了?说话吞吞吐吐,让人听不明白。"不过他不等用人再说一遍,就又补充说:"请先生过来一下。"当即便坐了下来。

一位二十三四岁的文弱青年,一脸憔悴,长着一头淡黄色的头发,穿着一件黑色燕尾服,唯唯诺诺、不知所措地登场了。

"您好,尊敬的先生!"将军友善地微笑道,并未站起身来。"我的医生非常赞赏您,希望我们今后能很好地相处,彼此满意。喂,瓦西卡!(这时他打了一个口哨)怎么不把椅子搬过来呢?你以为先生就不用坐了么?唉!什么时候才能让你们变得懂礼貌一些,像个人的样子!我有事真诚拜托。我有个儿子,尊敬的先生,这孩子不错,也有才气,我想送他到陆军学校学习。法文他能够跟我讲;德文,讲不行,但是能听懂。以前那个德国佬总是醉醺醺的,对孩子的学习不管不问,加上我自己也不好,老叫他管理家务,喏,他当时就住在现在腾给您住的那个房间里,后来我把他赶走了。老实跟您说吧,我并不想让我的儿子当什么硕士或者哲学家,可是,尊敬的先生,不管怎么说,我也不愿白白花费那两千五百卢布。您自己也知道,当前,就是入伍参军也是需要什么文法、算术的呀……喂,瓦西卡,叫米哈伊洛·阿列克谢耶维奇过来!"

年轻人这期间一直没有说话,他红着脸,摆弄着手绢,打算说点什么;由于血液直往上涌,他的耳朵里嗡嗡直响;他甚至没太听明白将军的意思,但是他感到将军的话听起来就像戗着毛抚摸海象皮似的不舒服。听完将军的话后,他说:

"既然担任令郎的老师,我自然会凭着良心和荣誉……尽力而为的……我将全力以赴,以不辜负阁下……您的信任。"

阿列克谢·阿布拉莫维奇打断了他的话:

"敬爱的先生,我本人没有过分的要求。主要是要善于激发起学生学习的兴趣,即所谓寓教于乐,您明白吗?您不是也学习过吗?"

"那当然喽,我是一名学士。"

"这是一个什么新的官衔吗?"

"是一种学位。"

"请问:您的双亲身体可好?"

"还好。"

"是神职人员吗?"

"我父亲是县里的医生。"

"那么您是学医的了?"

"学数学—物理专业的。"

"懂拉丁文吗?"

"懂的。"

"这是一种全然没用的语言;对于医生来说,当然喽,总不能当着病人的面说他明天就要伸腿吧;可对我们来说拉丁文有什么用呢?您说是不是……"

要不是米哈伊洛·阿列克谢耶维奇,即米沙这个十三岁的孩子打断了这场关于学习的谈话,我们不知道接下去还要谈多久呢。米沙这孩子营养充足,身体良好,面色红润,晒得黑黑的;他穿一件几个月前已经显得小了的夹克衫,现出一副乡下一般地主阔少共有的神态。

"这就是你的新老师。"父亲说。

米沙双脚并拢,立正致意。

"要听老师的话,好好学习;我是不心疼钱的——只要你善于花就行。"

老师站起身,谦恭地向米沙躬身一礼,然后拉住他的手,态度亲切友善地对他说,他将尽一切可能使功课轻松一些,激发学生的学习兴趣。

"以前他跟住在我们家的一位法国太太曾经学过,"阿列克谢·阿布拉莫维奇说,"神甫也曾经教过他——这位神甫神学院出身,是我们村的神甫。情况就是这些,亲爱的,请考考他吧。"

老师局促不安起来,出什么题目,他想了好久,最后才说:

"请告诉我,语法是什么课目?"

米沙东瞧瞧，西望望，抠了抠鼻子，回答说：

"是俄语语法吗？"

"随便什么语法，一般而言。"

"这个问题我们没有学过。"

"神甫都教你什么了？"父亲严厉地问道。

"我们，爸爸，俄语语法才学到副动词，教义问答手册也才学到圣礼仪式。"

"那好，领老师去看看书房……请问：您怎么称呼？"

"德米特里。"老师红着脸回答说。

"那父称呢？"

"雅科夫列维奇。"

"啊，德米特里·雅科夫列维奇！旅途劳累，您不想吃点东西，喝杯伏特加吗？"

"除了水，我什么都不喝。"

"装蒜！"阿列克谢·阿布拉莫维奇心里想，经过长时间关于教学的谈话，他已经感到非常之累，于是便向太太的起居室走去。格拉菲拉·利沃夫娜正躺在一张柔软的土耳其长沙发上。她穿一件宽大的短上衣：这是她很喜欢的一件衣服，因为所有其他的衣服她都穿不上了。十五年的美满婚姻对她是大有助益：她在妇女们中变成了"Adansonia baobab"①。阿列克谢的沉重的脚步声使她从梦中醒了过来，她抬起睡眼

①猴面包树，热带国家的一种树干短而粗的乔木。

惺忪的脑袋，久久没有回过神来，好像她生来头一次醒得不及时似的，不禁惊叫道："哎呀，我的天哪！我好像是睡着了，是吗？你看这算怎么回事呢！"阿列克谢·阿布拉莫维奇开始向她叙述，为了米沙的教育，他下了多大的功夫。格拉菲拉·利沃夫娜对一切都很满意，她边听边喝了半瓶克瓦斯。每天喝茶前，她总是要先喝克瓦斯的。

对于德米特里·雅科夫列维奇来说，经过阿列克谢·阿布拉莫维奇的接见还不算完全过关；他坐在书房内，一声不响，心里有些惴惴不安,这时有人进来叫他去用茶。在此之前，我们这位学士从未涉足过女性社交场合，他对女人怀有一种本能的尊敬的态度,对于他来说,她们的头上都罩有某种光环。他看见她们的时候，她们不是在林荫道上漫步，穿得花枝招展，一副盛气凌人的样子，就是在莫斯科剧院的舞台上——这里，无论怎么丑陋的角色，对于他来说都是某种天仙和女神。现在有人要带他去见将军夫人，是只见她一个人吗？米沙已经告诉过他，说自己有个姐姐，他们家还住着一位法国女人，另外，还有一个叫柳博尼卡的姑娘。德米特里·雅科夫列维奇非常想知道米沙姐姐的年龄，他几次想提这个话题，但是没敢发问，担心会闹个大红脸。"怎么啦？走吧！"米沙说。他和所有娇生惯养的孩子一样，对外人彬彬有礼，谦恭而且文静。这位学士站起身来，还不知自己是不是能迈开步子；他双手冰凉，手心里捏一把汗；他做出巨大的努力，好像马上就要昏倒的样子，走进了起居室；进门时，他向摆放好茶炊走出来的女佣毕恭毕敬地施了一礼。

"格拉沙①,"阿列克谢·阿布拉莫维奇说,"我来向你介绍:这就是我们米沙的新老师。"

学士躬身施礼。

"非常高兴。"格拉菲拉·利沃夫娜说,一面稍稍眯起眼睛,有点扭怩作态;以前这曾经给她增添过几分妩媚。"我们米沙早就需要一位好老师了,我们真不知道该如何感谢谢苗·伊万诺维奇才好,感谢他介绍我们认识了您。您不必客气,请坐下好吗?"

"我一直都在坐着。"学士喃喃地说,他真的不知道自己在说些什么。

"是啊,马车里是不能站的!"将军说了句俏皮话。

这句话把学士给彻底搞懵了,他急忙搬过一把椅子,随便找个地方一放,自己险些坐空了。他吓得连眼睛也不敢抬起来,好像大难就要临头似的。也许是因为这时候屋里有几位姑娘,要是他看见她们,总得行个礼吧——可是怎么行这个礼呢?再说了,大概落座前就得行这个礼吧。

"我跟你说过,"将军小声说,"像个小姑娘似的。"

"Le pauvre,il est à plaindre.②"格拉菲拉·利沃夫娜咬着自己的厚嘴唇说。

格拉菲拉·利沃夫娜一眼便喜欢上了这位年轻人,这里

①格拉菲拉的爱称。
②法文,意为"真可怜,很惹人疼爱"。

的原因很多：第一，德米特里·雅科夫列维奇长着一双很大的蓝眼睛，令人很感兴趣；第二，除了丈夫、用人、车夫和老大夫之外，格拉菲拉·利沃夫娜很少看见男人，特别是年轻有趣的男人——而她这个人，正如我们下面所看到的，历来喜欢各种虚无缥缈的幻想；第三，中年女性看见青年男子总不免要怦然心动的，就像通常男人看见姑娘时一样。看上去，这种感情很像是一种同情——一种母爱的情感——很想把那些涉世不深、处境窘迫者置于自己的保护之下，关怀体贴他们，给他们以温暖；看起来最可能的就是这种感情。但我却不这样认为，至于我是怎样想的，就没必要在这里说了……格拉菲拉·利沃夫娜亲自将一杯茶送到学士的面前；德米特里猛地喝了一口，狠狠地烫着了舌头和上腭，但是他强忍疼痛，表现得像卡斯·穆西乌斯①那样坚强不屈。这件事对他反而有些好处：转移了他的注意力，使他稍微平静了下来，甚至慢慢地抬起了眼睛。格拉菲拉·利沃夫娜坐在沙发上，她面前摆放着一张桌子，桌子上立着一只大茶炊，像一块印度风格的纪念碑。在她的对面——不知是为了感受一下"Vis-à-vis"②的温馨，还是为了让茶炊能够挡住自己——阿列克

①传说中的罗马英雄人物。伊特拉斯坎国王波塞纳围攻罗马城时，穆西乌斯自告奋勇潜入敌军营行刺国王，但是只刺中了国王的侍从。受审时他声称自己只是三百名前来行刺者中的一个。为了表示勇敢和对敌人的蔑视，他故意把右手伸进正在燃烧的祭坛圣火，眼看着把手烧焦而不缩回来。波塞纳国王大为感动，又担心再有人来行刺，遂下令将他开释，同罗马人议和。穆西乌斯回到罗马后受到奖励，并获得了"斯凯沃拉"（左撇子英雄）的绰号。
②法文，意为"相对而坐"。

谢·阿布拉莫维奇把身子深深埋进一把祖传下来的安乐椅里。安乐椅的背后站着一位小姑娘,十岁左右,看上去非常蠢笨,她从父亲的背后一再冲新来的老师张望:这位勇敢大胆的学士使小姑娘着实捏了一把汗!米沙也在桌旁坐着,他面前放着一杯酸奶和一大块主食面包。桌布上绘制的雅罗斯拉夫市的画面相当出色,桌布四周是清一色的熊的形象[①];一条猎犬从桌下探出头来,垂下来的桌布刚好搭在它的头上,看上去很有点埃及情调:它一动不动地瞪着两只浮肿的眼睛,直盯着学士本人。窗边安乐椅上坐着一位瘦小的老太婆,满脸皱纹,喜形于色,手里拿着一只长袜;她的两条眉毛往下耷拉着,两片薄嘴唇已经了无血色。德米特里·雅科夫列维奇猜想,她就是那位法国太太。门口侍立着一名矮小的哥萨克用人,正在把一只烟斗递给阿列克谢·阿布拉莫维奇;他旁边站着一名女佣,身上穿一件带麻布袖口的花布连衣裙,她在毕恭毕敬地等候着老爷们吃完茶点。屋内还有一个人,但是德米特里·雅科夫列维奇没有看见,因为她正俯身在绣花架上,此人就是那位由好心将军收养的可怜的姑娘。很长时间谈话进行得并不顺利,刚说到一块儿,不知为什么又被打断了;对学士来说,这种谈话完全没有必要,而且怪累人的。

  一个穷青年的生活和一个富裕地主家庭的生活碰撞在一起,着实有些奇怪。看来,这些人若一辈子碰不到一起,

[①] 雅罗斯拉夫市的纺织制品通常都带有熊的形象,它是该市的一种标志。

他们满可以各自生活，相安无事。但事情并不是这样。一个温文尔雅、心地善良、受过教育、勤奋上进的青年的生活，很不协调地跟阿列克谢·阿布拉莫维奇夫妇的富裕生活搅和在一起，就像鸟儿钻进了笼子一样。对于他来说，一切全都变了，而且可以预料，这种变化，对于一个完全不了解现实世界、毫无经验的青年人来说，是不会不产生影响的。

不过他们究竟都是些什么人呢？——是婚姻美满、诸事顺遂、事业有成的将军夫妇；是专门为改造米沙的头脑，务使其踏入军校的这位青年学士。

我不善于写小说：也许正因为如此，我认为在叙述故事之前，先讲一些非常翔实可靠的传记材料，完全不是多余的。当然，事情得从头说起——

将军大人传记

阿列克谢·阿布拉莫维奇·涅格罗夫是一位退了役的陆军少将,曾经荣获过勋章;他身材高大,脑满肠肥;自从牙长出来后从来没有生过病,他可以作为胡费兰德的名著《长寿的艺术》的最佳和最充分的反证。他的养生之道跟胡费兰德书上每一页讲的完全相反,然而他却总是很健康,面色红润。他的唯一的养生之道,就是从不用脑过度,影响消化;也许就因为他坚持此道,对其他一切摄生之法,均不屑一顾。他为人严厉,性情急躁,言语粗鲁,处事非常不顾情面,但本质上还不能说他就是个恶人;仔细看一看他那张轮廓分明的脸庞——尚未完全被满脸的横肉所遮掩,再看看他那双浓黑的眉毛,那炯炯的目光,可以想象,生活在他身上所扼杀的决非一种可能。饱受大自然熏陶和住在姐姐家的法国女人教导的少年涅格罗夫,十四岁便进了骑兵团;他从对自己关爱备至的母亲那里得到许多钱,因此年纪轻轻便过起了花天酒地的生活，一八一二年战争后①，涅格罗夫晋升为上校；就在上校肩章佩戴在他肩头的时候，他对军旅生涯已经感到厌倦了；虽然对军队生活开始感到腻烦，但他又服务了一段时间，"在确认自己因健康不佳不能继续服务"时，便决定退役。他带着他那少将的军衔，还有那把每逢吃饭都要沾上些菜肴的胡子和那件遇到重要事情都要穿出来给人看的戎装，离开了部队。这位退役将军搬到莫斯科去住的时候，莫斯科在大火之后的重建工作已经完成，他面对的是日复一日、单调乏味、空虚无聊的日子。没有他能够做或者是他想做的事。他坐上马车，走东家，串西家，找人打牌，到俱乐部就餐，去剧院坐在头排看戏，参加舞会，而且买了两匹拉车用的骏马，从此精心饲养，没日没夜地向马车夫传授技艺，手把手地教导马师驾驭马匹的窍门……这样，一年半过去了，马车夫终于掌握了驾驭马车的技术，导马师也学会了策马扬鞭的本领，但涅格罗夫却感到无聊之至，索然寡味；他决定到乡下去，管一管那里的事务；他坚信，为防止庄园败落，此行必不可少，他的管理方式非常简单：对管家和主事，天天责骂；自己则带上猎枪，到处去打野兔。什么事情他都做不来，根本弄不清应该干什么，管些鸡毛蒜皮的琐事，也就心满意足了。就管家和主事而言，他们对老爷也很满意；关于农民的情况就

① 指一八一二年拿破仑入侵俄国的那场战争。俄军总司令库图佐夫元帅下令放火烧毁莫斯科，实行坚壁清野，使法军难以立足，这为俄军后来的胜利创造了极为有利的条件。最后法军大败，被逐出俄国。

不得而知了，因为他们一直沉默寡言，无声无息，大概过了两个月的光景，老爷家的窗子内出现了一张漂亮女子的面孔，起初女子的眼睛里满含泪水，后来就只看见一双美丽的蓝眼睛了。这时，对村里事务一向不管不问的主事向将军报告说，叶梅利卡·巴尔巴什家的房舍已经破旧不堪，问阿列克谢·阿布拉莫维奇能不能发发慈悲，行行方便，给他一点木料。林木一直是阿列克谢·阿布拉莫维奇的心肝宝贝，就是给自己做棺材他也不会轻易决定砍伐的，但是……但这回碰上他心情甚佳，便准许巴尔巴什砍伐点木料，修葺房屋。不过他又对主事补充说："你这家伙可要当心，多砍一棵树就等于砍断我一根肋骨。"主事急忙向后面的台阶跑去，告诉阿夫多季娅·梅利扬诺夫娜，说事情已经圆满解决了，嘴里"妈呀妈呀"地直喊。可怜的阿夫多季娅满面通红，不过心地单纯的她还是十分高兴的，因为父亲可以有新房舍了。从现有的材料中，我们不大清楚将军是如何把这位金发碧眼的姑娘弄到手的，他们是怎样认识的。我想——这是因为这些胜利来得过于简单。

不管怎么说，乡下生活还是使涅格罗夫感到厌倦了；他认为经营管理上的毛病已经全部得到纠正，更重要的是，他已经为今后的经营之道指明了既定的方针，可以不用他事事操心了，因此他又打算去莫斯科了。他的行李、随从增多了：有乘坐特别的四轮马车一起上路的漂亮的蓝眼睛姑娘，奶妈和吃奶的婴儿。在莫斯科，他们被安排住在一间窗户朝院子的屋子里。阿列克谢·阿布拉莫维奇喜爱小孩子,喜欢冬尼娅,也喜欢奶妈,对于他来说,这正是谈情说爱、偷香窃玉的时候啊!这时奶妈的奶水已经没有了,一直在不断地呕吐——医生说,她已经不能再给孩子喂奶了。将军为她感到非常惋惜:"好不容易找到个奶妈:身体又好,对人又忠厚实在,热情勤快,想不到奶却回了……真是没办法!"他给了她二十个卢布和一块头巾,让她回到丈夫身边,治疗调养。医生建议他养一只羊,以代替奶妈——他照医生说的办了:羊很健壮。阿列克谢·阿布拉莫维奇也非常喜欢这只羊,亲自动手喂它黑面包,爱抚呵护它,但这并不妨碍它给孩子奶吃。阿列克谢·阿布拉莫维奇的生活方式一如既往,跟初来时一样;他这样坚持了两年左右,但是再坚持下去他已经觉得不行了。完全没有一个固定的营生,对于一个人来说,是难以忍受的。动物认为自己的全部工作——就是活着,而人则认为活着总得干点什么。尽管涅格罗夫从上午十二点到夜里十二点一直不回屋,但他仍苦于寂寞难忍,百无聊赖。这回他连乡下也是不想去了;他长久地患上了忧郁症,因此,比以往更经常使用祖上传下来的对下人的惩戒方法,而且到窗户朝院子的那间屋子里去的次数也更少了。有一次,他回到家里,情绪很有些异常,心里好像有什么事情,一会儿眉头紧锁,一会儿又哑然失笑,有很长时间在屋里踱来踱去,最后忽然停住脚步,好像下了什么决心似的。显然,内心的斗争已经结束,于是便吹起了口哨,口哨声使在另一个房间椅子上睡觉的哥萨克用人大吃一惊,急忙朝对门的方向跑去,东奔西突,一通乱找。"就知道睡觉,你这小子,"将军对他说,但不是用那种噼里啪啦一通惩戒后十分威严的声音,而是随随便便地说道,"去告诉米什卡①,让他明天天一亮就到那个德国马车匠那里去,八点钟前把他带来见我,一定要带来。"显然,阿列克谢·阿布拉莫维奇肩上的一块石头落了地,他可以睡个安稳觉了。第二天,上午八点钟,那位德国马车匠来了,十点钟时协商结束,决定打造一辆有四个座位的厢式轻便马车,车身是金属的深褐色,饰以金色标记,座位用大红呢子包饰,丝带绲边,正前方是马车夫的三叠式座位,一切细节都讨论得清清楚楚,明明白白。

打造一辆四人厢式轻便马车,正好说明阿列克谢·阿布拉莫维奇有意要结婚了,这种意愿很快就表现得确定无疑了。马车匠走后,他又把管事的叫来,絮絮叨叨地讲了一大通(涅格罗夫对此颇感自豪,因为这种 唆表现了一种人们称为良心的东西),说他很赞赏管事的工作,打算对他进行表彰,给予奖励。管事的对将军此举不知就里,一个劲儿地鞠躬行礼,诚惶诚恐地连声说:"哪能表彰我们呢,应该表彰的是老爷您呀;您是我们的衣食父母,我们是您的儿女。"涅格罗夫对这出喜剧已经感到厌倦了,于是他简明扼要,但又意味深长地向管事的表示,说他允许他跟冬尼娅结婚。管

①米沙的爱称。

事是个聪明人,脑子很机灵,对老爷的美意,虽然感到有些受宠若惊,但他当即就此事的拒纳,权衡了利弊得失,而且为答谢老爷的恩情和关爱,他恳请老爷允许他吻一下他的手。这位被指定的未婚夫全然明白这是怎么回事,不过他想,要是把阿夫多季娅·梅利扬诺夫娜嫁给他,也不完全不是恩惠:自己是老爷身边的人,深知老爷的脾气;而且还娶了这么一个漂亮老婆,着实不错。总之,这位未婚夫非常满意。冬尼娅听说要让她出嫁,不禁吃了一惊,便哭了起来,心里十分难过,但是仔细一想,要么回到农村父亲那里,要么做管事的妻子,最后她还是选择了后者。一想到昔日的女友们会笑话她,她就感到不寒而栗;她回想起自己风华正茂、春风得意的时候,她们曾小声叫她为"半个太太"。一周之后,他们举行了婚礼。第二天上午,当年轻夫妇带着糖果向将军致谢时,涅格罗夫非常高兴,送给新婚夫妇一百卢布的礼金,并且对在场的厨子说:"学着点,蠢驴,我喜欢惩罚人,也喜欢奖励人:干得好的便会有好报。"厨子回答说:"是,老爷。"不过他的脸上分明写着:"每次采购我可都在骗你,你甭想糊弄我,我没那么傻!"当晚,管事的大办筵席,整个院子两天两夜都酒气熏天;确实他很舍得花钱。不过,对于冬尼娅来说,也确有令她心酸难过的时候:她得带着女儿连同小床一起搬到下房去住。冬尼娅单纯、真诚,一心扑在孩子身上。她怕阿列克谢·阿布拉莫维奇——可是家里其他的人全都怕她,虽然她从未伤害过任何人。万般无奈,她只好委曲求全,身居斗室,把对爱的一切渴求和对生活的种种需要全都集中在孩子身上了;她未开化的、受压抑的心是善良的;她沉默寡言,胆小怕事;无论受到什么侮辱她都能忍气吞声,逆来顺受,但有一点她实在无法忍耐——那就是涅格罗夫厌烦时对孩子的粗暴态度。这时候她会提高嗓门,气得声音发抖——不是因为害怕,而是出于愤怒。这时候她蔑视涅格罗夫,而涅格罗夫则仿佛感到自己理亏,对她破口大骂,接着把门砰地一带,扬长而去。当需要把那张小床搬过去的时候冬尼娅关上房门,放声大哭,扑通跪在圣像面前,抓起女儿的一只小手,在她身上画了个十字。"祈祷吧,"她说,"我的宝贝,祈祷吧,我们要去受罪了;万能的圣母啊,请多多保佑这无辜的孩子吧……而我也真傻,我曾经想:我的心肝宝贝长大后,出门一定是车来车往,穿的必然是绫罗绸缎;到那时我只能够透过门缝看你,我的天使,不让你看见我——你这个出身农民的母亲!……可眼下再不会有你的好日子过了:他们大概会让你给新的太太当洗衣妇,成天将双手泡在肥皂水里……天呀!孩子究竟犯了什么罪?……"这时冬尼娅号啕大哭,倒在地上;她的心都碎了;吃惊的孩子紧紧抓住母亲,哭个不停,两眼一直看着她,好像全都明白似的……一小时后,小床已经搬到了用人住的房间;这时阿列克谢·阿布拉莫维奇吩咐管事,叫他教孩子管自己喊"爸爸"。

但是被选中的幸运女子到底是谁呢?莫斯科住着一个特殊的族群;我们指的是那些生活小康的贵族人家,他们已经完全退出了历史舞台,几代人住在冷街僻巷里,勤俭度日;他们的主要特点就是生活单调,对一切新鲜事物怀着一种内心的憎恨;他们的府第都在庭院的深处,门前的圆柱业已倾斜,门庭前一片狼藉;他们自认为是我们民族生活的代表,因为他们认为"克瓦斯和空气一样必不可少",因为他们乘雪橇跟乘坐轻便马车一样,一定要带上两个用人,而且一年到头的生活全靠来自奔萨和辛比尔斯克①的物资供养。一位叫马夫拉·伊利尼什娜的伯爵小姐就住在这样的一户人家里。她曾经在贵族圈里红极一时,善于搔首弄姿,是个出名的美人儿。康捷米尔②在大庭广众下曾向她献过殷勤,而且在她的纪念册上还写了一首含情脉脉的打油诗,即"顺口溜赞美诗",其中有一节的结束语是"弥涅瓦女神"③,而步其后韵的另一节诗的结尾是"光彩照人"。但是她生性异常冷漠,自恃秀美过人,一次次拒绝了求婚者的请求,总期待着能有一个更美满的姻缘。这期间她的父亲已经过世,由兄长掌管家产,十年间,全部家产几乎全被他喝尽赌光。首都的生活费用太高,必须勤俭度日。当伯爵小姐完全明白自己的困境时,她已经是快三十岁的人了,这时她一下子发现两件可怕的事情:家里的财产没有了,青春年华逝去了。于是她鼓足

①即现在的乌里扬诺夫斯克市。
②康捷米尔(1708—1744),俄国著名诗人、外交家;俄国古典主义讽刺诗的开拓者和奠基人;长期被任命为驻外大使,最后死于任所。
③罗马神话中司手工艺和艺术的女神,即希腊神话中的智慧女神雅典娜。

勇气,作了几次出嫁的大胆尝试,但是都没有成功,于是她只好把深深的怨恨埋在心底。据说她非常厌恶上流社会的喧闹生活,迁到莫斯科住,是专门过来讨清静的。刚到莫斯科的时候,大家都在捧她,认为能拜访伯爵小姐是社交界一件有特殊意义的大事,但一来二去,她那尖酸刻薄的谈吐和令人无法忍受的傲慢态度,几乎使所有的人都离她而去。于是这位遭人遗弃的老姑娘变得更加恼怒和记恨了,她在自己身边纠集一些形形色色半传播宗教、半云游四方的女食客,搜罗市内一些闲言碎语、飞短流长,惊呼人心不古、世风日下,认为永远保持童贞是自己的崇高美德。她那位将家产挥霍一空的伯爵兄弟,为了重振家业,决定迈出就当时而言非常勇敢的一步——娶商人的女儿为妻;之后一连四年,他无日不在责怪妻子的家庭出身,把妻子的陪嫁输了个精光,最后把她赶出家门,自己也因喝酒过量而一命呜呼。一年后,他的妻子也死了,身后留下一个五岁的女儿,没有任何家产。马夫拉·伊利尼什娜收养了她。很难说她这样做是出于什么考虑:家族的荣誉,对孩子的同情心,还是对兄弟的愤恨?——不管怎么说,小姑娘的生活是不怎么好的:她失去了自己这个年龄应有的一切乐趣,整日战战兢兢,提心吊胆,备受压抑。老小姐们的自私心理是非常可怕的:它要让周围一切在她们冰冷内心留下的空白得到填补。小伯爵小姐是在毫无欢乐、枯燥乏味的环境里长大的,可惜她没有那种受到外部压迫反而能快速发展的天性,当她开始懂事的时候,她发现自己身上有两种强烈的感情：对能满足自己欲望的外在东西的迫切要求和对姑母生活方式的强烈憎恨。这两种感情都是可以原谅的。马夫拉·伊利尼什娜不仅没有给侄女带来任何欢乐，而且扼杀了她自己所能找到的一切乐趣和正当享乐；她认为，这个年轻姑娘的生活只能是在她躺在床上的时候给她念念书，她睡觉的时候，也应该为她忙碌；她要占有这女孩的全部青春，对她的心灵敲骨吸髓，以报答对她的养育之恩，但是这种养育只不过是没完没了的责骂罢了。时间在流逝，小伯爵小姐逐渐长大，已经变成大姑娘了——已经二十三岁了。她深感自己生活单调乏味，寂寞难耐，一心想要摆脱姑母家地狱般的日子。她觉得坟墓也要比这里好一些；她一再喝醋，希望能染上肺病，但无济于事；她想进修道院，但又缺乏足够的决心。不久，她的思想发生了变化。也不知道怎么在姑母的衣柜里找到几本法国的旧小说，小说告诉她人生除了死和进修道院之外，还有更富有意义的归宿；于是她不再总想死人的头颅骨，开始构想活人的脑袋，长着胡须和鬈发的脑袋。小说里的种种画面，没日没夜地在折磨着她；她自己编了许多的故事：他带她出走，有人对他们紧追不舍，"不许他们相爱"，这时枪响了……"你永远是我的！"他紧握手枪说，如此等等。她的一切幻想、意念和梦幻，千变万化，最后都归结到这一题材上。可怜的姑娘每天早上惊醒后，发现并没有什么人带她出走，也没有谁对她说："你永远是我的！"——于是她不禁心潮起伏，感慨万千，眼泪扑簌扑簌地落在枕头上。这时她怀着一种绝望的心情,按照姑母的吩咐,喝过鲜奶汁,之后把腰束得更紧了,因为她知道没有人会欣赏她的体形。这种精神状态光靠喝鲜奶汁是不能完全消除的,只能直接导致感伤和思想上的狂躁不安。小伯爵小姐开始对所有的用人关心爱护起来,把马车夫的蓬头垢面的孩子紧紧搂在怀里——姑娘家经过这样的时期,不是需要马上嫁人,就是开始学吸鼻烟,宠爱小猫,喜欢修剪过毛儿的小型犬,变得不男不女。所幸小伯爵小姐是第一种情况。她的模样不错,而且正处于这个时期,应该引起我们的主人公的注意:她这个人的最诱人之处,那双令人陶醉的眼睛和那起伏不定的胸脯,完全征服了涅格罗夫。在传统的耶稣升天节①东正教十二大节日之一,为纪念所谓耶稣升天而设立,在复活节后第四十天举行庆祝活动。那天,他第一次看见了她——于是他一生的命运也就定了。将军回想起自己当骑兵少尉的岁月,便利用一切机会,开始寻找伯爵小姐;他在教堂门口一连等了几个小时,终于看见一辆由两匹骨瘦如柴、半死不活的大马拉着的旧式马车到来,两名用人扶着一位戴着包发帽,样子像只黑乌鸦的老伯爵小姐;他们恰好挡住了像洋蔷薇似的年轻伯爵小姐跳下车来;这使他感到有些尴尬。将军在莫斯科有一位表姐……谁要是在莫斯科有位表姐,是长住居民,而且相当富裕,他便几乎能够跟任何姑娘结婚,

---

①东正教十二大节日之一,为纪念所谓耶稣升天而设立,在复活节后第四十天举行庆祝活动。

只要他有官当，有钱花，而她尚没有未婚夫就行。将军把心中的秘密告诉了表姐——她还真有些当姐姐的关切心情。有两个月的时间，可怜的姑娘为寂寞所困扰，日子过得百无聊赖，然而，突然有人来说亲了，像从天而降似的。将军的表姐当即派轻便马车去接一位九品文官的夫人。九品文官夫人到了；这位表姐为防备有人偷听，把隔壁房间里的用人都撵了出去。一小时后，九品文官夫人满脸通红地从表姐那里跑出来，在女佣的房间里简要地讲了事情的原委，便匆匆离开了院子。第二天，上午九点钟，表姐因九品文官夫人不遵守时间而非常生气，她说她想十一点钟来，可是至今还没有到；终于，期待已久的客人总算来到了，和她一起来的还有另外一个戴包发帽的女人，总之，事情进展得非常迅速，而且井然有序。伯爵小姐家的情况逐渐发生了重要的变化：窗子上的粗帆布窗帘被取下来叫人去洗了，门上的锁叫人用砖头蘸克瓦斯（代替醋）擦拭干净，前厅因有四个用人在缝制马缰绳，装上了冬季用的双层门窗，因此那里散发出一股难闻的皮革气味。一向受人冷落的马夫拉·伊万尼什娜简直高兴极了，因为竟然有一位将军向她的侄女求婚，而且还非常富有；但是为了保持自己的尊严，她勉强应允了对方的求婚。一天上午，伯爵小姐吩咐侄女要打扮得好看一些，脖子地方要坦露得多一些，并且亲自出马，从头到脚一一查看过。

"您这是为什么，姑妈，让我穿戴一新？是有客人要来吗？"

"宝贝儿,不用你管。"伯爵小姐回答道,声音听起来既和善,又亲切。

这位侄女身上那件用细纱缝制的连衣裙几乎要被她血管里奔腾的火焰燃烧起来了;她在不断地猜测,不断地怀疑;她不敢相信,又不敢不相信……她应该出去透透空气,否则她会被憋死的。在过道里,用人们跟她说,今天有位将军要来,是来向她求婚的……说话间,一辆厢式马车突然到了。

"帕拉什卡,我要死了,活不了啦!"年轻的伯爵小姐说。

"哪能呢,伯爵小姐,哪有一有人求婚就要死的道理,何况是这样好的未婚夫……我总常说:咱们伯爵小姐一定会嫁个将军的,不信您去问问大家。"

谁的笔能够把这位可怜的姑娘相亲时的种种感受描写出来呢!……当她稍微清醒过来后,首先使她感到吃惊的,便是阿列克谢·阿布拉莫维奇的燕尾服:她原以为他一定会身着军装,佩戴肩章的……其实,即使不穿军装,涅格罗夫当时也还是很讨人喜欢的;尽管他已年近四十,但由于身体健康,仍显得非常年轻;他生来不善辞令,但他却具有军人,特别是骑兵的那种豪放性格;至于她在他身上所能发现的其他一切缺点,都被他这次经过精心修剪的漂亮胡子抵销了。求婚被接受了。相亲后一周,伯爵小姐马夫拉·伊利尼什娜的亲朋好友纷纷前来向她道喜,那些被认为早已去世的人们,也纷纷走出了自己狭小的住所;他们跟死神已经顽强搏斗了三十年,从未屈服过;三十年来,他们苦心孤诣,聚敛钱财,弄得身体很虚弱,瘫痪的瘫痪,哮喘的哮喘,耳聋的耳聋。伯爵小姐对大家说的话全是一样:"这消息我和你们一样感到惊奇,我也没有想到自己的宝贝侄女这么早就要出嫁:她还是个孩子,是啊,这都是上帝的旨意!未婚夫很可靠,诚实正直,可以做她的父亲:她是那样的缺乏阅历。他的将军职位和财产倒算不了什么:世上因金钱吃苦头者大有人在。无须说,我自己尝到了良好教育的果实(这时她拿起手帕,擦拭眼睛),的确,教育太重要了!能够指望一个道德败坏、胡作非为的父亲——愿他升入天堂——和商人的妻子培养出这样的孩子吗?说来您可能不信:她跟他没有说上两三句话,我一个劲儿地在点拨她,可,我的心肝宝贝,哪怕说一句不同意也好呀,然而她却说:如果姑妈您觉得合适,那我也就没意见……""在我们这个世风日下的时代,这样的姑娘真是难找啊!"马夫拉·伊利尼什娜的亲朋好友们用各种方式回答说,紧接着便开始互相传播些闲言碎语,无端诽谤他人的名声。总之,过了没多久,一辆由六匹黑马拉着的四座位厢式轻便马车驶进了一座装饰豪华的宅院,车上坐着身穿军装、肩披骑兵外套的涅格罗夫将军和身着婚礼服,绫带飘逸的将军夫人格拉菲拉·利沃夫娜·涅格罗娃。合唱班、傧相、餐具、音乐、黄金珠宝、灯光照明、扑鼻的芳香在迎接年轻的夫人,整个院子里的人倾巢而出,想一睹新郎新娘的风采,包括管事的妻子;她的丈夫作为前院的总管,把书房和卧室已经安排妥当。如此奢华富有,伯爵小姐从未亲身经历过,而且这一切现在都是她的了,连将军本人也归她所有了——年轻的夫人从脚指尖一直到头发梢都感觉到无比的幸福:不管怎么说,她的理想实现了。

婚后数周,格拉菲拉·利沃夫娜像一株盛开着鲜花的仙人掌,身穿一件镶有宽大花边的白色宽松罩衣,在准备着早茶;她丈夫穿一件绣着金线的睡袍,嘴里叼着一只挺大个的琥珀烟斗,躺在沙发椅上,寻思着圣灵节那天乘坐什么样的马车:是黄色的还是蓝色的呢?黄色的当然很好,可是蓝色的也不错。格拉菲拉·利沃夫娜也在想什么事情,她忘记了喝茶的事,若有所思地用一只手托着低垂的脑袋,脸上时而泛起一片红晕,时而表现出明显的不安,最后,丈夫见她情绪有些异常,便问道:

"你精神不大好,格拉申卡①,不会是哪儿不舒服吧?"

"不,我很好。"她回答说,同时抬起眼睛,像有求于人似的望着他。

"你想说什么,一定有什么心事。"

格拉菲拉·利沃夫娜站起身来,走到丈夫跟前,紧紧拥抱着他,用悲凄的女演员的声音说:

"阿列克西斯②,答应我,你一定得满足我的请求!"

阿列克西斯开始有些惊讶。

"说说看,说出来听听。"他回答说。

---

① 格拉菲拉的爱称。
② 阿列克谢的爱称。

"不行,阿列克西斯,你得对着你母亲的坟墓起誓,保证满足我的要求。"

阿列克谢从嘴里取下烟斗,吃惊地望着她。

"格拉申卡,我不喜欢说话兜圈子;我是个当兵的:能办到的——一定办到,你直说吧。"

她把脸藏进他的怀里,声泪俱下地说:

"我全都知道,阿列克西斯,而且我原谅了你。我知道你有一个女儿,是非婚所生……我理解青春年少没有经验,热情奔放(柳博尼卡才三岁!)。阿列克西斯,她是你的女儿,我见过她:她长着跟你一样的鼻子,后脑勺也跟你一样……啊,我非常喜欢她!让她做我的女儿吧,让我来收养她,培育她……你要答应我,对于告诉我的人,你决不能追究,报复。亲爱的,我非常喜欢你的女儿;请一定不要拒绝我的请求!"说着,眼泪像小溪一样流到将军的睡袍上。

将军一时不知所措,样子尴尬极了;在他还没反应过来的时候,夫人已迫使他答应了她的要求:对着母亲的坟墓、父亲的亡灵、他们未来孩子的幸福及他们两个人的爱情发誓,对自己答应的事,决不食言;对告诉她这件事的人,决不追究。一度沦落为下人的小女孩转眼间又变成小姐了,小床又搬上了二楼。当初不让管父亲叫父亲的柳博尼卡,现在又不让她管母亲叫母亲了;他们想让她把冬尼娅当成自己的奶妈。格拉菲拉·利沃夫娜亲自把柳博尼卡打扮得跟洋娃娃一样,然后把她紧紧搂进怀里,哭了起来。"你是个孤儿,"她对孩子说，"你既没有爹，也没有妈，我就是你的爹妈……瞧，你爸爸在那里！"她指了指天上。"爸爸长着翅膀。"孩子口齿不清地说。这时格拉菲拉·利沃夫娜哭得更伤心了，不禁感叹道："啊，像天使般纯真无邪！"其实事情很简单：按照以前流行的习惯，他们的天花板上都有一个张着翅膀和张开双腿的爱神像，用带子拴着，系在挂吊灯的黑铁钩上。冬尼娅简直感到幸福极了，她把格拉菲拉·利沃夫娜当成了天使，她的感激之心丝毫没有夹杂任何不快的感情；她甚至对不许自己管女儿叫女儿也不生气；她看见女儿穿着带花边的衣服，见她过着豪华安逸的日子——只是说："我的柳博尼卡怎么出脱得这样好看呀，好像再也不能穿别的衣服了；将来准是一个美人儿！"冬尼娅走遍了各地的修道院，到处为这位漂亮小姐祈求保佑。

许多人都认为这位前伯爵小姐是位女中英豪。但我认为她的行动本身就是极其欠考虑的——起码说，就因为她知道对方是个男人，而且是个将军，就嫁给他，这一点就是欠考虑的。原因——显然是出于浪漫主义的激情，喜欢世间的悲剧场面，崇尚自我牺牲及种种人为的高尚行为。为了公正起见，这里需要补充说一句，那就是格拉菲拉·利沃夫娜在这件事情上没有耍任何心眼儿，甚至连一点虚荣心也没有；她自己也不知道她为什么要收养柳博尼卡：她只是喜欢这件事感人肺腑、令人心醉的一面。阿列克谢·阿布拉莫维奇虽然答应了，但他认为这孩子处境奇特也是非常自然的，他甚至没有仔细考虑，他同意收养这件事究竟是好还是不好……的确，他这样做是好，还是不好？无论是赞成还是反对都有许多话可说。凡是以发展为人生最高目的的人，无论如何，也不管将来会有什么后果，肯定会站在格拉菲拉·利沃夫娜一边；凡是以幸福、满足为人生最高目的的人，不管处在什么圈子内，也不管为此付出什么代价，肯定会反对她。住在用人小屋里的柳博尼卡，即使日后知道了自己的出身，她的思想肯定也非常狭隘，精神上浑浑噩噩，懵懵懂懂，不会由此引发什么事；而阿列克谢·阿布拉莫维奇，想必为求得良心上的安慰，会还她一个自由之身，也许还会给她一大笔陪嫁；就她的思想境界而言，她会感到非常幸福的；嫁一个第三等级①的小商人做丈夫，头上扎着丝绸头巾，一天喝十二杯花茶，给丈夫生一群小商人；有时候到涅格罗夫府上做客，见昔日的女友用羡慕的眼光直看她，心里别提多舒服了。就这样，她能够活到一百岁，还指望百年后会有上百辆马车护送她到瓦甘科夫斯基墓地。在客厅里长大的柳博尼卡可就完全不同了：不管她受的教育多么愚蠢，也总算是受到了教育，这是一种独特的教育——跟用人屋里的粗浅理解相去甚远；而且她应该明白自己这种很荒唐的尴尬处境，富人宅第等待她的是屈辱、眼泪和悲哀，而这一切也将促进她心智的进一步发展，也许，与此同时，也会促使她的肺病的进一步发展。所

---

① 旧俄国按商人资本的大小将其分为三个等级。

以，请您自己作出选择：涅格罗夫夫人的所作所为，究竟是好还是不好？

　　阿列克谢·阿布拉莫维奇的婚后生活非常美满，诸事顺遂。每当大家乘车出游时，总少不了他那辆四匹马驾驭的漂亮马车，车上坐着他们这沉浸于幸福生活的一对。五月一日在索科利尼基公园，耶稣升天节在宫廷花园，圣灵节在普列斯年斯基池塘处都能看到他们，而且在特韦尔大街的林荫道上几乎天天都能看到他们的身影。冬季，他们参加各种聚会，举行宴会，剧院里有订好的包厢。但是千篇一律的活动使得在莫斯科休闲娱乐变得异常乏味：去年什么样，今年和明年还是什么样；去年您见到过那个身穿华丽长袍，大腹便便，携带着自己的满嘴黑牙、一身珠光宝气太太的商人，今年您肯定还能见到——只不过是那件长袍旧了一些，胡子变白了一些，太太的牙齿也更黑了一些——可毕竟是又见面了；去年见到过的那个仪表堂堂，留着浓密的胡子，穿一件滑稽外套的男子，今年一定又会碰到，只不过变得稍微瘦了一些；还有那个浑身散发出烟味，让人搀着行走的风湿病患者，今年还会由人领着来……单是为了这个原因，就可以闭门不出了。阿列克谢·阿布拉莫维奇是个很有耐性的人，但是人的忍耐总归是有限度的：这样的日子毕竟不能维持十年以上，无论他还是格拉菲拉，他们都厌烦了。这十年间，他们生了一儿一女；他们不是一天天地，而是一小时一小时地开始感到日子过得很累；他们已经不再讲究衣着打扮了，他们开始闭门谢客,也不知出于怎样的考虑,据我看——更多是希望过一种绝对安宁的生活;他们决定到农村去住。这件事发生在四年之前,即在将军和德米特里·雅科夫列维奇有关教育谈话之前。

三

德米特里·雅科夫列维奇传记

当然,一个穷青年的传记,是不会像人口众多的阿列克谢·阿布拉莫维奇的传记那样有意思。我们应该从乘坐豪华四人马车者的世界走出来,走进为明天午餐发愁的人的世界;从莫斯科来到边远的省城,而且也不能总停留在唯一一条路面用石头铺成的大街上,这里居住的都是贵族,我们有时乘车从这条街经过;我们应该深入到一个马车和行人几乎从来不去,路面没有铺石头的偏僻小巷,到那里寻找一座东倒西歪、破旧不堪的房屋——这就是县医生克鲁齐费尔斯基的房屋,它很不起眼地伫立在和自己一样破旧不堪、东倒西歪的房子中间。所有这些房屋很快将会倒塌,并由新的房屋所取代,到那时没有人再会记起它们;可与此同时,在所有这些房屋里,人们的生活照样在进行,七情六欲长盛不衰;人们生生息息、代代相传;可是这些人的生活却不为人们所知,就像澳洲土著人的生活不为人所知一样,好像他们被人类排除在法律之外，不被承认似的。不过这就是我们要找的那座房子。一位善良正直的老人和他的妻子在这里已经住了三十年了。他的生活就是跟各种艰难困苦进行持续不断的斗争，诚然，在斗争中他得到了相当的胜利，就是说，他没有被饿死，没有因绝望而自杀，但他的胜利是来之不易的：五十岁的时候他已经是满头白发，瘦骨嶙峋了，脸上布满了皱纹，而他生来一直是身强体壮，精力充沛的。不是感情上的风风雨雨，不是纵情过度，也不是可怕的生活变迁毁坏了他的身体，使他看上去有些未老先衰，把身体搞垮的是同贫困所进行的没完没了、痛苦、琐碎、屈辱的斗争，是对明天生活的思虑，是节衣缩食、终日操劳的日子。处在这种社会生活的底层，一个人的精神就会变得萎靡不振，在惶惶不安中凋谢枯萎，忘记自己还有一双精神的翅膀，因此永远匍匐在地上，从不知抬起眼睛，看一看太阳。克鲁齐费尔斯基医生一生中一直默默无闻地坚守在医疗战线上，创造了英雄业绩，而对他的奖励——仅仅是眼前所需的面包，至于将来能否指望，还不得而知。他是莫斯科大学的官费生，毕业后当了医生，就职前和一个德国药剂师的女儿结了婚；她的陪嫁，除了善良的献身精神和她按照德国习俗所保持的忠贞不渝的爱情外，只有几件散发着玫瑰油气味的衣裳。这位热恋中的大学生想也没想到他既没有权利恋爱，也没有权利享受家庭的幸福，为了获得这些权利，他必须要取得一种资格，就跟法国的选举资格一样。婚后过了几天，他被派往作战部队，任随团医生。

八年颠沛流离的生活他挺过来了,到了第九年,他实在累了,请求能有个固定的工作地点——他得到了这样一个空缺。于是克鲁齐费尔斯基带上妻子和孩子从俄国的一端搬到了另一端,在省城 NN 住了下来。起初,他多少还有几个主顾,虽然省城里的达官显贵和地主们都宁愿找德国人看病,但所幸附近(除了一个钟表匠)没有一个德国人。这是克鲁齐费尔斯基一生中最幸福的时期,他买下一座有三个窗户的房子,他的妻子玛格丽达·卡尔洛夫娜也给丈夫带来一个意外的惊喜,她在雅各①节到来之前,利用夜晚的时间,把一只旧沙发和一把圆椅用她一戈比一戈比积攒下来的钱买的花布包装一新。花布非常漂亮,沙发外面的花布上绘的是亚伯拉罕三次赶走夏甲和以实玛利,而撒拉②一再发出威胁③;圆椅的右边是亚伯拉罕、夏甲、以实玛利和撒拉的腿,左边是他们几个人的头颅。但是好景不长,一个有钱的地主,其庄园就在城郊,他请来了一位家庭医生,把克鲁齐费尔斯基的主顾都抢走了。这位年轻医生是医治妇科病的高手,病人对他佩

---

①雅各,犹太人的祖先之一。根据《圣经·旧约》记载,雅各系以撒和利百加的次子,因出生时抓住孪生哥哥以扫的脚,故取名雅各,即"抓住"的意思。后来他以一杯红豆汤从他哥哥以扫那里换取了长子的名分,继而又骗得父亲把他作为长子而给他的祝福。他有十二个儿子,他们的后代成了以色列的十二个部族,分布各地。雅各晚年率众子逃荒到埃及,投奔他的儿子约瑟,最后死于埃及,葬在巴勒斯坦。
②撒拉,亚伯拉罕的妻子,因不能生育,便把自己的使女夏甲给丈夫做妾,丈夫和夏甲生的儿子叫以实玛利;后来撒拉和亚伯拉罕生了儿子以撒。
③《圣经》中的神话故事,据说亚伯拉罕和撒拉的儿子降生后,妻子撒拉要求把使女夏甲和以实玛利母子赶出王国。

服得五体投地，什么病他都用水蛭进行治疗，并且头头是道地证明说，不仅一切疾病都是炎症，就连生命也不外乎是物质在发炎燃烧；关于克鲁齐费尔斯基，他的态度非常宽容；总之，一时间他成了大红人。全城的人都在用绣十字花的底布给他缝制枕头和荷包，送给他纪念品和种种意想不到的礼物，而对原来的医生则尽可能不提了。诚然，商人和神甫们仍然相信克鲁齐费尔斯基，但商人们从来不生病，托上帝的福，他们总是很健康，偶尔有点不舒服，他们总是根据情况做做按摩，洗澡时在身上抹些乱七八糟的东西——什么松节油、焦油、蚂蚁酊之类，而且毛病往往就这样好了——否则几天后人便死了。无论是哪种情况，都不用克鲁齐费尔斯基劳神，可是人一死，账却算在他的头上。每逢这种事，那位年轻医生就对太太们说："真是怪了，雅科夫·伊万诺维奇①医术高明，怎么就不知道给他用十滴 Trae opil Sydenhamil solutum in aqua distillata②，而且也不知道用四十五条水蛭在心口处吸一吸，那样的话也许人就不至于死了。"听着他说的拉丁文，省长夫人真的相信人就可以不至于死了。这样，一来二去，克鲁齐费尔斯基就只能完全靠薪俸过日子了：他的薪俸仿佛是四百卢布，可是他有五个孩子，因而生活越来越困难。雅科夫·伊万诺维奇真不知道该怎样才能填饱一家人的肚子，猩红热给他指出了一条出路：五个孩子有三个接

---

①克鲁齐费尔斯基的名字和父称。
②拉丁文，意为"西德纳姆鸦片酊和蒸馏水"。

二连三地死去，只剩下了大女儿和最小的儿子。这男孩好像由于生来身子特别虚弱才躲过一死，没有染病；他生下来的时候还不足月，只能说是勉强活了下来；他柔弱，瘦削，体质很差，而且脾气又坏；他也有不生病的时候，但是从来没有真正健康过。这孩子的不幸在他降生前就开始了！当玛格丽达·卡尔洛夫娜还在怀着他的时候，他们曾面临一场可怕的灾难：省长恨透了克鲁齐费尔斯基，因为他不愿给一个被地主抽打至死的马车夫开具自然死亡的证明①。雅科夫·伊万诺维奇曾经险遭灭顶之灾，他如英雄般怀着几分淡淡的忧伤，默默无言而又大义凛然地等待着那可怕的打击，然而打击只是从他身边擦肩而过。在这经常以泪洗面、忧心如焚的日子里，米佳降生了；他是马车夫尸检案中唯一的一项惩戒。米佳成了玛格丽达·卡尔洛夫娜的命根子，他越是有病，越是身体虚弱，当妈妈的就照料得越是精心，越是不遗余力；她好像把自己的精力都投入到孩子的身上了，她的关爱使孩子活了下来，从死神那里夺回了一条命。她好像觉得这孩子是他们夫妇身边唯一的支撑、希望和安慰。那么他的大姐呢？当时她已经十七岁。NN市驻扎着一个步兵团，团队开拔时医生的女儿跟着一名少尉也走了；一年后她从基辅来信，请求父母原谅，并希望得到他们的祝福，她说少尉已经跟她结了婚；又过了一年，她从基什尼奥夫来信说，丈夫抛弃了她，

---

① 以上文字曾被书刊检查机关删去。——赫尔岑注

她带着一个孩子,生活无着落。父亲给她寄去了二十五个卢布,此后便再也没有她的消息。米佳长大后,上了中学,学习很好,他一直很腼腆,性格温和,寡言少语,甚至学监都很喜欢他,尽管就职责而言,学监也认为喜欢孩子不怎么合适。父亲希望孩子毕业后能够把他送到省府衙门去工作,因为他曾给省府衙门一位文书的几个孩子免费治疗过慢性淋巴结核,这位文书答应过到时候一定帮忙。现在米佳面前突然出现了另一条道路,有位热心文化事业的三等文官从乡下到莫斯科去,经过 NN 市①,消息灵通的中学校长听说文官们要来,急忙动身,前往拜访,请他们务必赏光,莅临参观这座祖国教育的花园和苗圃。这位热心文化事业的三等文官本不想去,但是他喜欢接受热情款待,何况对方是竭诚欢迎。校长身穿制服,用帽子托着佩剑,详细地向热心文化事业的三等文官解释为什么过道里如此潮湿,为什么楼梯这样歪斜(尽管三等文官根本没注意这一点);学生们整齐地排好了队伍;教师们细心地梳好头,扎紧领带,忧心忡忡地走来走去,频频向学生们和最能沉得住气的门卫使着眼色。物理老师想请各位大人看看用气压传动机舱罩杀死兔子和用莱顿瓶杀死鸽子的示范。三等文官希望他们能怜惜生命,要有恻隐之心,于是校长大受感动,面对全体教师和学生,仿佛在说:"伟大与仁慈历来都是相辅相成的。"之后这只鸽子和这只兔

---

① 以上文字曾被书刊检查机关删去。——赫尔岑注

子在门卫看护下又活些时候,后来那位铁石心肠的物理老师,为满足全市民众好奇心,最后还是让它们为科学和教育作了牺牲。然后有一名学生站了出来,法文老师问他:"就大人光临我们的科学园地一事,你有什么话要说吗?"那学生当即用教堂里用的法语的腔调回答说:"对于我们这些苦孩子来说,大人们能莅临参观,真是感激之至。"

在他们用这种凯尔特－斯拉夫语腔调交谈的时候,三等文官环顾左右①,忽然看见米佳那文弱的样子,便把他叫到身边,说了几句话,表示关心。校长说,这个学生成绩突出,前途无量,只是他父亲没钱供他去莫斯科,等等。三等文官毕竟是个惜才之人,他对米佳说,过一两个月,他的管家要去莫斯科,如果他父母同意,他就命管家把米佳安排个住处,跟管家的孩子们住在一起。校长急忙派秘书去请雅科夫·伊万诺维奇。雅科夫·伊万诺维奇赶到时,三等文官已经坐进轿式旅行马车里了。老人深受感动,哭得像小孩子一样,话都说不利落,断断续续地一再向他表示感谢。三等文官指着一个正在马车边帮助套马的壮实汉子说:"他就是我的管家,到时候他来接您的儿子。"说罢,宽厚地微微一笑,乘车而去。一个月后,一辆挂着响铃的带篷马车从克鲁齐费尔斯基家大门里驶出,车上坐着米佳和三等文官的管家;母亲给米佳穿戴整齐,将自己编织的毛毯盖在他身上;管家只穿了一件外套,

---

①以上文字曾被书刊检查机关删去。——赫尔岑注

因为他宁愿在路上靠自己体内发热取暖。瞧,一个人的命运就这样被决定了!如果三等文官不路过 NN 市,米佳可能就进了省府衙门,那么我们的故事也就不存在了;随着时间的推移,米佳会变成一个资深办事员,虽不知他能拿多少薪俸,但是供养老人总是可以的——雅科夫·伊万诺维奇和玛格丽达·卡尔洛夫娜也可以享享清福了。米佳这一走,老人们的生活骤然发生了变化:就剩他们老两口了,家里变得更加寂寞冷清,他们也更加郁郁寡欢了。三等文官的管家并不是个感情脆弱的人,但在老两口跟儿子分别时他也几乎落了泪。没钱的父亲和儿子分手时跟有钱的父亲不同,他对儿子说:"去吧,我的儿子,自己去找吃饭门路吧,我再也没法帮你了,你自己去寻找道路吧,别忘了我们!"但是他们能否再见面,他找到找不到吃饭门路——这一切还笼罩在黑暗沉重的帷幕之下……儿子上路前,当父亲的很想多给他一些盘缠,然而没有这个可能,他反复算过十来次,从现有的八十卢布中能够拿出多少给儿子,算来算去总是嫌太少。母亲在一个小得可怜的包袱上洒下了许多的眼泪,她连自己最需要的东西都包在里头了,然而她知道这还远远不够,也知道实在没地方可借了……这种市井小民的生活情景很少为人所知,它们被精心地掩盖起来,以防旁人知道,可是这种情景真是让人撕心裂肺,肝肠寸断!幸好它们被掩盖了起来!

年轻的克鲁齐费尔斯基经过四年的努力,成了学士。他既没有特别杰出的才能,也没有超常敏锐的头脑;但是他热爱科学，学习一贯认真，完全无愧于他所得到的职称。看看他那张温顺的脸你就能够得出他是那种和蔼可亲的德国人的印象——这种人平时说话不多，为人高尚正直，作风有些拘谨，带点书生气，但工作非常勤奋；在家庭生活方面显得稍微有些古板，结婚已经二十年了，当丈夫的对妻子仍然一往情深，而妻子每听到一个带有双关的笑话也会笑得满脸通红。这是德国宗法制小镇的生活，是牧师家庭和神学院教师们的生活，冰清玉洁，高风亮节，不为外人所知……但是我们能有这样的生活吗？我认为绝对不能。这样的环境根本不适合我们的心理状态，掺了水的酒是不能解渴的；我们的心灵不是远远高于这种生活，便是大大低于这种生活——但是无论在哪种情况下，都要宽阔得多。成为学士后，克鲁齐费尔斯基先是尽量想在大学里谋取个职位，然后再想办法给私人授课，但所有这些打算全都落空了：他从父亲身上继承了一切工作都要靠运气的传统……

克鲁齐费尔斯基在鼓乐声中得知自己获得学士学位后几个月，他收到了老人的信，信中说他母亲病了，而且字里行间透露出他们生活遇到了困难。他了解父亲的性格，知道只有在极其困难的时候父亲才会作这种暗示。克鲁齐费尔斯基最后的一点钱也花完了，现在只有一个办法：他有一个保护人，是某一学科的教授，这人对他的事情非常关心，于是他给教授写了一封信，内容坦诚，态度自重，感人肺腑，要求借给他一百五十卢布。教授很客气地给他写了回信，说自己很受感动,但是并没有寄钱来;在 postscriptum'e[①] 中教授非常婉转地批评克鲁齐费尔斯基怎么总不到他家来吃饭。这封信使年轻的克鲁齐费尔斯基感到非常惊讶——他对人的价值,或者不如说是金钱的价值,是那样地缺乏了解!他感到非常痛苦,把那位好心教授写来的措辞亲切的信扔到桌上,在屋子里转来转去,完全沉浸在悲痛之中,难以自拔,然后又倒头扑在自己的床上,眼泪从脸上慢慢地流了下来。他仿佛清楚地看见一间简陋的小屋,母亲正在里面受疾病折磨,身体虚弱不堪,也许就快要死了,旁边坐着一位老人,愁眉苦脸,黯然神伤。病人有话想说,非常想说,但为了不给丈夫增加烦恼,闷在心里不说了;父亲其实也猜到了,但唯恐使她的希望落空,也就装作不知道的样子……各位读者,如果您是位有钱人,或者至少说,是位生活有保障的人,那就请您深深感谢上天吧,为我们所得到的遗产喊声万岁吧!

正当克鲁齐费尔斯基学士痛苦不堪的这个时刻,他的房门忽然被推开了,紧接着,走进一个人来,显然不是首都人——进来时他便脱下带有宽大帽檐的黑色便帽。来者是一位中年男子,长长的帽檐遮住了他那健康、红润、乐观的面孔,他脸的轮廓显示出喜欢及时行乐者的平静与大度。他穿一件带领子的旧咖啡色外套——这种样式的外套在当时已经没人穿了——手里拿一根竹手杖,刚才我们已经说过,整个

[①]拉丁文,意为"附言"。

一副外省人的模样。

"您就是这里的大学士克鲁齐费尔斯基先生吗?"

"是我。"德米特里·雅科夫列维奇回答说。"您有什么事吗?"

"是这么回事,学士先生,请允许我先坐下来再说,我比您年岁大,又是一路走着来的。"

说着,他便想在那把挂燕尾服的椅子上坐下,但不料这把椅子经受得住燕尾服的重量,却经受不住穿燕尾服的人的重量。克鲁齐费尔斯基觉得很不好意思,急忙请他坐到床上,自己则搬过来另一把(也是最后一把)椅子。

"我,"来人慢条斯理地开始说,"我是 NN 市医务局的监察员,医学博士克鲁波夫,我来找您,是因为……"

这位监察员办事有条不紊,他停下来,掏出一只很大的鼻烟壶,放在自己身边,然后又掏出一块红手帕,放在鼻烟壶旁边,最后用一块白手绢擦了擦汗,也放在了鼻烟壶旁边,这时他嗅了嗅鼻烟,接着这样说:

"昨儿个我在安东·费尔迪南多维奇那里……我们是同一届毕业……不,对不起,他比我早一年……对,比我早一年,没错,但毕竟是同学,彼此非常要好。因此我就托付他,看能不能给我介绍个好的家庭教师,到我们省城去教书,条件么,这样那样,要求么,如此这般。安东·费尔迪南多维奇便把您的地址给我了,老实说,他对您非常称赞,所以说,要是您愿意出外当家庭教师,那么我们就可以把这事定下来。"

安东·费尔迪南多维奇是一个关心人、爱护人的教授：他确实喜欢克鲁齐费尔斯基，只是不愿拿自己的钱去冒险——正如我们所看到的，但是帮助人出主意、想办法，从来都是热心的。

对于克鲁齐费尔斯基来说，身体笨重的克鲁波夫博士就像是天上派来的使者。他坦诚地对来人讲了自己的境况，最后他说自己没有选择的余地，他必须接受这份工作。克鲁波夫从口袋里掏出一个既不像钱夹子，又不像公文包的东西，从一排弯形剪刀、柳叶刀、探针中取出一封信读道："一年两千卢布，不能超过两千五百，因为我的邻居从瑞士请来的法国人也不过是三千卢布。有单独的房间，有早茶，一名用人，和通常一样，有人洗衣服。同桌共餐。"

克鲁齐费尔斯基没有提别的任何要求，只是红着脸说了一下钱的事，问了问功课的情况，而且坦率地承认，进入一个陌生人家，跟不熟悉的人住在一起，他害怕极了。克鲁波夫深为感动，他劝克鲁齐费尔斯基不用害怕涅格罗夫家的人……"您又不是去给他们家孩子施行洗礼，只用教孩子读书，和孩子的父母只是吃饭时才见面。将军在钱上不会亏待您的，这一点我敢向您担保；他的妻子成天睡觉——自然也不会为难您，更不用说在睡梦之中了。涅格罗夫家的房子，请相信我的话，不比其他地主家的房子坏，老实说，也不比其他地主家的好。"总之，交易达成了：克鲁齐费尔斯基以每年两千五百卢布的报酬接受了雇佣。监察员在外省生活，人变懒了，但人毕竟还是人。他有过许多痛苦的经验,知道一切美好的理想、豪言壮语,最后都不过是空中楼阁,说说而已;他一劳永逸地在 NN 市定居了下来,逐渐学会了说话时慢条斯理,口袋里预备好两块手帕,一块红,一块白。世上没有任何东西比在外省生活更能葬送一个人的了,但是克鲁波夫还没有完全被葬送:他的眼睛里还闪耀着光芒。看到像克鲁齐费尔斯基这样高尚纯洁的青年,他不禁心潮起伏,感慨万千,他想起了自己和安东·费尔迪南多维奇立志要在医学上进行重大改革,徒步前往格丁根的情形……想着想着,脸上不觉露出一丝苦笑。当交易谈成时,他心里不禁在想:"我把这个青年推到一个土地主的愚蠢生活中去,这样做合适吗?"他甚至想给克鲁齐费尔斯基一些钱,劝他不要离开莫斯科。若早上十五年他可能就这么做了,但人一上了年纪,两只手对钱包就握得紧了。"这是命运啊!"克鲁波夫想,于是也就心安理得了。真是怪事,自古以来人类一直重复的这句话,和他此时此刻想的竟是那样一字不差:拿破仑说过,命运这个词没有什么意思——所以它才能够安慰人。

"好吧,我们的事情就算办妥了,"克鲁波夫沉默片刻,最后说,"我五天后动身,要是您愿意,很高兴和您坐同一辆马车。"

四

在庄园的日子

人们早就知道,一个人不管在什么地方,无论是在拉普兰,还是在塞内加尔,都能够适应当地的气候条件。因此,克鲁齐费尔斯基开始慢慢习惯了涅格罗夫家的生活,其实这也没有什么可奇怪的。这家人的生活方式,对问题的看法和兴趣爱好,起初都使他感到诧异,后来他开始不那么介意了,虽然他远非向这种生活妥协投降了。奇怪的是:涅格罗夫家既没有什么惊人之处,也没有任何特别的地方,但是对于一个新来的青年人来说,总是感到有点别扭,很难一下子习惯。在阿列克谢·阿布拉莫维奇这个令人尊敬的家庭里,从上到下,方方面面,总是给人一种空虚的感觉。这些人为什么起床,为什么四处走动,又为什么活着——这些问题很难回答,其实也没有必要回答,这些人之所以活着,是因为他们被生了下来,之所以活下去,是出于自我保护的本能,这里哪有什么目的和深奥的道理可言……那都是德国哲学里的话!将军早上七点起床,旋即来到大厅,嘴里叼着一只樱桃木大烟斗,不知道的人可能还以为他正在思考什么重大计划和方案呢:他边抽烟,边在仔细地盘算,但是盘来绕去的只是烟雾,而且不是在他的脑子里,而是在他脑袋周边。这时,阿列克谢·阿布拉莫维奇一直在大厅里走来走去,常常停留在窗前,凝神眺望,仔细观察,不时地眯起眼睛,皱着眉头,做出很不满意的样子,甚至长吁短叹,但这也同样是一种假象,好像他在苦思冥想似的。这时管家应该就在门口,站在那个哥萨克用人的旁边。抽完烟,阿列克谢·阿布拉莫维奇走到管家跟前,接过他手中的报告,然后就开始一通斥骂,不是一般地责骂几句,而是骂得狗血喷头,最后每次还要来上这么几句:"当然,我是了解你的,我会管教你们这些骗子的,为了公正起见,我会把你的儿子送去当兵,而让你去饲养家禽!"不知这是一种像每天洗冷水澡一样的道德健康措施,是他管教用人,让用人们怕他的一种手段,或者只不过是一种封建宗法式的管理习惯——无论是前者,还是后者,这样天天如此,着实值得称赞。管家听他这些家长式的训诫,是抱着一种默默奉献的精神的:他觉得聆听这些训诫,是自己的重要义务,责无旁贷,就像要偷盗东家的小麦、大麦、干草和麦秸一样。"呸,你这个强盗!"将军骂道。"把你吊死三次也不为过!"——"老爷请息怒!"管家极其平静地说,一双贼溜溜的眼睛向下斜看着。这种谈话一直要到孩子们过来问好才算打住,阿列克谢·阿布拉莫维奇向孩子们伸过手去。和他们一起过来的还有那位身材瘦小的法国太太，不知为什么，她显得有些畏畏缩缩，好像无地自容似的，她学着蓬巴杜尔①的样子行了个屈膝礼，说茶点已经准备好了。于是阿列克谢·阿布拉莫维奇来到起居室，格拉菲拉·利沃夫娜已经在茶炊前等着他了。谈话总是从格拉菲拉·利沃夫娜抱怨身体不好和失眠开始，她感到右鬓角莫名其妙地剧烈疼痛，然后窜到后脑和头顶，使她难以入睡。阿列克谢·阿布拉莫维奇听着他夫人的健康简报颇有些漫不经心，这也许是因为在整个人类中，只有他一个人非常清楚，而且确确实实地知道她夜间是从来不会醒的；再不就是因为他分明看到这种慢性病对格拉菲拉·利沃夫娜不无好处——到底怎样，我就不得而知了。可是艾丽丝·奥古斯托夫娜却陷入了巨大的恐慌之中，她同情生病的格拉菲拉，对她进行安慰，说她以前曾经待过的那家的 P 伯爵夫人，还有一家她想去也可以去的那家的 M 伯爵夫人，都患有这种头痛病，情况一模一样，她们管这种病叫 tic douloreux②。喝茶的时候厨师来了，气度不凡的两位主人开始点中午的菜谱，一面骂昨天的饭菜难以下咽，尽管最后桌子上什么也没有剩下。厨师比管家的优越之处是，他不仅和管家一样天天挨老爷的骂，而且还要挨夫人的骂。早茶过后，阿列克谢·阿布拉莫维奇到田里去了。他多年住在乡下，

---

①蓬巴杜尔(1721—1764)，法国国王路易十五最宠爱的女人，住在凡尔赛宫，喜欢干预国事。
②法文，意为"神经性抽搐"。

闭门不出,农业方面所知甚少,只抓些鸡毛蒜皮的小事,特别喜欢一切照章办事和表面上的唯命是从。肆无忌惮的偷盗行为几乎就在他的眼皮底下发生,而且大部分他都发现不了,即使发现了,他也不好意思深究,每次都被糊弄了事。作为庄之首和真正的衣食父母,他常常说:"偷可以,骗可以,肆无忌惮,绝对不行。"这句话反映了他的封建宗法主义的 point d'honneur①。除特殊情况外,格拉菲拉·利沃夫娜从不迈出家门一步,当然,那个连着晒台的旧花园除外。那园子虽说无人管理,倒还显得不错。平时她连采蘑菇都是坐着马车去的,事情经常是这样安排的:早一天吩咐管事的,找来一大群男孩女孩,带上篮子、筐子和网兜之类的东西。马车将格拉菲拉·利沃夫娜和法国女人慢慢拉入林间空地,而孩子们像一群蝗虫似的——赤脚光背,填不饱肚子——在饲养家禽的老婆子和少爷小姐们的引导下,开始向牛肝菇、疝疼乳菇、红菇、松乳菇、白菇等蘑菇发起了进攻。捡到了特大的或是特小的蘑菇,饲养家禽的老婆子便拿给坐镇指挥的女主人看;太太欣赏过后,马车接着再往前走。回到家后,她每次都抱怨累得不得了,为了恢复体力,先吃一点昨晚剩下的饭菜——小羊羔肉,光喂奶的小牛的肉,只吃胡桃的火鸡的肉,或诸如此类的东西,总归是好消化的、开胃的东西——然后,在正式吃饭前再睡上一觉。这期间阿列克谢·阿布拉

---

①法文,意为"荣誉观"。

莫维奇已经酒足饭饱,敷衍几句话后,便到园子里散步去了。他特别喜欢在这种时候到园子里走一走,关照一下温室,向花匠的妻子打听各种事情。这女人一辈子连苹果和梨都分不清,但这并不影响她拥有一副相当讨人喜欢的外表。就在这个时候,即在吃饭前一个半小时,法国女人在给孩子们上课。她给孩子们教些什么,怎样教的——一直是个无人知晓的秘密。既然人家的父母很满意,谁还能有权干涉别人的家务事呢?两点钟的时候,开始吃午饭了。每道菜,对于吃惯西餐的人来说,足以让他吃坏肚子,肥肉,肥肉,还是肥肉,稍微搭配点卷心菜、洋葱和腌蘑菇。这些东西伴随着大量的马德拉葡萄酒和波尔图葡萄酒,被送进了阿列克谢·阿布拉莫维奇那松弛的肚子里,进入了格拉菲拉·利沃夫娜那满是脂肪和法国女人艾丽丝·奥古斯托夫娜那骨瘦如柴、满是皱纹的身体中,被消化和吸收。顺便说一句,喝马德拉葡萄酒的时候,艾丽丝·奥古斯托夫娜在阿列克谢·阿布拉莫维奇面前毫不示弱(这里要指出的是,十九世纪以前不久:十八世纪时受雇于别人家的妇女是无权在餐桌上喝酒的)。她说自己老家(洛桑)有一座葡萄园,在家里时她总是喝马德拉葡萄酒而不喝克瓦斯,那时候喝马德拉葡萄酒就习以为常了。饭后将军要在书房的沙发床上睡上半个小时,可实际上睡的时间要长得多;格拉菲拉·利沃夫娜和法国女人则去了起居室。法国女人的故事说个没完,格拉菲拉·利沃夫娜听着听着便睡着了。有时候,为了增加点花样,格拉菲拉·利沃夫娜派人去把乡村牧师的妻子叫来，她这个人非常奇怪，说起话来前言不搭后语，总是慌里慌张，什么都害怕。格拉菲拉·利沃夫娜跟她在一起待了好几个小时，后来对法国女人说："Ah, comme elle est bete, insupportable！"①的确，这位牧师的妻子真是一个十足的蠢货。然后是喝茶，接下去，十点钟左右，吃晚饭，晚饭后，一家人开始张大嘴打哈欠。格拉菲拉·利沃夫娜说，到乡下就该按照乡下的习惯过日子，那就是早早上床睡觉，于是大家都散了。十一点钟的时候，从马厩到小阁楼，全家的人都在打鼾。偶尔，附近也有来访的人——他也叫涅格罗夫，只是姓氏不同罢了；再不就是一个叫老婶子的人，她住在省城，一直急着要把自己几个女儿嫁出去。他们一来，家里的生活秩序大变，但客人一走——一切仍是老样子。当然，除这些事情外，还有许多时间不知如何打发，特别是在阴雨连绵的秋季和长夜漫漫的冬天。在这种时候，那位法国女人的全部聪明才智都用在如何消磨这空闲时间上了，应该说，她是有许多事情好讲的。在已故女皇叶卡捷琳娜在位的最后几年，她作为一名裁缝，随法国一个戏班子来到俄国。她丈夫在班子里挂二牌，但可惜他受不了彼得堡的气候，特别是他作为一个有妇之夫，对作为戏班子演职人员的妻子保护得过于热心，结果被一名骑兵中士从二楼的窗口里扔到了外面。想必被扔出去时他事先没有做好

---

①法文，意为"哎呀，她这个人太愚蠢了，真受不了！"

御寒防潮的准备,因此从那时起,他便开始咳嗽,一连咳了两个月,后来不再咳嗽了——原因很简单,因为他死了。艾丽丝·奥古斯托夫娜恰恰在她最需要丈夫的时候,即在她年方三十的时候,却成了寡妇……她大哭一场后,先是去给一个风湿痛患者当看护,后来给一个个子很高的鳏夫的女儿当老师,从他那儿又到了一位公爵夫人家里,如此等等,就不一一细说了。这里要说的只是:她非常善于适应她来的这家人的习惯,取得他们的信任,成为他们家不可或缺的人,完成他们交给她的秘密的或公开的事情,行为举止上时时保持低姿态,记住自己所处的被保护者的卑微地位,处处谦恭忍让,克制自己的欲望,总之,她既不嫌别人家的楼梯陡,也不嫌别人家的面包苦①。她成天笑声不断,总是在织着袜子,日子过得无忧无虑,嘴里还总是哼着小曲。男女下房里所发生的所有小纠葛,从来没有她不掺和进去的,她从不想一想自己的可怜处境。因此,在百无聊赖的时候,艾丽丝·奥古斯托夫娜便用讲故事的方式来安慰他人,这时候,阿列克谢·阿布拉莫维奇用纸牌算命,格拉菲拉·利沃夫娜则什么也不干,在沙发上闲待着。艾丽丝·奥古斯托夫娜知道许多关于自己恩人(她对自己的主人都这样称谓)的趣闻逸事;讲的时候自己又添油加醋一番,在每个故事中都把自己描绘成主要角色——好、坏无所谓——反正都一样。阿列克谢·阿布拉莫

---

① 这句话在暗指但丁《神曲》中的诗句,参见《神曲》中《天堂》第十七节。

维奇对于孩子家庭教师讲的这些奇闻逸事,听得比他妻子还津津有味,而且常常哈哈大笑,认为她不是一位太太,简直是个宝贝。日子差不多就这样一天一天地过去,而时光却在不断地流逝,有时候重要节日到了——斋戒日、冬至、夏至、命名日、生日等,这时格拉菲拉·利沃夫娜便惊讶地说:"哎呀,我的天,后天就是圣诞节了,难道早已下过雪了吗?"

但是,在所有这些事情中,那个被好心的涅格罗夫夫妇收养的可怜姑娘柳博尼卡在哪里呢?我们完全把她给忘了。这事主要怪她,不能怪我们,因为她出来时大都不说话;在这个宗法式的家庭里,对于所发生的种种事情,她几乎从不参与,在全家的大合唱中,她明显表现出是一个不谐之音。这姑娘身上有许多古怪的地方:在她生气勃勃的脸上同时又流露出一种冷漠和无动于衷的表情,好像对什么都无所谓,对一切都不管不问,以致有时候让格拉菲拉·利沃夫娜本人感到实在无法忍受,因此称她为冷若冰霜的英国女子,尽管将军夫人的安达卢西亚出身也很令人怀疑。她的脸很像父亲,只有那双深蓝色的眼睛是从冬尼娅那里继承来的。但这种相像蕴含着这样一个无限的矛盾,即这两张脸可以成为拉瓦特①写一部新的辞藻华丽的书的对象:阿列克谢·阿布拉莫维奇的阳刚之气在柳博尼卡脸上仍然保留了下来,即所谓一脉相传;但从她的脸上可以看出来,涅格罗夫本来是可以

---

①拉瓦特(1747—1801),瑞士作家,剧作家,曾经写过一本风行一时的关于相面术的书《相面术种种》(1778)。

大有作为的,只是这种能力为生活所压抑,被生活所窒息了。她的那张脸就是阿列克谢·阿布拉莫维奇的脸的写照:凡是看见柳博尼卡的人都不会再和涅格罗夫斤斤计较了,但她究竟为什么总是在一旁沉思默想呢?为什么很少有什么事情能让她开心呢?为什么她总喜欢一个人把自己关在屋里呢?这里的原因很多,有内因,也有外因,我们就从外因说起吧。

她在将军家的处境并不令人羡慕——这并不是因为有人要把她赶走,或者想方设法刁难她,而是因为他们一脑子的偏见,缺乏那种只有进步发展才能具有的文明礼貌态度,这些人的粗暴是不自觉的。无论是将军还是将军夫人都不理解柳博尼卡在他们家的奇怪地位,而且毫无必要地触动她那极其脆弱的心弦,加重她的痛苦。涅格罗夫那严厉的,有时是傲慢的态度,常常完全不是出于有意,但却深深地侮辱了她;后来他也曾故意地羞辱她,但他却完全不知道自己的话对于一个比管家的心灵更脆弱的心灵的影响是多么大,而且也不了解对待一个完全无助的姑娘——一个是女儿又不是女儿,有权利住在他家和由于他的恩惠才住在他家的姑娘,需要多么小心谨慎呀。这种文明礼貌的态度,像涅格罗夫这样的人是绝对不具备的,他根本想不到他的话会惹小姑娘生气,她算什么人呢,竟然还要生气?阿列克谢·阿布拉莫维奇为了尽量加深柳博尼卡对格拉菲拉·利沃夫娜的爱,经常对她说,今生今世她要一直为他的妻子向上帝祈祷,她的整个幸福生活多亏了他的妻子一个人,因为没有他妻子,她就做不成小姐,只能当女佣。他通过一些非常细小的事情使她感觉到：虽然她和他的孩子们一样地受教育，但是他们之间却存在着巨大的差异。她一过十六岁，涅格罗夫看任何一个未婚男人都可以做她的未婚夫，无论是从城里来了个办案的陪审员，还是听说附近有一个什么小地主，阿列克谢·阿布拉莫维奇总是当着可怜的柳博尼卡的面说："这位陪审员要是能向柳博尼卡求婚就好了，真的，挺不错：我觉得很合适，有什么不相配的？她总不能等着去嫁个伯爵吧！"格拉菲拉·利沃夫娜在为难柳博尼卡方面也不甘落后，有时她甚至以自己特有的方式对她宠爱有加，不听还不行，硬让已经吃饱了的柳博尼卡接着再吃，在不适当的时候让她吃果酱等东西，但可怜的柳博尼卡总是一忍再忍。格拉菲拉·利沃夫娜认为自己有责任向新认识的每一位太太介绍柳博尼卡，而且最后总要来上一句："她是个孤儿，跟我的孩子们一块儿学习。"——然后便窃窃私语，说长道短起来。柳博尼卡猜到了她们在说什么，脸色一阵发白，然后由于不好意思，脸上只觉得发烧——特别是当那位乡下太太听了格拉菲拉·利沃夫娜的悄悄说明后，便用不屑的目光看着她，同时露出轻蔑的微笑。最近一个时期，格拉菲拉·利沃夫娜对这个孤儿的态度有了一些变化，她脑子里常常开始出现一种想法，这种想法发展下去，可能会对柳博尼卡造成严重不利的后果：虽说当母亲的总认为自己的孩子最好，格拉菲拉·利沃夫娜终归看得出，她的丽莎——一个很像母亲的红红胖胖，但又有些呆头呆脑的姑娘——在端庄沉稳的柳博尼卡面前总有些相形见绌；柳博尼卡不仅人长得好看，她那种若有所思的神态本身，就给人一种难以忘怀的印象。看到了这一点，格拉菲拉·利沃夫娜完全同意阿列克谢·阿布拉莫维奇的意见，即如果遇到什么合适的文书或陪审官之类的人，只要心肠好，就把她嫁出去。这一切，柳博尼卡不可能不看在眼里。此外，周围所有的人也都在刁难她；她和包括"自己的奶妈"在内的女佣们的关系也很别扭。女佣们把她看成是暴发户，她们按照贵族的思维方式，只把名正言顺的丽莎看作小姐。当她们确信柳博尼卡是个非常腼腆的姑娘，遇事从不求全责备，又见她从不在格拉菲拉·利沃夫娜面前说她们的坏话，于是她们便完全不把她当回事儿，心里不痛快时竟粗声大气地说："奴才就是奴才，怎么打扮也改变不了，压根儿就没有贵族的威风和派头。"对于这些闲言碎语，达观地想一想，根本不值得计较——但我要说一句，有谁能在蒙受这些卑鄙下流的谩骂和侮辱时，他，或者最好说是她——会说：随她们说吧，无足轻重，不值一提呢！除了这些磨难，阿列克谢·阿布拉莫维奇有一位住在省城的姑母有时带着三个女儿也来做客，这个老太婆凶狠刻毒，疯疯癫癫，是个伪君子——她容不得这个可怜的姑娘，对她的态度实在令人气愤。"哎哟，这是从哪儿说起呀，"她摇晃着脑袋说，"打扮得这么漂亮？啊？说一说吧！姑娘，您这样，会使人觉得您和我们的几个女儿是可以平起平坐的！格拉菲拉·利沃夫娜，您为什么这样娇纵她呀？要知道，她的亲伯母玛尔富什卡在我家可是饲养家禽的呀,是我的女奴;可她这种权利是从何而来的呢?阿列克谢这个老东西也不害臊,就不怕别人笑话!"每次她骂完后,总要祷告一番,祈求上帝宽恕她的侄儿让柳博尼卡来到这个世上的罪孽。姑母的三个女儿——三种省城姑娘的姿态,其中大女儿光坚持自己是要命的二十九岁已经说了两三年了——若不是她们说话直来直去,简单明了,她们会通过自己用的每一个词让柳博尼卡感到她们是多么的宽宏大量,她们对她是多么的和蔼可亲。柳博尼卡在人前从不表露出这种场合给她带来多大的羞辱,或者还不如说,她周围的那些人,要是不向他们指出和解释明白,他们是不可能理解和看出来的;但柳博尼卡一回到自己的屋里便伤心地哭了起来……是啊,对于这种羞辱,她无法超然事外,不为所动——任何一个姑娘在这种情况下都未必能够做到。格拉菲拉·利沃夫娜觉得柳博尼卡有点可怜,但站出来对她进行保护,表示自己的不满——她连想都没有想过;通常她只是给柳博尼卡双倍的果酱而已,然后,等她嘴里不停地叫着 chère tante①,可不要忘记了我们,非常热情地送走老太婆的时候她才告诉法国女人,说她对这位姑母简直忍无可忍,每次她的到来都弄得她心神不宁,左太阳穴痛得要命,这疼痛随时都可能窜到后脑勺。

柳博尼卡的教育和其他方面的情形也差不多,这还用说

---

①法文,意为"亲爱的姑母"。

吗？除了艾丽丝·奥古斯托夫娜，没有什么人再来教她。而艾丽丝·奥古斯托夫娜只给孩子们讲法文语法，虽然法文拼写法的窍门她也不掌握，一直到头发白，她写起法文来还是错字连篇。除了教语法，别的她什么都不干，虽然她说她曾经在某公爵夫人家里辅导他们的两个儿子考大学。涅格罗夫家的藏书不多，阿列克谢·阿布拉莫维奇自己连一本也没有；然而格拉菲拉·利沃夫娜却有一个小图书馆。起居室里有一个橱柜，上面一格放的是一套从来都不用的、摆摆样子的茶具，下面一格——则都是书，其中有四五十本法国小说，一部分是很久以前供伯爵小姐马夫拉·伊甫利什娜消遣和受教育用的，其他是格拉菲拉·利沃夫娜婚后第一年买的——那时候她什么都买：给丈夫买水烟袋、柏林样式的公文包，买带有小金锁的漂亮的狗颈圈……在这些用不着的东西中，她还买了十四本正在流行的书，其中有两三本是英文的，它们也跟着来到了乡下，虽然不仅涅格罗夫家，就是方圆四平方俄里①之内也没有一个懂英文的人。她买这些书，是因为相中了它们的伦敦装帧：装帧的确很漂亮。格拉菲拉·利沃夫娜不仅很愿意让柳博尼卡拿这些书去看，甚至还鼓励她这样做。她说她自己也非常喜欢读书，但可惜她的事情太多——家事和孩子们的教育——使她没有时间读书。柳博尼卡很乐意读书，而且读得很认真，但她对读书并没有特别的嗜好：

---

① 一俄里等于七点四七公里。

她还没有养成非读书不可的习惯，她总觉得书中写的东西似乎都很没劲，甚至沃尔特·司各特①的作品有时也让她感到索然无味。然而，这位年轻姑娘所处的单调的环境并没有扼杀她的发展，恰恰相反，这种庸俗的环境反倒更加促进了她的迅速成长。怎么会呢？——这是女人心灵的秘密。一个姑娘，要么一开始就很适应自己周围的环境，到了十四五岁便学着扭怩作态，恃宠作娇，传播流言蜚语，对过往的军官飞媚眼，留心女佣们是不是偷取茶叶和白糖，打算将来自己能成为受人尊敬的家庭主妇和要求严格的母亲；要么就能出淤泥而不染，用内心的高尚情操战胜外部脏乱的环境，以某种新的领悟来认识人生，从而把握住一种能够伴随自己、保全自己的生活节奏。这种发展几乎是男人所没有的。我们哥儿们受着教育，在中学、大学、台球室里，在其他多少带点教育意味的机构里学习着，但我们的发展和领悟水平和走在前面的女人们相比，并不是越来越接近了；当我们到了三十五岁，头发、精力、激情逐渐消退的时候，她们却还在焕发青春，保持着旺盛的活力。

　　柳博尼卡十二岁的时候，有一次，涅格罗夫大耍家长脾气，出口伤人，态度粗暴，一连训斥她几个小时，这事给了她很大的刺激，从此她就再没有停止过向前迈进。从十二岁起，

---

①沃尔特·司各特(1771—1832)，英国小说家、诗人，他一生写了二十七部历史小说、七部长篇叙事诗以及许多中短篇小说和人物传记，对十九世纪欧洲文学发展有很大影响。

她那个满头黑色鬈发的小脑袋瓜就开始活动了。她脑子里萌生的问题,范围并不大,净是些个人问题,这样也便于她集中精力思考。周围的事物她一律不管不问,她思索着,幻想着,幻想是为了减轻自己的精神负担,思索是为了弄清楚自己的理想是什么。这样,五年过去了,五年在一个姑娘的成长过程中是一个很长的时期。柳博尼卡是个爱动脑子的姑娘,内心像一团火,五年间她所感受和弄明白的事情,往往是善良的人们一辈子也想象不到的。她有时候简直害怕自己的想法,责怪自己各方面的成长,但却压制不住自己内心的活动。她关心些什么,心里有什么想法——没有人可以和她沟通,万般无奈,最后便想出一个一般女孩子常用的方法:开始把自己的所思所感写下来。它是一种类似日记的东西,为了使各位能够了解她,我从这本日记中摘出以下片段:

> 昨晚我在窗前坐了很久。夜里天气湿暖,园子里美极了……不知道为什么,我总是感到那么忧伤,好像我的心头被蒙上了一块乌云。我难过极了,禁不住哭了起来,哭得非常伤心……我有父母,但我却是一个孤儿:茫茫人世间,我孤身一人。想到我谁都不爱,不禁感到有些毛骨悚然。这太可怕了!看看周围的人,他们都有所爱之人,然而我却举目无亲——我想爱,但却不能够。有时候我觉得我是爱阿列克谢·阿布拉莫维奇、格拉菲拉·利沃夫娜、米沙和妹妹的,但我这是在欺骗

自己。阿列克谢·阿布拉莫维奇对我的态度是那样粗暴，他比格拉菲拉·利沃夫娜更让我感到形同路人，然而他却是我的父亲——难道做儿女的可以谴责自己的父亲吗？难道他们爱他是怀有什么目的的吗？他们爱他，是因为他是他们的父亲——但我却做不到。有多少次，我发誓要好好听父亲毫无道理的责骂，但是我习惯不了……只要阿列克谢·阿布拉莫维奇对我一发脾气，我的心就跳起来，而且跳得越来越厉害，我觉得，要是我由着自己的性子，我会同样用粗暴的态度回敬他的……我对母亲的爱已经破灭了，消失了，我知道她是我的母亲，才刚刚有四年，让我习惯于我有母亲这一想法，对于我来说有些太迟了：我爱她是把她当作奶妈……爱的，我是爱她的，但是我害怕承认这一点，我和她在一起时感到非常别扭，跟她说话时我必须隐瞒许多事情：这妨碍我们进行交流，令人感到痛苦。当你爱的时候，应该是无话不谈，可是我和她在一起的时候就没有这种自由。她是个心地善良的老太太——她比我更像个孩子，而且她已经习惯地称我为小姐，说话时对我称呼您——这几乎要比阿列克谢·阿布拉莫维奇的恶言恶语听起来还叫人难受。我为他们和自己向上帝祷告，企求上帝去除我心中的傲气，使我能够变得温文尔雅，求他赐予我爱心，但爱一直没有来到我的心中。

一周之后

　　难道所有的人都像他们,而且到处都跟这家人一样生活吗?我从未离开过阿列克谢·阿布拉莫维奇的家,但我觉得即使在乡下也可以生活得更好一些。有时候我觉得和他们在一起简直难受极了,也许这是因为我整天独自待着,性格变得孤僻了?有时我到椴树林荫道上去散步,坐在路口的长椅上,向远处眺望,感觉就不一样——这时我的感觉好多了,我忘记了他们;说不上是快乐,更多的是一种隐忧,一种惬意的愁思……山脚下坐落一个村子,我喜欢农民的这些简陋的房舍,喜欢绕村而过的潺潺溪流,还有那远方的林木。我一连几个小时地凝神眺望,观察着,而且仔细地倾听着——远处不时传来歌声、机器链条的嘎巴声、狗的叫声和大车的轧轧声……而就在这种时候,只要我的白色连衣裙一出现,那些农村孩子便向我跑来,给我送来草莓,跟我讲各种各样的奇闻逸事;我听着他们的话,一点儿不感到乏味。这些孩子是多么的可爱、坦诚和天真无邪啊!看来,要是让他们也接受像米沙那样的教育,肯定能培养出一批人才!有时候他们到老爷的庄园来找米沙,这时我只能避开他们,因为我们的用人和格拉菲拉·利沃夫娜本人对待他们的态度非常粗暴,使我心里感到非常难受。这些可怜的孩子千方百计想讨好弟弟,他们到处去给他抓松鼠，捉小鸟，可他却总是欺侮他们……奇怪的是，格拉菲拉·利沃夫娜是个多愁善感的人，当她听到一件什么伤心事时，会难过得直掉眼泪，可有时候我又对她的冷酷大为惊讶,她似乎也感到有些愧疚，总是说："这一点他们不懂，不能把他们当人看待，那样他们会忘乎所以的。"我就不相信：看来我母亲身体里的农民的血液在我的血管里被保留了下来！我跟农妇们说话从来跟和其他所有人一样，所以她们喜欢我，经常送给我热牛奶和蜂蜜。诚然，她们不像对格拉菲拉·利沃夫娜那样给我行鞠躬礼，但她们对我总是笑脸相迎，显得很高兴……我总也弄不明白，为什么我们村的农民都比从省城或附近来我们这里做客的人要好，而且比他们要聪明得多——而他们可都是受过教育，知书达理的呀，所有这些个地主和官吏——个个都那么令人讨厌……

一个在涅格罗夫的封建宗法式家庭教育下的姑娘，自打生下来，十七年从未出过远门，读书不多，更没有见过世面——就是这样一个姑娘，她有这样的真情实感，能够想象吗？日记所记的事实的真实性，材料收集者可以用他的良心担保。而心理方面的问题，请允许我来说上几句。柳博尼卡在涅格罗夫家的奇特地位，您已经知道，她生来精力充沛，富有活力，但由于她和全家的关系暧昧，由于她生母在家中的地位，以及父亲毫无情义的态度——父亲认为她的降生不是他的罪，而是她的罪——最后，还因为所有用人带着他们特有的讨好贵族倾向，对冬尼娅挖苦讥笑，冷嘲热讽，柳博尼卡从各方面都感到受了莫大的侮辱。既然人人都在排挤她，那么柳博尼卡到哪儿去安身呢？如果她是个男人，她也许会离家出走，投奔军队，或随便到什么地方去；但她是个姑娘家，她只能把这一切埋藏在自己心里，她年复一年地死撑活挨，忍辱偷生，过着无所事事的日子，想着自己的心事。当她的心头所思逐渐沉淀下来，当她那自然产生的强烈地要求向人倾诉的愿望得不到满足时，她便拿起笔来，诉诸文字，就是说，把自己的所思所想完全记下来，即所谓一吐为快，以缓解内心的压力。

只要稍微有点眼力的人都能够预见，柳博尼卡和克鲁齐费尔斯基在此种情况下相互见面是不会白见的。教育上几近多年的努力和在上流社会的生活，使两位年轻人具备了相互钟情与爱慕的能力和思想准备。柳博尼卡和克鲁齐费尔斯基相互不可能不留意对方：他们都举目无亲，都是天涯沦落人……很长时间，生性腼腆的学士先生不敢和柳博尼卡说话，命运使他们在沉默中相识了。使这两个年轻人互相接近的首要原因，是涅格罗夫对待家人和用人们的家长式的粗暴态度。就像柳博尼卡自己说的，阿列克谢·阿布拉莫维奇的恶言恶语，她这一辈子也接受不了。当然，当着外人的面，他更加肆无忌惮；她面红耳赤，怒火满腔，但这并没有妨碍她亲眼看见克鲁齐费尔斯基同样也受到将军这种封建宗法式的对待。很久之后，克鲁齐费尔斯基自己也有了同样的感觉，这时他们相互有了理解，暗中达成了默契。这种理解和默契在他们三言两语的交谈之前就已经存在了。当阿列克谢·阿布拉莫维奇开始责骂柳博尼卡的时候，或者是对六十岁的斯比尔卡和白发苍苍的马丘什卡进行说教，大念道德经的时候，柳博尼卡不由自主地把一直盯着地面的痛苦目光转向德米特里·雅科夫列维奇，而后者则气得嘴唇直打哆嗦，脸上红一阵白一阵的；为了缓和内心沉重的不快情绪，他也用同样的办法，悄悄观察柳博尼卡的脸色，看看她心里在想些什么。他们起初并未想到这些比任何人都更富有好感的目光会把两个人引到何处，因为他们周围没有任何不仅能够压倒，而且能够把所产生的好感控制在一定范围之内，最后加以分散化解的东西；恰恰相反，由于其他人根本没有留意，这反而促进了这种好感的发展。

我根本无意向诸位详细讲述我笔下主人公的爱情故事，因为缪斯[①]没有赋予我描写爱情的能力：

啊，我歌唱的不是爱，而是恨！

我只想简单地告诉你们，生性温和且易动感情的克鲁齐费尔斯基来到涅格罗夫家两个月后，便疯狂地爱上了柳博

[①]缪斯，希腊神话中九位司科学、戏剧、诗歌、舞蹈、历史等艺术门类的女神的通称，她们都是奥林匹斯山主神宙斯的女儿，住在赫利孔山。

尼卡。爱情成了他生活的中心,为了她,别的一切他都顾不上了:无论是对父母的关爱,还是对学问的专注——一句话,他爱得非常狂热,非常浪漫,跟维特①和连斯基②一样。很长时间他自己也没有意识到内心充满了一种新的感情,后来他也没有直接向她吐露,甚至连想都不敢想——这种事大抵也不用去想:一切顺其自然。

有一天,吃过午饭,涅格罗夫在书房里,格拉菲拉·利沃夫娜在起居室里休息,柳博尼卡在大厅里坐着,克鲁齐费尔斯基在给她朗读茹科夫斯基③的诗。对于一个年轻男人来说,给一位年轻女子朗读除数学教程之外的任何读物有多大危险和害处,法郎赛斯加·达·里米尼在另一个世界里就已经说过了,她一边跳着该死的华尔兹舞 della bufera infernal④,一边对但丁说:她是如何由朗读到接吻,又从接吻走向可悲结局的。⑤我们这两个年轻人不了解这些事,他们已经一连数日用学士带来的茹科夫斯基的诗在自己的爱情上煽风点火了。当他们在朗读《伊维克的仙鹤》⑥时,一切都很好,但是在知道了这一案情的凶手后,他们便转而去朗

---

①德国诗人歌德(1749—1832)的小说《少年维特之烦恼》的主人公。
②俄国诗人普希金(1799—1837)的长诗《叶甫盖尼·奥涅金》中的人物。
③茹科夫斯基(1783—1852),俄国诗人,翻译家,俄国浪漫主义诗歌的奠基人。
④意大利文,意为"地狱狂风"。
⑤指法郎赛斯加和保罗的爱情故事,见但丁的《神曲》(《地狱》第五节),人民文学出版社,一九八二年。
⑥茹科夫斯基的故事诗,写于一八一三年,讲述一个关于仙鹤的神话故事,仙鹤帮助揭露了杀害流浪歌手伊维克的凶手。

读《阿丽娜和阿利西姆》①——这时事情便发生了。克鲁齐费尔斯基用颤抖的声音朗读完第一诗段,擦了擦脸上的汗,喘了口气,吃力地读出了下面的诗句:

> 当时来运转的时候,
> 他一定会表明自己的心声:
> 你是我世上唯一的亲人——

他停下来,号啕大哭,泪如雨下,书从他手里掉了下来,但他只管低头哭泣,简直伤心极了,只有第一次坠入爱河的人才会哭成这个样子。"您怎么啦?"柳博尼卡问道,她的心也跳得很厉害,眼里满是泪水。"您怎么啦?"她又问了一遍,心里真害怕他的回答。克鲁齐费尔斯基抓住她一只手,鼓起一种新的、从未有过的力量和勇气,同时又不敢抬起眼睛,对她说:"请……请做我的阿丽娜②吧!……我……我……"他往下再也说不出什么话了。柳博尼卡轻轻地抽回自己的手,她的脸只觉得发烧,哭着向外面跑去。克鲁齐费尔斯基没有阻拦她,甚至也未必想要阻拦她。"我的天呀……不过她只是那么轻轻地,不好意思地抽回了自己的手……"于是他又哭了起来,完全像个孩子。当天晚上,艾丽丝·奥古斯托夫娜开玩笑地对克鲁齐费尔斯基说:"您大概在谈恋爱吧?一

---
①茹科夫斯基的另一篇故事诗,写于一八一四年。
②茹科夫斯基的叙事诗《阿丽娜与阿里西姆》(1814)中的主人公。

副心不在焉、神情忧郁的样子……"克鲁齐费尔斯基听后一下子满脸涨得通红。"怎么样，我猜中了吧，要不要我给您算上一卦?"凶犯在侦察人员面前弄不清后者已掌握了哪些案情，不知道他在暗示什么时的感受，德米特里·雅科夫列维奇·克鲁齐费尔斯基这时全都体验到了。"怎么样，要算一卦吗?"紧追不舍的法国女人问道。

"那就有劳您了。"年轻人回答说。

于是艾丽丝·奥古斯托夫娜脸上露出一种诡诈的微笑，开始放牌，嘴里念念有词："喏，它就是让您 de vos pensées①的意中人……您的运气太好了，她和您心心相印!……恭喜，恭喜……就挨着红心 A……她非常爱您……这是怎么回事? 她不敢向您表白。您这位骑士怎么这样狠心呢，让她痛苦不堪!"如此等等。艾丽丝·奥古斯托夫娜说每个字的时候，都用她那双犀利的小眼睛紧紧地盯着他，对这个可怜的年轻人的"拷问"，使她打心眼儿里感到非常高兴。"Pauvre jeune homme②，她不会让您如此痛苦的，喏，哪儿有这样铁石心肠的人……您曾经对她说过您爱她吗? 肯定没有吧!"克鲁齐费尔斯基的脸是一阵白、一阵红，一会儿发青，一会儿变黄，最后他撒腿便跑，逃之夭夭。回到自己屋里，他抓起一张纸，心里怦怦直跳，他兴奋地、神情专注地抒发起了自己的感情。这是一封书信，一首长诗，一篇祷文，他

---

①法文，意为"心驰神往"。
②法文，意为"可怜的年轻人"。

幸福得哭了起来——总之，写完后，他感受到了无比幸福的美妙瞬间。这样的瞬间，通常都像闪电一样，稍纵即逝——它是我们生活中最好最美的财富，然而我们却没有珍惜它、尽情享受它，反而经常表现得非常浮躁，忧心忡忡，总在期待着未来的什么……

写完信，克鲁齐费尔斯基来到楼下，大家正在喝茶。柳博尼卡没从自己的房间里出来，说是头疼。格拉菲拉·利沃夫娜显得特别妩媚动人，但是没有人注意她。阿列克谢·阿布拉莫维奇若有所思地抽着自己的烟斗(想必诸位还没有忘记，他的这副样子只是一种假象)。艾丽丝·奥古斯托夫娜去取自己杯子的时候，乘机告诉克鲁齐费尔斯基，说她需要跟他谈谈。但是谈话没有进行下去；米沙在逗狗玩，它叫个不停——涅格罗夫叫人把狗赶出去；最后，戴着粗麻布套袖的女佣把茶炊端走了；阿列克谢·阿布拉莫维奇在发牌算卦，格拉菲拉·利沃夫娜在抱怨头疼。克鲁齐费尔斯基走出大厅，这时天色已经开始暗下来。可艾丽丝·奥古斯托夫娜仍旧在那里。"天黑后请您到凉台上去一下，有人等您。"她说。这时克鲁齐费尔斯基人已经完全麻木了……这是真的吗？有人要和他约会，也许是她生气了，要对他发泄一下自己的愤怒，也许……于是他向园子里跑去。他好像看见椴树林荫道的深处有白色连衣裙在晃动，但是他不敢走过去，他甚至不知道该不该到凉台上去——是的，哪怕只是为了递交一封信，只需一分钟——当面递交……但一想到要去凉台他就感到非常害怕……他抬头往上看了看：尽管天色已黑，凉台一角的白衣裙仍然能够看见。是她，是她，她是那样忧郁，那样若有所思——想必她是坠入爱河了！……于是他踏上了从园子通往凉台的第一级阶梯。最后他是怎么走上去的，我就不向各位一一转述了。

"哎呀，是您呀？"柳博尼卡小声问道。

他没有出声，像鱼似的，只是张着嘴喘气。

"这夜色有多美呀！"柳博尼卡接着说。

"请原谅我，看在上帝的分儿上，请您原谅！"克鲁齐费尔斯基回答说，伸出像死人一般的手握住柳博尼卡的一只手。柳博尼卡没有抽回手去。

"请看看这封信，"他说，"您就会了解我实在难以开口的事……"

泪水又湿润了他那火辣辣的面颊。柳博尼卡紧紧握住他的手；他的眼泪洒落在她的手上，他一再地亲吻它。她接过信，藏进了自己怀里。他兴奋不已，也不知道事情是怎样发生的，但是他的嘴唇和她的嘴唇互相接触了；爱的初吻——凡是没有亲身体验过的人都是不幸的人！心醉神迷的柳博尼卡自己也报以热烈的、令人销魂的长吻……德米特里·雅科夫列维奇·克鲁齐费尔斯基从未感到这样幸福过，他把头俯在自己一只手上，哭了起来……他抬起头，突然惊叫道：

"天哪，我干的什么呀！"

这时候他才发现，面前的女人根本不是柳博尼卡，而是格拉菲拉·利沃夫娜。

"我的朋友,请你安静些!"快要让悠闲富裕的生活腻味死了的将军夫人说。但这时克鲁齐费尔斯基早已跳下阶梯,进入园子,立刻顺着椴树林荫道跑去,然后离开园子,穿过村庄,浑身无力地倒在路上,像中风了一样。这时候他才想起来信落到格拉菲拉·利沃夫娜手里了。怎么办?——他揪住自己的头发,像一头发狂的野兽,在草地上滚来滚去。

为了说明这场奇怪的 qui pro quo①,我们必须暂且停下来,做一点说明。——艾丽丝·奥古斯托夫娜那一双小眼睛非常敏锐,善于察言观色,她发现自从克鲁齐费尔斯基来到将军家后,格拉菲拉·利沃夫娜开始有点注意起打扮来:衣服穿得跟以前不同了,领子样式不断变换,包发帽也焕然一新,对发式也关心起来,那种粗大的帕拉什卡式发辫——不久曾一度和格拉菲拉·利沃夫娜残存的蓬松头发颜色很搭配——重又梳了起来,尽管发辫已经被蠹虫蛀去了一些。在这位备受敬重的女主人那松弛宽大的脸上,出现某种一直被丰满的两腮悄悄掩盖着的新的神态:有时候,她一微笑——眼睛里便透出几分淫荡的神色,一声叹息——目光里则露出几分甜蜜……这些个变化,丝毫都没有逃过艾丽丝·奥古斯托夫娜的眼睛。有一天,她偶然走进格拉菲拉·利沃夫娜的房间,

---

① 拉丁文,意为"误会,误解"。

女主人不在屋,她顺手打开梳妆盒,发现里面有一支 rouge à lèvres①,已经被打开,这瓶唇膏和一瓶什么眼药水放在一块儿有十五年了——当时她在心里不禁叫道:"现在该是我出场的时候了!"当天晚上,她和格拉菲拉·利沃夫娜单独在一起的时候,这个法国女人便讲起有那么一位夫人——自然是公爵夫人了——对一位年轻男子产生了兴趣,她(即艾丽丝·奥古斯托夫娜)眼看天使般的公爵夫人痛苦不堪,一天天变得憔悴,便产生了恻隐之心;最后公爵夫人一头扎进她的怀里,把她当成是自己唯一的知心朋友,一五一十地把自己的烦恼和困惑统统都对她说了,想听听她的意见;她消除了公爵夫人的困惑,提出了自己的忠告;此后公爵夫人便不再憔悴和痛苦了,相反,开始变得丰满和快乐起来。格拉菲拉·利沃夫娜听了她这番胡扯,身体里顿时燃起了夜火一样的激情。通常人们认为胖的人不会有什么激情——这话不对:凡是大火持续得久的地方,那里肯定有许多带脂肪的东西——只要燃烧起来。而艾丽丝·奥古斯托夫娜,正如诸位所看到的,所扮演的就是煽风点火的角色,她把格拉菲拉·利沃夫娜身上的那点欲火煽成了熊熊的火焰。诚然,她还没有达到让格拉菲拉·利沃夫娜把自己所有秘密都告诉她的程度,她甚至具有不强人所难的气量,因为这样做完全没有必要:她想把格拉菲拉·利沃夫娜牢牢掌握在自己的手中——而且

---

①法文,意为"口红,唇膏"。

肯定稳操胜券。格拉菲拉·利沃夫娜在后来的两个星期里送给她两件礼物——一块库帕文厂出品的头巾和自己的一件丝绸连衣裙。

克鲁齐费尔斯基不仅在行为上，而且在思想中都像少女一般天真无邪，他怎么也猜不透这位法国女人主动过来讨好，说话含沙射影的用心，同时他也揣摩不透格拉菲拉·利沃夫娜的眼神里的含义。然而他这种憨厚老实、羞涩腼腆的性格和他的怅然若失的目光，更能激发一个四十岁的女人的激情；对通常男女关系的奇怪颠倒使这事变得特别有趣；实际上，格拉菲拉·利沃夫娜扮演的是征服者和引诱者的角色，而德米特里·雅科夫列维奇·克鲁齐费尔斯基——是一位天真少女的角色，居心险恶的蜘蛛已经在他周围开始张网布阵。好心的涅格罗夫什么都没察觉，像往常一样，到处走走看看，问问园丁婆婆果树的情况如何。在阿列克谢·阿布拉莫维奇这个宗法式的家庭里，依然保持着平静和睦。现在我们可以回到凉台上去了。

格拉菲拉·利沃夫娜见自己的约瑟①转身逃去，很是莫名其妙。她感到晚上有几分凉意，便回到了卧室。等只剩下她一个人和艾丽丝·奥古斯托夫娜在一起时，她取出了那封信。她那宽阔的胸脯有些起伏，她用颤抖的手指打开信

---

① 《圣经》神话中雅各和拉结的儿子，犹太人十二列祖之一，被自己的兄弟们卖作奴隶，历经磨难，最终成了埃及王。后来他的兄弟们落难投奔他时，他收留了他们。

件，开始阅读，这时她惊叫起来，好像有青蛙或者壁虎夹在信中或者突然爬到她怀里似的。三个女佣急忙跑进屋内，艾丽丝·奥古斯托夫娜伸手把信抓了过去。格拉菲拉·利沃夫娜叫人拿花露水过来，惊魂未定的女佣把氨搽油递给了她，这时格拉菲拉·利沃夫娜叫人在她头上搽一些……"Ah, le traitre, scelerat！①"……没想到这么老实的人竟干出这等事来！……我们这位英国小姐……不，这个贱骨头，是干不出什么好事来的，因为她一点不知好歹……我简直是养了一条毒蛇！"艾丽丝·奥古斯托夫娜现在的处境跟我认识的一位官员的情况差不多：他一辈子耍奸弄滑，屡屡得手，自信没有人能够顶替他，于是他提出了辞呈，想以退为进，保住自己的职位——谁知他的辞呈竟被照准了。骗了一辈子人，到头来却骗了自己。她是个很机灵的人，立刻就明白了是怎么回事，是她把事情搞糟了，知道错误出在什么地方；同时她又想，与其说她和格拉菲拉·利沃夫娜落在了克鲁齐费尔斯基的手里，还不如说是他落在了她们的手里。她想，如果格拉菲拉·利沃夫娜因为嫉妒而忌恨他，他可能会把艾丽丝·奥古斯托夫娜揭露出来，可要是拿不出证据，这只能在阿列克谢·阿布拉莫维奇的心里引起怀疑。正当她苦思冥想着如何才能平息遭遗弃的狄多②的愤怒的时候，阿列克谢·阿

---

①法文，意为"啊，负心的坏蛋！
②古罗马诗人维吉尔（公元前70—公元前19）的长篇史诗《埃涅阿斯纪》中的女主人公，因自己的心上人埃涅阿斯拒绝了她的爱情而自杀。

布拉莫维奇走进了卧室，他一边打着哈欠，一边在自己的嘴上画着十字——艾丽丝·奥古斯托夫娜感到自己全完了。

"阿列克谢！"怒气冲冲的夫人叫道，"我从未想到过会出这样的事，亲爱的，你想想看：这位老实巴交的先生——他在给柳博尼卡写信，而且写的这叫什么信——读起来吓死人，他算把一个无依无靠的孤儿给毁了！……我要你明天立马让他从我们家走人。想想看，当着我们女儿的面……当然，她还是个孩子，但这种事是会对她的思想产生影响的。"

阿列克谢生来不是那种对事情能够迅速做出反应，并能当机立断的人。何况这件事着实也让他大吃一惊，一点不比当年蜜月期间格拉菲拉·利沃夫娜对着已故父母的坟墓发誓，一定要求他收养这个私生女时吃惊更小。此外，涅格罗夫困得要命，非常想睡觉，报告截获信件一事所选择的时间很不是时候：一个人想睡觉的时候对于妨碍他睡觉的人会非常恼火的——因为他的神经已经非常脆弱，一切都处在困倦的影响之下。

"怎么回事儿？柳博尼卡跟谁在通信吗？"

"是的，是的，柳博尼卡跟这位大学生在通信……我们这位品行端正的小姐……老实说，她这种出身，肯定会干出这种事来的！……"

"喏，信里都写些什么？是私订终身不成？啊？这不，女孩子一到十七岁，就要当心了。难怪她总是一个人待着，说头疼什么的……我一定要让这个骗子娶她，难道他忘了他在谁家做事么！信在哪里？呸，真糟糕，写这么小的字！一个当老师的，自己连字都不会写，像是老鼠爪子画的。你给我念念，格拉沙①。"

"这种破玩意儿我连念都不愿念。"

"胡说什么呀！四十岁的娘儿们了还说这种话！达什卡，去书房把眼镜给我拿来。"

达什卡知道去书房的路，很快就把眼镜拿来了。阿列克谢·阿布拉莫维奇坐到灯旁，打了个哈欠，翘着上嘴唇，这使他的鼻子有一种令人肃然起敬的样子，他眯缝着两眼，开始非常吃力地，带着一种浓重的书生腔念道：

"是的，请做我的阿丽娜吧。我热烈地，像疯了一样不顾一切地在爱着您，您的名字就意味着爱②……"

"这人真能胡扯！"将军插话说。

"……我不抱任何希望，我也不敢幻想得到您的垂爱，但我的心里憋得发慌，不能不对您说：我爱您。请原谅我，我跪在您的面前，求您了——请您宽恕……"

"呸，你这个人还真能胡说八道！这还只是开头第一页……不，老兄，够了！谁要看这些胡言乱语！……预防发生这样的事，难道不是你们的责任吗？你们怎么看管的？为什么让他们单独在一起？……不过还好，没什么大不了的，女人就是头发长，见识短。信里到底写些什么？鬼话连篇，

---

①格拉菲拉的爱称。
②因为"柳博尼卡"这个名字的词根源于俄文的"爱"字。

而别的事只字未提……可柳博尼卡也到该嫁人的时候了,他为什么不可以做未婚夫呢?医生说,他是一名十等官员。看他胳膊是不是能拧过大腿……咱们走着瞧,人早上总比晚上头脑聪明一些,该睡觉去了,再见,艾丽丝·奥古斯托夫娜,眼力挺不错的,可硬是没看出来……好了,明天再说!"

于是将军开始脱去衣服,一分钟后便打起鼾来。入睡前他还在想:克鲁齐费尔斯基,他跑不了,非让他和柳博尼卡结婚不可——这是对他的惩罚,而她也该有个归宿了。

这真是个不顺心的日子。格拉菲拉·利沃夫娜怎么也没有料到涅格罗夫的想法会这样急转直下,她忘记自己近来一直跟将军说柳博尼卡该嫁人的话了,这风流娘儿们醋意大发,一头扎到床上,就要去咬那枕头套,也许,实际上她真的咬了。

可怜的克鲁齐费尔斯基这时候一直在草地上躺着,他真心诚意地只想一死了之,要是在帕尔卡[①]女人掌权时代,她们肯定会因为不忍心而把他的生命线切断的。他非常烦闷,万分苦恼,深感绝望与恐惧,担心与羞愧,他已经是疲惫不堪,结果跟阿列克谢·阿布拉莫维奇一样——竟然睡着了。若不是像克鲁波夫医生说的他患有 febris erotica[②] 症,他肯定会染上 febris catharralis[③] 病,但这时寒露帮了他的忙:起初睡得

[①]古代神话中的命运三女神,她们掌管着人的生与死的大权。三位女神中克罗托纺织生命之线,拉刻西斯决定生命之线的长短,阿特洛波斯负责切断生命之线。
[②]拉丁文,意为"恋爱狂"。
[③]拉丁文,意为"卡他性寒热病"。

不好，后来倒是睡熟了；三小时后，他醒了过来，这时太阳已经升起了……海涅说：太阳东升西落纯系老生常谈，这话完全正确；对于热恋中的人来说，这话更应该是理所当然的了。清新的空气，扑鼻的芳香；白蒙蒙的雨露返回大气，身后留下千百万晶莹透明的露珠；天空的彩云和难得一见的阴影赋予周围的树木、家舍一种优雅的新意；小鸟各自在欢唱，万里晴空。德米特里·雅科夫列维奇·克鲁齐费尔斯基站起身来，这时他的心情已经好多了；他面前的道路蜿蜒曲折，望不到头；他久久地望着它，心想：是不是沿着这条路一走了之，从此永远避开这些戳穿他的秘密——是他自己糟蹋了这一神圣的秘密——的人们呢？不然他怎么好回去，怎么见格拉菲拉·利沃夫娜呢……还是走为上计！但是他怎么能扔下柳博尼卡呢？哪儿有和她分手的勇气呢？……于是他慢腾腾地往回走去。他进了园子，看见椴树林荫道上有白色衣裙，马上便想起了自己所犯的错误，想起了第一次接吻，脸一下子就红了起来，但这次穿白衣裙的人却是柳博尼卡。她端坐在自己喜欢的长凳上，闷闷不乐、若有所思地眺望着远方。克鲁齐费尔斯基倚靠在一棵树上，怀着一种兴奋喜悦的心情注视着她。的确，此时此刻，她显得分外漂亮，她正在专心致志地想自己的心事，她的样子有些忧伤，但这种忧伤反而给她那生机勃勃、轮廓分明、青春美丽的面庞增添了某种庄重的印象。这位年轻人伫立良久，细心观察，目光中充满了爱慕和真诚，最后，他决定向她走去。他必须和她谈谈，必须告诉她关于那封信的事。柳博尼卡看见克鲁齐费尔斯基后显得有些不好意思,但这里没有任何做作之处,她迅速看一眼自己早晨穿的这身衣服(她没想到会遇见人),急忙整理一下,接着便抬起她那双沉静美丽的眼睛,望着克鲁齐费尔斯基。德米特里·雅科夫列维奇双手按在胸口,站在她的面前;她看到他那充满爱慕、痛苦、希望和喜悦的祈求的目光,便向他伸过手去;他握住她的手,泪流满面……诸位!人年轻时候有多么好啊!……

借《阿丽娜与阿里西姆》那首诗所吐露的真情,深深打动了柳博尼卡的心。正如我们所提到过的,很久以前,她就以其女性的洞察力感觉到有人已经爱上了自己,但当时这还只是一种预感,只可意会,不能言传。现在话已经说出来了,于是晚上她在自己的日记中写道:

> 好不容易我才把自己的思想稍微理出个头绪。啊,瞧他哭得多么伤心!天哪,我的天哪!我从未想到过男人也会这样痛哭。他的目光天生具有某种力量,使我浑身战栗,但这不是恐惧;他的眼神是那么温存,那么柔和,跟他的声音一样……我非常同情他;要是按我的心意,为了安慰他,我几乎会对他说我爱他,我会吻他,那样他会感到非常幸福……是的,他爱我,这我看得出;我自己也爱他。在我见到过的人当中,他和他们的区别是多么大呀!他是那样的高尚,那样的温柔!他对我谈

过他的父母：他是多么爱他们啊！可他为什么要对我说："做我的阿丽娜吧！"我有自己的名字，而且非常好听；我爱他，我可以属于他，但我还是我……我值得他爱吗？我觉得我无法那么强烈地去爱！又是这一阴暗的想法，它永远在啃噬着我的心……

"再见，"柳博尼卡说，"信的事用不着那样担惊受怕，我什么都不怕，我了解他们。"

她握住他的手，态度是那么友好，样子是那么可爱，然后便消失在树丛中了。克鲁齐费尔斯基一个人留了下来。他们在一起谈了很久，克鲁齐费尔斯基所得到的幸福远比昨天所遭受的不幸大得多。他回味着她的每一句话，心潮澎湃，浮想联翩，事事都和一个人的形象交织在一起。她无处不在，她……但他的遐想被阿列克谢·阿布拉莫维奇的哥萨克用人打断了，他叫克鲁齐费尔斯基到将军那里去。涅格罗夫还从来没有在早上这个时候叫过他。

"有什么事吗？"克鲁齐费尔斯基问道，他像被当头泼了一盆冷水似的。

"是的，请到老爷那里去一趟。"哥萨克用人相当不客气地说。

显然，信的事将军一定有所耳闻了。

"我这就去。"克鲁齐费尔斯基说。恐惧和羞愧已经使他有些六神无主了。

他有什么好怕的呢?柳博尼卡爱他,看来这已毫无疑问,那还有什么可怕的呢?但是他却被吓得魂飞魄散,羞得无地自容;他怎么都无法想象到格拉菲拉·利沃夫娜的处境丝毫也不比他好,他想象不出自己以后怎么跟她见面。为摆脱困境而犯罪,这样的事倒是司空见惯……

"怎么样,亲爱的,"涅格罗夫说,摆出一副将要提出重要问题的庄严架势,"怎么,你们在大学里老师教不教写情书这种事?"

克鲁齐费尔斯基一声不吭,他是那样的激动,甚至没有感觉出涅格罗夫说话的口气是在侮辱他。他那副愁眉苦脸、六神无主的样子,进一步刺激了勇敢的阿列克谢·阿布拉莫维奇,于是他盯住克鲁齐费尔斯基的脸,冲他大声说道:

"先生,您怎么竟敢在我家里搞这种勾勾搭搭的事呢?您把我家当成什么了?您把我当成什么了,当成傻瓜了,是不是?年轻人,勾引一个没爹没妈、无依无靠、没有财产的可怜的姑娘,是不道德的,是非常可耻的!……这就是当今的世风!学校教你们文法、算术,可就是不教你们道德……引诱一个年轻女子,败坏人家的名声……"

"请问,"克鲁齐费尔斯基回答说,心中的愤怒已经逐渐战胜了因自己的处境而形成的尴尬心态,"我干了什么啦?我爱柳博尼卡·亚历山大罗夫娜(她之所以叫亚历山大罗夫娜,大概是因为她父亲叫阿列克谢,而她母亲的丈夫——管家——叫阿克肖恩的缘故),而且敢于表明我的态度。我自己曾觉得我永远都不会说出我的所爱，我也不知道怎么会发生这种事。可您凭什么认为我这是在犯罪？为什么认为我是居心不良？"

"我来告诉您为什么！要是您出于真心实意，您就不会用自己的 billet doux①来糊弄一个姑娘，而应该直接来找我。您知道，我是她的亲生父亲，因此，您应该来找我，征求我的同意和应允。可是您却在暗中偷偷地干，结果被逮住了——请不要抱怨我，我不许在我家里出现这种风流韵事，这叫勾引良家女子！不，我真没想到您会这样，您装老实装得不错呀，她做得也很出色，这都多亏她受的教育和照顾了！格拉菲拉·利沃夫娜哭了一个通宵。"

"信在您的手里，"克鲁齐费尔斯基说，"您可以看得出，这是头一封信。"

"凡事开头难。怎么，头一封信您就向她求婚了，是不是？"

"这我连想都不敢想。"

"您怎么一方面那么大胆，另一方面又那么胆小呢？您在信纸上密密麻麻写那么多，像老鼠爬的一样，目的何在呢？"

"我，老实说，"克鲁齐费尔斯基回答说，他对涅格罗夫的用语深为吃惊，"向柳博尼卡·亚历山大罗夫娜求婚的事，

---

①法文，意为"情书"。

我连想都不敢想，如果有希望……那我就是世上最幸福的人了……"

"话说得很漂亮——这就是学校教你们的——用花言巧语骗人！请问，要是我答应您的求婚，不反对柳博尼卡嫁给您——那么您将靠什么生活呢？"

当然，涅格罗夫并不是那种特别精明的人，但他却完全具有我们民族所特有的务实的本领，即所谓"本能智慧"。不管柳博尼卡嫁给谁——都是他梦寐以求的，特别是当令人尊敬的父母大人看到自己可爱的女儿丽莎在柳博尼卡面前显得大为逊色之后，在情书的事发生前很久，阿列克谢·阿布拉莫维奇就想到过要克鲁齐费尔斯基娶柳博尼卡，然后让他去省里一个什么部门工作，这个想法跟他以前说过的——要是遇上个好的文书就把柳博尼卡嫁出去——的话出于同一种考虑。当涅格罗夫发现克鲁齐费尔斯基爱柳博尼卡时，他脑子里出现的第一个念头，就是一定要让克鲁齐费尔斯基娶她。他认为，情书肯定是闹着玩的，一个青年人是不会轻易给自己套上婚姻生活的枷锁的；当涅格罗夫从克鲁齐费尔斯基的回答中清楚地看到，后者并不反对结婚，他便立即改变进攻的方向，把话题转到财产上，担心克鲁齐费尔斯基结婚时向他提出陪嫁的问题。

克鲁齐费尔斯基一声不响，涅格罗夫的问题像一块铁板重重压在他的胸口。

"您，"涅格罗夫说，"关于她的财产，您没有搞错吧？

她可是什么都没有,也别指望有人能给她,当然,我不会让她只穿一条裙子走的,但除几件随身衣服外,我是什么也不会给她的,因为我自己的女儿也正在长大。"

克鲁齐费尔斯基说,陪嫁问题他根本没有想过,涅格罗夫大为满意,心里想:"真是一只绵羊,还是位学者呢!"

"话虽这么说,亲爱的,人们考虑问题是不会以果为因,本末倒置的。在您写信搅乱姑娘的心之前总该想想将来的事吧,要是您真心爱她,并打算向她求婚,您为什么不想想将来的生活呢?"

"要我怎么办?"克鲁齐费尔斯基反问道,他的声音任何人听了都不会不为所动。

"怎么办?您可是个有等级的官员,而且好像是一位十等文官,把您那算术和诗歌往一边放放,要求到衙门里去工作啊。游手好闲、无所事事的日子已经够了——该做点有用的事了,到衙门里去工作吧:那儿的副省长和我们是自己人,过些时候您就有可能当上参事——您还要怎么样?饭碗问题解决了,体面的职位也有了。"

克鲁齐费尔斯基打生下来就没有想过要到衙门或别的什么机关去工作,当参事,就像要他变成一只飞鸟、一只刺猬、一只雄蜂或别的什么那样不可思议。然而他觉得涅格罗夫的话基本上是对的。他不会察言观色,看不透涅格罗夫那套别具一格的家长式作风,即一再说柳博尼卡一无所有,而且也别指望有人会给她,同时却又像父亲一样关心着她的婚事。

"最好我还是当一名中学教师。"克鲁齐费尔斯基最后终于说。

"喏,这工作不怎么的。中学教师算什么呢?又不是官吏,永远也成不了省长的座上客,充其量也不过是当个校长,薪俸低得可怜。"

最后这句话的语气显得非常平淡。对于这场交易,涅格罗夫心里非常踏实,他相信,克鲁齐费尔斯基逃不出他的手心。

"格拉莎①!"涅格罗夫冲另一个房间喊道,"格拉莎!"

克鲁齐费尔斯基的样子跟死人一样:他想,对于格拉菲拉·利沃夫娜来说,昨天那深情的一吻,跟他阴差阳错的初吻同样的重要,同样的令人惊讶。

"有事吗?"格拉菲拉·利沃夫娜回答说。

"到这儿来。"

格拉菲拉·利沃夫娜走进屋里,她摆出一副神气活现的模样,当然,这模样对她很不适宜,而且也很难掩饰她内心的慌乱。可惜克鲁齐费尔斯基没有看见,因为他没敢看她。

"格拉莎!"涅格罗夫说,"现在德米特里·雅科夫列维奇·克鲁齐费尔斯基要向柳博尼卡求婚。我们一向把她当亲生女儿一样教育、供养,因而有权决定她的婚事;尽管如此,我们也不妨跟她谈一谈;这是你们女人的事。"

---

①格拉菲拉的爱称。

"哎呀,我的天哪!是您在求婚吗?真是闻所未闻!"格拉菲拉·利沃夫娜伤心地说,"简直像《新爱洛伊丝》①中的故事!"

如果当时我是克鲁齐费尔斯基,为了表示我的学识不比格拉菲拉·利沃夫娜差,我会说:"是啊,昨天凉台上的那一幕,倒很像是《福勃拉斯》②中的故事。"可是克鲁齐费尔斯基一声不吭。

涅格罗夫站起身来,表示会面结束,他说:

"在您谋取到职位以前,请暂时不要考虑向柳博尼卡求婚的事。另外,先生,我劝您凡事都应该当心:您的一举一动我都在密切注视着。您继续留在我家里恐怕也多有不便。柳博尼卡着实让我们也没少操心!"

克鲁齐费尔斯基走了出去。格拉菲拉·利沃夫娜对他大加侮蔑,最后说,像柳博尼卡这样冷若冰霜的人谁都肯嫁,但决不会给任何人带来幸福。

第二天早上,克鲁齐费尔斯基坐在自己房间里埋头深思。刚读过《阿丽娜与阿里西姆》不到两天,突然间他几乎成了未婚夫,而她则成了他的未婚妻,他还要到衙门里去谋差事……命运的力量真是奇妙,它正在主宰着他的生活,把

---

① 法国思想家、文学家卢梭(1712—1778)于一七六一年发表的一部书信体小说,写一对青年恋人的爱情悲剧,平民知识分子圣普乐在一个贵族家庭里当教师,爱上了他的学生朱丽小姐,后遭到朱丽父亲的反对而酿成悲剧。
② 卢维·德-古弗勒(1760—1797)的小说《骑士福勃拉斯的一生与风流韵事》(1787—1790)。

他推向人生幸福的巅峰,这是为什么呢?就是因为他吻了一个女人而没有吻另外一个,把本该交给别人的情书错交给了她才一步登天的。这一切难道不是奇迹吗?该不是在做梦吧?后来他一次次地回想起柳博尼卡在椴树林荫道上所说的话、她的眼神,于是他心里豁然开朗,变得十分得意。

突然,在通往他房间的楼梯上传来了什么人的沉重的脚步声,克鲁齐费尔斯基不觉一怔,惊恐不安地等待着脚步很重的来人露面。门开了,走进来的是我们的老熟人——克鲁波夫医生,他的到来使克鲁齐费尔斯基颇为惊讶。他每周一次,有时候两次来看望涅格罗夫,但从未到克鲁齐费尔斯基的房间来过,他的造访必定因为有什么特别的事情。

"这该死的楼梯!"他说,一面气喘吁吁地用白手帕擦拭着脸上的汗,"瞧阿列克谢·阿布拉莫维奇给您找的这间房子。"

"哎呀,是谢苗·伊万诺维奇!"学士急忙说,不知为什么他的脸一下子红了。

"哦!"医生接着说,"从窗口望出去,多好的景色!看,远处发白的地方是杜巴索夫教堂吗?喏,往右边看!"

"好像是,不过,我也不清楚。"克鲁齐费尔斯基说,一个劲儿地往左边看。

"书呆子,一个不可救药的书呆子!喏,在这里住几个月了,竟不知道窗外的景色是什么。哎呀,有您这样的年轻人么!……喏,伸出手来,让我给您把把脉。"

"托上帝的福,谢苗·伊万诺维奇,我身体很好。"

"那您真该感谢上帝了。"医生接着说,一面按着克鲁齐费尔斯基的手。"我知道:脉搏很有力,但不够平稳。让我……一、二、三、四……内里有热,心火旺盛。一个人有这种脉象,肯定会干蠢事的:要是脉搏嗒、嗒、嗒,跳得非常平稳那就好了,您是永远不会这样的。我尊敬的朋友,刚才我在楼下听人说,'他想结婚啦'——我简直不敢相信自己的耳朵,嗒,我想,小伙子非常可爱,他人并不傻,是我从莫斯科带来的……我不相信,我来是想看一看,果不其然:脉搏很有力,但不够平稳。这样的脉象别说结婚了,天知道什么傻事干不出来。嗒,谁能在头脑发热的时候决定这样重大的事情呢?想一想吧。先把病治好,把思维器官,即大脑,调理到正常状态,不要让血气上升,冲昏了头脑。您愿意的话,我可以找个医师来给您放次血,嗒,也就是一茶盅半的样子,怎么样?"

"非常感谢,但我觉得完全没这个必要。"

"您怎么知道必要不必要呢?您可是一点儿也不懂得医学,而我可是学医的。嗒,要是不愿意放血,那就喝点芒硝好了,药我随身带的有,来,我给您拿。"

"非常感谢您的关心,但我应该告诉您,我身体很好,一点不开玩笑,的确我想要(说到这里他迟疑了一下)……结婚,我不知道您为何要反对我办喜事。"

"有很多原因!"老人的表情严肃起来,"年轻人,我喜欢您，因此我才为您感到惋惜。您呀，德米特里·雅科夫列维奇，让我在垂暮之年想起了我自己年轻时候的许多事情。我是在为您好，替您着想，所以如果现在不说出来，我觉得是一种罪过。喏，您怎么能在这种年龄结婚呢？这都是涅格罗夫在哄骗您……瞧，看您那激动的样子，我的话您都不想听，这我看得出，但我一定要让您听我把话说完，我这把年纪有这个权利……"

"啊，不，谢苗·伊万诺维奇，"年轻人说，老人的话使他感到有些尴尬，"我知道您是为我好，替我着想，才说出您的意见，只可惜您这话已经有些多余，甚至为时已晚。"

"噢，如果只是您不同意我的意见，这不要紧，算不了什么，任何时候停下来都不算晚。婚姻……呃，那可是件令人头疼的事！糟就糟在人们不想想什么叫婚姻就贸然结婚了，过后一想，后悔了，可为时已晚，这都是 febris erotica 闹的。我的好兄弟，一个人脉搏跳得那么快，他怎么能决定迈出这一大步呢？您这是在拿自己的全部财产下赌注：也许，您把庄家的钱全赢了，也许……有哪个聪明人肯去冒这个险呢？是啊，赌场上的事咎由自取，自作自受：作多大孽，受多大罪。可是一桩婚事一定会连带另外一个人，喂，德米特里·雅科夫列维奇，你可要好好想想呀！我相信您爱她，她也爱您，但这不说明什么。您要相信，在两种情况下爱情是会消失的：一是您到其他地方去了——爱情也就没有了，二是您结婚了——爱情消失得更快。我自己也恋爱过，而且不止一次，是五次，但上帝拯救了我。现在我回到家里，安安静静地休息，消除自己的疲劳。白天一天我属于我的病人，晚上，玩玩牌，躺下休息休息，无忧无虑……有了老婆事情可就多了：老婆喊，孩子闹，除了这个家，别的事情就是天塌下来也顾不上了！老住在一个地方固然不好，可是换个地方住也很困难；于是整天东家长、西家短，围着自己的炉子转，书籍也都塞到了凳子底下，得考虑挣钱，考虑积蓄。现在，随便他们说您什么，一旦没有钱了怎么办——没什么大不了的，什么事情都会发生！以前我和安东·费迪南多维奇——您也认识他——在一起时，曾经身上只有一个卢布，可是我们既想吃饭，又想抽烟——我们买了四分之一俄磅的法隆葡萄酒，就这样，除了面包，我们什么吃的都没有，本想买一俄磅火腿，最后也没买成；对此，我们俩一笑了之，没什么不得了的。可要是和老婆在一起就不同了：必须照顾她，她一定又哭又闹……"

"噢，不！这姑娘肯定不怕日子穷。您不了解她！"

"这个嘛，老弟，这样就更糟，要是她大喊大叫，大动肝火，至少你还可以听之任之，充耳不闻，最后一走了事。可要是她一声不吭，日见消瘦，那你就会想：'真是可怜，我干吗要拖累你忍饥挨饿呢？'……你会绞尽脑汁，想办法挣钱。可是，老弟，正正当当，老老实实，是发不了财的，坑蒙拐骗你又不干——于是，你想呀，想呀，为了醒脑提神，就喝上酒了。酒这东西本来没什么——我自己也喝点开胃酒——

可是要知道,借酒浇愁,喝上第二次、第三次……你明白吗?好,就算是后来有了一口饭吃……就是说,比勉强维持生计好不到哪儿去,可她好歹也是涅格罗夫的女儿,而涅格罗夫,不管怎么说,也是富甲一方,不过,我可是了解他——他是不会破费的!为了他那个宝贝女儿,他可以送她五百农奴做嫁妆;至于柳博尼卡,五个卢布也就打发了——这点钱够做什么呢!唉,我真为你感到惋惜,德米特里·雅科夫列维奇!喏,要是别的什么人——反正他们也不会有什么出息——那就随他们去好了,可是你得珍惜自己啊!我建议您换个地方,赶紧从这儿离开——这样爱情也就烟消云散了。我们学校里有一个很好的空缺,别耍小孩子脾气了,要像一个男子汉!"

"彼得·伊万诺维奇,老实说,非常感谢您对我的关心,但您说的这些话已经都是多余的了:您想吓唬我,把我当成一个小孩。我宁肯不要命也不能拒绝这位天使的爱情。我不敢指望能得到这种幸福,这是上帝一手安排的。"

"唉!"固执己见的克鲁波夫说,"都是我把你给害了,为什么要介绍您到这一家来呢!上帝安排的——可不是!涅格罗夫在骗你①,加上你又年轻。就这么回事,我什么也不想瞒你。我,亲爱的德米特里·雅科夫列维奇,在世上活了这么久,虽不能说是博学多才,但也经过许多风雨。要知道,我们干医生这一行的,经常出入的不是大堂客厅,而是人家

----

① 克鲁波夫对克鲁齐费尔斯基说的这一番话里有时用"您",有时用"你",这里照原文译出。

的书房和卧室。我这一辈子见得多了,对每个人都要细心观察,而且要观察得入木三分。要知道,您通常看到的人都是穿着制服,甚至是身着化装舞会上才穿的那种衣服的人——而我们经常在幕后走动,各种家庭场面我见的多了,那里没什么羞耻可言,人人都赤裸裸,毫不客气。Homo sapiens[①]——讲什么 sapiens,见鬼去吧!——ferus[②];野兽,最凶猛的野兽在自己窝里的时候也还是温存的,可是人在自己的窝里比野兽还坏……开头我是说什么来着?……对了……对了,喏,我已经习惯对这些人进行观察分析了。她做你的未婚妻不合适,使你动心的,是她那双眼睛,是她的容貌,是有时从她脸上流露出来的勃勃生机——她可是一只还不了解自己力量的虎崽子;然而你呢——你是什么人?你是未婚妻,老弟,一个德国女子,你将扮演妻子的角色——喏,这划得来吗?"

克鲁齐费尔斯基对他最后这句话有些生气,他一反常态,相当冷淡,且爱答不答地说:

"有时候热心者是在帮助别人,可不是一味地讲大道理。也许您讲的道理都是对的——我无意反对,将来的事——谁知道呢,我只知道一点:现在我有两条出路——通往哪里,很难说,但第三条路是没有的。要么投河自尽,要么做个幸运儿。"

"还是投河自尽好,一了百了!"克鲁波夫说,他也感到

[①]拉丁文,意为"理智的人"。
[②]拉丁文,意为"野蛮人"。

对方有一些伤了他的自尊,顺手掏出一块红手帕。

这场谈话自然没有达到克鲁波夫医生所期望的那种效果。救死扶伤,也许他是一名好医生,但治疗心理疾患,他就不管用了。他大概是根据自身的经验来判断爱情的力量,因为他说他谈过好几次恋爱,想必有过丰富的实际体会,然而正因为如此,他才无法评判一生中只有一次的这种爱情。

克鲁波夫愤愤不平、气呼呼地走了。当天晚上,他在副省长家里吃饭的时候,就自己最得意的话题,大发议论,谈了一个半小时——痛骂女人和家庭生活,完全忘记了副省长已经结了三次婚,而且每一位夫人都给他生了几个孩子。克鲁波夫的话对克鲁齐费尔斯基几乎没有产生任何影响——我说"几乎"两个字,是因为毕竟还是留下了某种捉摸不定、含混不清、但又非常沉重的印象,如同听见乌鸦不祥的叫声或赶赴喜宴途中遇上出殡一样。所有这一切,不言而喻,当他一看见柳博尼卡便统统都消失了。

"故事讲到这里,好像也该结束了。"很自然,诸位会高兴地说。

"对不起,故事还没有开始呢!"我应该如实地回答各位。

"哪能呢?不就剩下去请神甫了吗!"

"您说对了,但我认为只有把神甫请来,举行过涂圣油的仪式,故事才能算结束,而有时候还不能算结束。当教堂执事出面主持婚礼的时候,那么一个全新的故事已经开始了,不过出场的人物还是那么几位,他们在诸位面前不会姗姗来迟的。"

五

弗拉基米尔·别利托夫

在某个地方——其实完全没有必要从天文和地理上准确指明故事发生的地点和时间——在十九世纪的某个省城，正在进行贵族选举。全城熙来攘往，煞是热闹。旅行马车的铃铛声和车轮的轧轧声不绝于耳。地主们冬季用的大车、带篷马车，以及各种各样的车辆随处可见。车里乱七八糟，什么样的人都有，车外有一大帮用人围着，有穿制服大衣的，有穿光板羊皮袄的，也有头上缠着毛巾的，其中一部分人跟平时一样，他们在城里徒步而行，不时跟各种小店老板打着招呼，冲站在门口的伙计们笑笑；另外一部分人横七竖八地躺在车内，睡相非常难看。地主家的马匹陆陆续续几乎把所有重要人物都拉进省城里来了。这时退役骑兵少尉德里亚加洛夫已经捷足先登，他把自己住宅的窗户用红色的窗帘装饰一新，把最后的一点钱都花了。五省的选举，他全都跑遍了；所有大的集市，他逢集必到，而且无论在哪里，他从来不输，尽管他一天到晚都在赌牌；但是他并没有发起来，尽管他一天到晚都在赢钱。还有有音乐家之称的退役将军赫里亚晓夫也到场了，他是个富翁，别看他已经六十五岁了，仍是一位骑马好手。他来参加选举，目的在于举办四场舞会，感谢他的贵族们每次都推举他当省长，但每次他都以身体欠佳为由，婉言谢绝。一些穿着怪模怪样燕尾服的大人先生们陆续来到了客厅，他们的燕尾服夹着烟叶已经足足放了三年，天鹅绒领子已经褪色，式样也极其陈旧；和他们一起到来的还有一些身穿各个时期古怪制服的人：其中有穿警服的，有制服上钉两排纽扣的，有只钉一排扣子的，有佩戴着带穗肩章的，还有什么肩章也没有的。从早到晚大家都在相互拜访。这些人中一部分已经有三年没见面了，他们心情沉重地互相望着，感叹白头发增加了，脸上皱纹多了，有的人瘦了，有的人胖了；同是这些人，可仿佛又有些不像。岁月流逝在每个人身上都留下了自己的痕迹；然而从旁边来看，更令人心情沉重的，却是完全相反的情形：过去的三年，跟在这以前的十三年、三十年完全一样……

全城上下谈论的都是有关候选人、宴会、县长、舞会、法官等的话题。省长办公室主任已经第三天在那里挖空心思地起草讲稿了，他光写"亲爱的先生们，尊敬的 NN 市的贵族父老们！……"这个开头就写坏了两沓纸，于是他停下来，考虑再三，怎么个开头法，说"请允许我又一次和大家在一起"，还是说"很高兴和大家又一次"……这时，他对高级

助手说:

"哎呀,库普里扬·瓦西里耶维奇,解决最棘手的刑事案件也要比起草讲话稿容易七百倍!"

"您可以参考一下安东·安东诺维奇的《模范文选》①,我记得那里有演讲文。"

"好主意!"主任说着,在自己助手的肩上狠狠地拍了一下,"您真行呀,库普里扬·库普里扬诺维奇!"

办公室主任想,称呼一个人,一次叫他的父名,再一次叫他自己的名字,这样做特别有意思。于是那天晚上他参照卡拉姆津②的《城总管太夫人马尔法》中霍尔姆斯基公爵的演说词,写了几行字。

在这些众人参加的、繁忙的活动中,全城人的已经绷得很紧的注意力,突然转到了一个完全出人意料的、谁也不了解的人的身上——此人谁也没有想到,甚至连盼望所有人都能来的德里亚加洛夫少尉也感到意外。这个谁也没有想到的人在村社头领的宗法式家庭中完全是多余的,他像是从天上掉下来的一样,可实际上他是坐着一辆豪华英国轿式马车来的。此人就是退了职的省文书弗拉基米尔·彼得罗维奇·别利托夫。他的官衔虽然不高,但其未抵押出去的庄园里却养

---

①即《模范俄语文选及白话译文》,一八一六至一八一七年彼得堡出版的文集。
②卡拉姆津(1766—1826),俄国作家,历史作家。一八〇二至一八〇三年发表历史中篇小说《城总管太夫人马尔法》(又名《诺夫哥罗德征服记》),企图证明专制政体优于共和政体,鼓吹开明君主制。

着相当不错的三千个农奴。这座叫"白地"的庄园，选举人和被选举人都了如指掌；但"白地"的主人却是一个模糊不清的人物，他像一个神话，充满了传奇色彩。关于他有时候人们说什么的都有，净是些异想天开的，就跟说起远方的国家，说起堪察加和加利福尼亚一样——千奇百怪，难以想象。例如，几年前有人说，别利托夫大学刚毕业，就被一位大臣看上了；后来又听说别利托夫跟他这位保护人闹翻了，一气之下辞了职。人们并不相信这些话。有些人在外省早有明确的定论，跟这种人关系不能搞僵，只能而且必须对他们表示尊敬。有这种可能吗？别利托夫竟敢……不，他只是引起别人对他的义愤，或者只是赌钱，或者酗酒，或者拐带人家的女儿，也就是说，他拐带的不是什么大家闺秀，而是普通人家的女儿。后来听说他去了法国，对此，有些脑子机灵而且有学问的人又添油加醋，说他永远不会回来了，说他加入了巴黎的共济会，共济会派他到美国做良心审判法官去了。"很有可能！"许多人都说，"他从小就没人管，父亲在他生下来那一年好像就死了，他母亲的出身你们也知道，这女人头脑简单，疯疯癫癫，他的家庭教师又非常荒唐，因此他压根儿就学不出个好来。"此外，他们解释说，这就是他对庄园的事务听之任之，完全放任不管的原因，尽管他的农奴们都非常富裕，个个脚上都穿着皮靴。最后，已经有三年时间完全没有人再提起他了，然而突然，这个莫名其妙的家伙，这个巴黎共济会在美国的良心审判官，这个竟敢跟必须倍加尊敬的人闹翻，到法国且似乎一去不复返的人——现在居然说来就来,一下子出现在 NN 市的社交界,打算在选举中为自己争取选票。对于 NN 市的市民来说,这里面弄不清楚的地方太多了。为什么宁可来省里而不愿在首都工作呢?为什么宁愿到这里来竞选呢?难道这不奇怪吗?再说了,巴黎那边——无论是贵族院、三千农奴——还是省文书的职衔……喏,没有这些事 NN 城市民就已经够忙的了,有的是事情做。

全市最有权威的人士是法院院长,这是不争的事实,社会所关心的所有问题,都是他说了算,由他最后拍板;有人经常到他那里去商量如何解决家庭纠纷;他博学多才,通晓文学和哲学。能够和他竞争的只有一个人——医务监察员克鲁波夫,而且法院院长在他面前确实还曾丢过丑。但克鲁波夫的权威远没有得到普遍的认同,特别是在发生了下面这件事之后:省里有一位多愁善感且富有教养的贵族夫人,她曾经当着很多人的面说过:"我很敬重谢苗·伊万诺维奇·克鲁波夫,但是他很可能要察看死人的尸体,说不定还会用手去摸一摸,这样的人能够懂得女人的心,能够理解她们内心细腻的感情吗?"……所有的夫人们都认为不能够,并且还一致认为,法院院长没有这种惨不忍睹的习性,只有他一个人能够解决萦绕女人心头的敏感问题,至于其他问题那就更不在话下了。不用说,别利托夫的出现,几乎所有的人脑子里都闪过一个念头:对他的到来,安东·安东诺维奇有何高见?——不过,安东·安东诺维奇可不是那种随便可以打扰,问他"您对别利托夫先生有何看法?"的人,绝对不可以,甚至他好像故意似的(很可能真是故意的)有三天时间没露面了。无论是在副省长家的牌桌上,还是在赫里亚晓夫将军喝茶的时候都见不着他。在这个城市里,好奇心最强而且最神通广大的人那就非参事莫属了。他衣襟上佩戴一枚圣安娜勋章,佩戴它真是煞费了一番苦心:无论他是坐着,还是站着,从屋子的各个角度都能够看见这枚勋章。这位圣安娜勋章的佩戴者决定礼拜日从省长家里(他礼拜天和节假日肯定在省长家)去大教堂看一下,如果法院院长不在那里,便直接找他去。快到大教堂的时候,这位参事问街区警察:法院院长的马车在这儿吗?——"不在这儿,"街区警察回答道,"是啊,也许院长大人不会来了,因为刚才我看见他的马车夫帕夫努什卡到小酒店去了。"参事觉得这个情况非常重要,他想:安东·安东诺维奇不会只用一匹马就去大教堂的,而导马员尼克什克又驾驭不了那两匹浅黄色的马!因此,他决定不去大教堂了,直接找法院院长去。

法院院长根本没想到有人来访,在家里坐着,穿了一身便服——一件编织的长上衣、一条肥大的裤子、一双毡鞋。他的个子不高,肩膀宽宽的,一个大脑袋(智慧总是喜欢空间);他脸上的所有特征都表现出一种端庄和凝重,显示出某种深知自己实力的神情。通常,他说话总是慢条斯理的,讲究抑扬顿挫,跟凡事需要拿主导意见的一家之主的身份很相配。如果有不识相的人打断他的话,他就马上停下来,等上一两分钟,然后再把停下的话刻意重说一遍,一字不差,神态气度和开始时一模一样。他容不得不同意见,而且从来也没有听到过任何人的不同意见——只有克鲁波夫医生除外,其他人根本不想跟他争论,虽然许多人并不同意他的看法。省长本人打心眼儿里佩服院长才智过人,认为他博学多能,并且说:"老实说,法院院长对他来说真是大材小用了,他应该有更高的职位。多么渊博的学识!再听听他那高论——简直是一个马西里翁①!他把大部分时间都花在阅读和科学研究上了,因工作个人受到不少损失。"就这样一位因酷爱科学而没少吃亏的先生,穿一件外套,在自己的书桌前坐着;他在各种各样的报告上签署意见,在空白处批上因私酿白酒和流浪罪应该鞭打的数目,等等,然后他把笔尖擦干,放在桌子上,从书架上取下一本羊皮封面的书,随手打开便读了起来。慢慢地他脸上露出一种扬扬自得的、很难形容的满意神态。但是好景不长,他没读多久,衣襟上佩戴圣安娜勋章的参事便出场了。

"我可是一直都在想着您的,真的!我到省长那里去祝贺节日——您,安东·安东诺维奇,您不在那里;昨天牌桌上也没有看到您;去大教堂看看——又不见您的马车;我想,天有不测风云,没准儿病了,谁都有生病的时候……这很难说。您是怎么回事儿?真的,我着实还非常担心呢!"

---

① 马西里翁(1663—1743),法国神学家。

"非常感谢您的惦念,托老天的福,我身体还不错。请坐,请坐,尊敬的参事先生。"

"哎呀,安东·安东诺维奇!看来我打扰您了,您在读书啊!"

"没关系,先生,没关系,我有时间博览群书,也有时间接待宾朋好友。"

"那好极了,安东·安东诺维奇!我觉得您现在可以添购一些新的书……"

"我不喜欢新书,"法院院长打断了很会交际的参事的话,"我不喜欢新书。现在我在重读《宝贝儿》①,老实说,真是百读不厌,每次都得到一种新的、妙不可言的享受。多么轻快流畅,多么机智风趣!——是啊,波格丹诺维奇的这种才气未曾传给任何人。"

这时法院院长朗读道:

> 憎恨——阴险而狡诈,
> 它有许许多多的眼睛,
> 无处不在严加审查,
> 它能够穿过表层,
> 洞悉被掩盖着的事情,

---

① 俄国诗人波格丹诺维奇(1743 或 1744—1803)的长诗,以古代神话里的普叙赫和丘比特的爱情故事为背景,参照俄国民间故事创作而成,是对古典主义英雄叙事诗的一种嘲弄。

公主想一手遮天,不让姊妹们知道,
那是枉费心机——白搭。
她一天、两天、三天,一再装傻,
仿佛在等待自己的丈夫能够回家。
姊妹们愁眉苦脸:他为何不回来?
恶毒的诽谤何患无辞?
据说他这个人既阴险又可怕。[①]

"瞧,"参事打断了法院院长的朗诵,"这里的字字句句,就好像在说眼下正在我们城市观光旅游的那个人似的;的确,空口说白话谁不乐意。"

法院院长严厉地看了他一眼,好像什么也没看见,什么也没听见似的,继续朗诵道:

据说他这个人既阴险又可怕。
宝贝儿的生活就是和恶魔相伴,
善良的劝告这时她已经忘得干干净净,
这究竟是姊妹们的罪过,还是命运的捉弄,
再不就是宝贝儿自己的毛病。
她叹了口气,向姊妹们吐露了心声:
夫妻一场,她爱的只是一个身影,

---

① 引自波格丹诺维奇的长诗《宝贝儿》。

他何时回来,停留多久,有什么事情,
她都能一五一十地详细说明,
但就是她的丈夫到底是谁,如何为人?
是巫师,是毒蛇,是鬼蜮,是神灵,
她实在一无所知,讲述不清。

"这些诗句并非空空洞洞,无病呻吟,而是充满感情,发自内心。我,尊敬的参事先生,不知是天生愚钝,还是才疏学浅,对于新作品,从瓦西里·安德列耶维奇·茹科夫斯基起,我都不懂。"

从生下来那一天起,参事先生就从没有读过什么,当然,省府的公文除外,就这他也只是看看本部门的——他认为不读书就能非常潇洒地批复文件,是自己的职责——他说:

"这一点毫无疑问,可我觉得首都来的人并不这样看。"

"我们管他们干什么!"法院院长回答说,"我知道,而且非常清楚,目前所有的期刊都在赞扬普希金,我也读过他的诗。诗写得还算流畅,但是没有思想,没有感情,可是对于我来说,这里没东西(他错误地指了指右胸口),那就是纯粹的空话。"

"我本人非常喜欢读书,"参事先生补充说,他总也扣不住话题,"可就是没有时间,上午要处理那些该死的公文,管理工作中确实很少有能够滋养头脑和心灵的精神食粮,然而到了晚上又要玩牌。"

"想读书的人,"法院院长勉强笑着反驳说,"就不会每天晚上去打牌了。"

"那是当然,就比如大家谈论的这个别利托夫,他从来就不摸牌,只知道读书。"

法院院长一声不响。

"您一定也听说他到来的消息了吧?"

"听说有这么回事儿。"这位有哲学头脑的法官漫不经心地说。

"听说他学问可大了,刚好跟您是一对,真的,据说他甚至通晓意大利文。"

"我哪能和人家比,"法院院长很自尊地反驳道,"我算什么呢!关于别利托夫,我们已经有所耳闻:去过异国他乡,在部里工作过;我们这些外省的乡巴佬哪能跟他比呀!不过话又说回来了,咱们走着瞧吧。我还没那个跟他直接见面的荣幸——他没有拜访过我。"

"他连省长大人那里都没去,可他是五天前,我想,到这里的……确切地说,到今天中午就五天了。现在回想起来,当时我和马克西姆·伊万诺维奇正在警察局长家吃午饭,在吃甜点心的时候,我们听见了马车的铃铛声,马克西姆·伊万诺维奇——您知道他的弱点——耐不住性子,说:'我的妈呀,对不起,薇拉·瓦西里耶夫娜。'立即跑到窗口,突然大声叫道:'一辆六匹马的四轮轿式马车,瞧,多大的气派!'我走到窗口一看,果不其然,是六匹马的轿式马车,马车中的精品——想必是约希姆①的手艺，没错。警察局长马上叫手下的人去查问……手下人回来报告说：'别利托夫，从彼得堡来的。'"

"我呀，坦率地说，"法院院长神秘兮兮地说，"觉得这位先生很有些可疑：不是倾家荡产了，就是和警察局有牵连，再不就是本人受到了警察局的监视。不然怎么会呢：拥有三千名农奴，走九百俄里路程，赶来参加选举！"

"当然，毫无疑问。老实说，要是您想见他，我这就可以引见：马上您就能知道是怎么回事了。昨天午饭后我出去散步——克鲁波夫医生说，这对健康有好处——随便从旅馆门前过了两次，忽然从前厅过道里走出一位年轻男子——我心里想，这肯定是那个人了，一问看门的，看门的说：'他是用人。'穿得跟我们弟兄差不多，很难看出此人……哎呀，我的天，您门口停了一辆轿式马车！"

"这有什么可奇怪的呢？"不为所动的法院院长反驳道，"经常有好心的朋友来看我。"

"是啊，不过，也许……"

说话间，一个身体肥胖、面色红润、穿一身浅蓝色便服的女佣走进来说："有位地主老爷乘马车到了，以前我没见过这个人，请问，见不见？"

"把长袍给我，"院长说，"请他进来……"

---

①彼得堡有名的马车打造师。

法院院长穿上蛙背色丝绒长袍的时候，脸上露出一种似笑非笑的表情。参事先生从椅子上站起来，心里非常激动。

一个衣着得体而朴素的三十上下的人走了进来，彬彬有礼地向主人鞠了一躬。他体态匀称，略显消瘦；他脸上有一种奇怪的组合：雍容大度的目光和嘲弄人的嘴唇，正襟危坐的神态和顽皮孩子的表情，长期的苦苦思索和似乎难以控制的激情。法院院长在不失豪爽气概的情况下，先从安乐椅上欠起身来，然后原地不动，做出一种姿态，好像他马上就要迎过去似的。

"我——本省地主别利托夫，此次前来参加选举，特来拜访。"

"非常高兴，"法院院长说，"非常高兴，亲爱的先生，您请坐。"

大家都坐下了。

"才到不久吧？"

"五天前到的。"

"从哪里来？"

"彼得堡。"

"噢，在首都过惯了热闹的生活，来到边陲小城，会感到非常乏味的。"

"还不知道，不过，老实说，我不这样想；在大城市里我倒是感到非常乏味。"

我们暂且把法院院长和参事的事或相关的几页文字放

下一会儿。参事先生自得了圣安娜勋章后还从来没有像现在这样兴奋过:他整个身心、脑子、眼睛、耳朵好像要把客人吞进肚子里似的,他一直盯住他不放,甚至客人背心上最下面的一个扣子没有扣上,右下腭拔掉了一颗牙齿等细节,他都没有漏掉。我们先把这两个人的事暂且放一放,像 NN 市的居民一样,仔细看看这位稀奇古怪的客人。

六

我们已经知道,别利托夫出生后不久他的父亲便去世了,母亲疯疯癫癫。别利托夫有种种劣迹,做母亲的理应受到谴责,可惜我们不得不同意,别利托夫人生失败主要是他母亲造成的。这个女人的故事本身是很有意思的。她生于一个农民家庭,五岁左右被领进了庄园;庄园女主人有两个女儿;女主人的丈夫开办工厂,做农业方面的各种试验,结果把整个庄园都抵押给了教养院,想必他认为自己这样做已经完成了他在这个世界上的经济使命,随后不久也就死了。乱七八糟的家务事使他的遗孀不寒而栗;她悲痛欲绝,号啕大哭;最后擦干眼泪,以非凡的勇气,开始整顿庄园。只有凭着女人的智慧和一心为女儿嫁妆着想的慈母心肠,才能想出种种的办法,最后能如愿以偿。从晾晒蘑菇干、草莓干,倒腾棉纱,卖油克扣斤两,直到从别人林子里砍伐树木,招募新兵时贩卖壮丁,从不论先后次序——真是无所不用其极(这是很久以前的事了，现在很少遇到，这在当时还是一种习俗）——应该说句老实话，扎谢金村的这位女地主的名气可大了，大家公认她是一位无与伦比的母亲。她从已故农学家丈夫的遗物中找到一张票据，是莫斯科某寄宿学校的女主持开给他的；她写信跟这位女主持联系，但她发现钱是很难再要回来了，于是便说服对方同意接收三四名年轻的女佣，希望从她们中间能够为自己女儿或别人培养出几名家庭教师。几年后，这些自家培养的家庭教师回到了女主人身边，她们的毕业证书可是响当当的，上面注明她们修读了神学、算术、俄国简明断代史和通史、法语等课程，在毕业典礼上她们每人得到一本烫金的 *Paul et Virginie*①。女主人吩咐给她们特别收拾一间屋子，等有机会再安排她们工作。这时候，我们的主人公别利托夫的父亲的姑母正好要为自己的女儿寻找家庭教师，得知她的女邻居手下有几位家庭教师，便找到她，请她帮忙——她们讨价还价，争执不休，双方都动了肝火，几乎都要谈崩了，但最后还是达成了谅解。女主人允许姑母任选一位，结果就选中了我们主人公的未来的母亲。过了两三年的样子，弗拉基米尔·别利托夫的父亲来到了自己乡下的庄园。他当时年轻，荒唐贪玩，不务正业，成天喝酒赌博，背杆枪到处溜达，无端撒野，凡是三十岁以下，脸上没有大毛病的女子没有他不追的。但这还不能说他已经是不可救药了，的确，悠闲、富裕、

---

①《保尔与维吉妮》(1787)，法国作家贝纳丹·德·圣比埃尔(1737—1814)的长篇小说。

不开窍、狐群狗党，就像我的一个朋友所说的，使得他有些"积重难返"，但是应该说句公道话，这些劣迹还没有完全把他淹没掉。他偶尔也有忙的时候，因此常到姑母那里去，他的庄园距离姑母的庄园约有五俄里。他选中了索菲（他们这样叫一个家庭教师）：她二十岁上下，身材修长，黑头发，黑眼睛，松散的辫子，浑身透着青春朝气。在别利托夫看来，如果这事考虑来考虑去，未免太可笑了，他没有采取沃邦的迂回战术，① 没有通过长长的壕堑来接近目标，而是当机立断，在只有他们两个在屋子里的时候，不失时机地一下子就搂住了她的腰，亲吻了她，恳切地邀请她晚上到花园里去走走。她从他的怀里挣脱出来，想大声喊叫，但是羞涩和怕张扬的心理阻止了她。她失魂落魄地跑回自己屋里，第一次开始认真思考自己所处的两难境地。别利托夫遭到拒绝后并不甘心，开始不断地追她，向她表示自己对她的爱情；送她钻石戒指，她不收；又答应送她一只他自己并没有的布雷盖②怀表，但使他不能不感到惊奇的是，不知这位美人儿从哪来的这种高不可攀的傲气。别利托夫开始感到嫉妒了，但又不知嫉妒什么人。最后，他恼羞成怒，开始威胁、谩骂——这也无济于事，于是他萌生了另外一个念头：他建议姑母花一大笔钱为

---

① 沃邦（1633—1707），法国侯爵，军事工程师，法国元帅（1703），著名筑垒学专家。提出了迂回包围、逐次攻占要塞的原理与方法，是西方地雷爆破理论的奠基人之一。
② 布雷盖（1747—1823），法国钟表师，他制造的报时怀表走时特别准确，而且能显示日期。

索菲赎身——他相信贪心总能够战胜装出来的圣洁的。但作为一个做事从不轻率的人，他向可怜的姑娘透露了自己的用心。不用说，这使她大为吃惊，她扑倒在女主人的面前，声泪俱下地讲述了事情的原委，恳求能让她到彼得堡去。我不知道这究竟是怎么回事，但是她的话让女主人感到正中下怀；老太婆并不懂得塔列兰①原则——"永远不要遵从最初的心愿，因为它从来都是美好的"——她深为姑娘的遭遇所感动，建议用两千卢布的微小数目把姑娘赎出来。她对姑娘说："这笔钱是我个人替你付的，那么你所花费的衣食费用呢？那样吧，在你还清这笔钱之前，请付给我少量的利息，一百二十卢布，我立刻让普拉托什卡给你写一张身份证；但他是个笨蛋，大概又要写坏许多纸，眼下带纹章的纸可贵了。"索菲全都同意，流着眼泪谢过女主人，方才稍微放下心来。一周后，普拉托什卡开好了身份证，上面注明她的面貌一般，鼻子一般，个子中等，口形适中，除会讲法语外，没有什么突出的特长。一个月后，毗邻庄园管家的妻子要去彼得堡银号存款，送儿子上中学，索菲请求她能带上自己一起走。马车里带了许多准备送人的蘑菇、果酱、蜂蜜和干鲜果品，管家妻子只给自己留出了个坐的地方，索菲只能坐在一只桶上，在九百俄里的长途跋涉中，这只桶一直在提醒她：它可不是用天鹅绒制成的。那位中学生坐在前面马车夫坐的地方，他长得又

---

①塔列兰（1754—1838），法国著名外交家，以权变多诈、不讲信义著称。

高又瘦，是个十四岁的孩子，已经学会抽烟，看上去有些早熟。一路上他不断向索菲献殷勤，要不是他母亲直用眼睛白他，说不定他就抢在别利托夫的前面了。A propos①，他曾试图趁索菲从姑母家到管家妻子那里的时候把她拐走，若不是因马车夫酒醉迷了路，也许就叫他给拐走了。别利托夫一开始就意识到了酸葡萄的苦涩②，苦恼之余，他便向他的赌友们胡编起自己的恋爱故事来，说的与实际情况完全不一样。他说，他的姑母跟所有的老太婆一样，出于嫉妒，硬是要把深深迷恋着他的索菲送走；不过使他聊以自慰的是，她离开了，同时也把他对她的某些关爱的表示带走了。大家知道，在欧洲流浪的民族中，茨冈人和玩杂耍的人从来就不过定居生活，因此听过别利托夫的故事的人中有一位几天后到了彼得堡就不足为奇了。此人与寄宿学校的主持——法国女人茹库尔，关系甚好。茹库尔已经是四十岁的人了，还天天束腰，因为怕羞而穿带高领的连衣裙。她对于旁人的道德操守是非常严格的，决不含糊。闲谈中，她告诉自己的朋友，说她聘请了一位女教师，怪就怪在这位女教师原是 NN 市一位女庄园主的女佣，讲得一口流利的法语。那位浪迹天涯的朋友听后哈哈大笑，说："好啊！老朋友！太好了！妙极了！——哈哈哈——听我说，我在别利托夫家老是看见她，晚上等姑母家的人睡觉后她常到那里去。"然后，为顾全学校的名声，

---

①法文，意为"其实"。
②源于俄国寓言作家克雷洛夫(1768—1844)的寓言《狐狸与葡萄》(1808)。

他提醒茹库尔太太考虑一下索菲的情况。茹库尔听了大吃一惊，叫道："Quelle demoralisation dans ce pays barbare！①"她气得把世上所有的事情都忘记了，甚至忘记了他们那条街的街角上住着一位登记过的接生婆，她那里还收养着一对双胞胎：一个很像茹库尔，另一个很像她这位流浪者朋友。一气之下她直想去找警察，后来又想去找法国领事，但想来想去又觉得完全没这个必要，最简单的办法就是毫不客气地把索菲赶走了事。由于太过匆忙，甚至忘记付给她工资了——茹库尔把这可怕的故事讲给了学校的其他三位同事听，这三位又告诉了彼得堡的其他人。这样，这个可怜的姑娘无论走到哪里，没有不吃闭门羹的。她想做私人家庭教师的工作，但是没有熟人——到哪儿去找啊。后来有了个到外地工作的空缺，条件还相当不错，但那家的母亲在决定前到茹库尔太太那里一打听，便很感谢老天有眼，拯救了她的女儿。索菲又等了一个星期，把自己的钱数了又数——她只有三十五个卢布，而且没有任何指望；她租的房子对她来说房租已显得太贵了。她找了很久，几经搬迁，最后在格罗霍街尽头的一幢人员庞杂的楼房的第五层（如果不是第六层的话）上找到了一个住处。要走到那扇勉强看得见的、在一堵大墙上开的小门跟前，需要穿过两个脏乱不堪的院子，这院子看上去就像是还没有干涸的湖底一样；从这里往上走，是一条长长的

---

① 法文，意为"这个野蛮国家里什么荒唐事没有啊！"

残破不全、污黑潮湿的石头阶梯,每层楼的平台处都有两三扇门敞开着;最高处,即彼得堡爱说俏皮话的人称为"芬兰天空"的地方,一个德国老太太租了一间小屋。她患风湿病,两腿行动不便,因此整天躺在炉边,已经有四个年头了。她平时织织袜子,节假日读读马丁·路德①翻译的《圣经》。小屋的进深有三步长,这可怜的德国老太太认为其中的两步纯属浪费,因此连同旁边的窗户租给了别人,这样距窗子半俄尺远就是另外一家人的未曾涂刷过的一面砖墙。索菲和德国女人商量后,决定租这个小小的角落。这里又黑又脏,非常潮湿,烟熏火燎的。房门通向寒冷的过道,那里麇集着许多孩子,他们衣衫褴褛,脸色苍白,一头的红发,因患淋巴结核个个眼睛都有些浮肿。周围被醉醺醺的工匠师傅们挤得水泄不通。几个女裁缝租下了这一层最好的房间,可是从不见她们工作,至少是在白天,但从她们的生活方式上可以看得出,她们的日子并不困难。她们的女厨子每天拿着一个没有嘴的瓶子往酒店里跑四五趟……寻找工作的努力全都白搭,好心的德国老太太也在为她求人帮忙,到处张罗,她通过自己的帮人看孩子的唯一一个熟人和同胞,问有没有事情可做?她这位同胞答应是答应了,但就是没有下文。索菲最后下了决心:她准备当女佣,而且找到了这样一个位置,工钱都谈好了,

---

① 马丁·路德(1483—1546),德国宗教改革运动活动家,代表市民中的保守势力,他将《圣经》从希腊文译成德文,对德文学语言的规范化起了很大的作用。

但她身份证上的一项特别注明使这家女主人大吃一惊,说:"不,亲爱的,会讲法语的女佣我可用不了。"索菲只好去缝衣服。女裁缝头儿对她的针线活非常满意,把按谈好的条件该付给她的钱几乎全都给她了,而且还请她到自己家里喝茶,用玫瑰啤酒招待她。她一再请这位可怜的姑娘搬到她那里去住,但索菲由于害怕没敢答应,最后拒绝了,这大大伤害了女裁缝头儿的自尊心,在索菲离开时,她傲气十足地把门砰地一关,说:"自己送上门来,还摆什么贵族臭架子!住在我们这里的来自里加的德国姑娘,日子过得并不比你差。"晚上,女工头在警察所长面前对这位可怜的姑娘极尽讽刺挖苦之能事,大加嘲弄;这位警官有时候晚上来这里休息一下,消除一天的疲劳,现在听工头这么一说,产生了兴趣,立刻到德国老太太的房间里,问道:

"您好啊,老太太!怎么样,您的腿好些了吧?"

德国老太太急忙戴上总是放在手边以备不时之需的包发帽,回答说:

"没办法呀,老毛病了!"

"喂,那位叫索菲·涅姆钦诺娃的姑娘在哪儿?"

"在这儿。"索菲回答道。

"你在哪儿学的法语,啊?恐怕是骗人的吧?喏,说几句听听。"

索菲一声不吭。

"看来是不会说吧?喏,随便说一点。"

索菲仍不作声,眼里含满了泪水。

"老太太,您以为她会讲法国话吗?"

"顶呱呱的好!"

"你大概是蹲着跳舞的吧……怎么,您这里连点喝的东西也没有吗?我都要冻僵了。"

"没有。"德国女人回答说。

"糟糕——喏,这个苹果是谁的?"(这苹果是德国女人认识的一位老太太送的,她从礼拜三就一直保存着,打算礼拜天读马丁·路德翻译的《圣经》时再吃。)

"我的。"德国女人回答说。

"喏,你怎么能吃得了,说不定会被这个'法国通'吃掉的,喏,告辞了。"这位警官说。这次他实际上没干什么害人的事,只是很得意地把苹果往口袋里一装,到女裁缝那里去了。

时间一天天地过去,真是苦撑苦熬,度日如年;不幸的姑娘身陷困境,为众人所不齿,遭人欺凌。要是她没有多大教养,也许还能将就一下,找个事儿做也就行了;但是她所受的教育使她变得知书达礼,温文尔雅,因此周围的一切对她的压力实在是太大了。有时候她感到如此的疲惫和麻木,要不是她对肮脏平凡表面下的罪恶看得一清二楚的话,她很可能会堕落下去,而且会堕落得很深。有时候她想到服毒自杀,想结束自己的生命,摆脱这种毫无希望的困境。她没有什么可以责备自己的,这就使她感到更加绝望,有时候她内心充满了憎恨与愤怒。有一次,在这样心情的驱使下,她拿起笔,自己也不知道想干什么,为什么要这样做,给别利托夫写了一封信,她激昂慷慨、义愤填膺地写道:

我再也忍不下去了。我写信给您,只是为了在我一生中能够得到的也许是最后一次的乐趣——向您表示我对您的全部蔑视;我情愿用我准备购买面包的最后的几个戈比发出这封信;我相信您会读到这封信的。在您姑母家里,您对我的所作所为,使我看出您是一个毫无道德可言的浪荡公子,是一位没有良心的好色之徒;当然,由于涉世不深,我还曾原谅过您,认为这都是因为您所受的教育不好,是周围的环境不好造成的;我原谅您,还以为是我的尴尬处境使您不得不如此。但是您散布的种种诽谤,这些厚颜无耻的恶意中伤,让我看清了您卑鄙下流的丑恶嘴脸:为了区区的自尊心,您决定进行报复,坑害一个无助的姑娘,散布关于她的流言蜚语。您这是为什么呢?难道您真的爱过我吗?请问问自己的良心吧……您高兴吧,因为您得逞了:您的朋友在这里往我脸上抹黑,人们把我赶出去,我到处遭人唾弃,听到的都是可怕的辱骂;最后害得我连一块面包也吃不上。因此您听我说,我厌恶您,因为您是个卑鄙小人,是个应该遭人唾弃的恶棍;您听着,这话是您姑母家的一个女用人说的……一想到您在读这封信时那种恼羞成怒的样子,我就感到非常痛快;您不是号称正人君子么,要是有和您身份相当的人把这话告诉您,想必您会朝自己脑门儿开一枪吧……

别利托夫赌输了钱,心里好生烦恼,喝茶前正在沙发椅上躺着。这时一个被派往城里的人给他带来些东西,其中有一封索菲写的信。他不认识她的笔迹,因此没猜出是谁写来的信,于是便心不在焉地随手拆开了。看了第一行他的手就开始发抖了,但是他耐住性子把信一直读完,然后站起身,仔细把信收好,重又坐到沙发椅上,把脑袋转向窗口。他这样一坐就是两个小时,茶早就放在桌子上了,他还没有从杯子里喝过一口,烟斗里的烟也早已抽光了,他也没有喊哥萨克用人。当他完全清醒过来,他觉得自己好像刚刚生过一场大病;他感到两腿发软,浑身无力,耳朵嗡嗡直响。他前后两次用手摸了摸自己的脑袋,好像要摸摸脑袋是不是还在原来的地方。他感到有些发冷,脸色白得像纸一样;他走进卧室,支开用人,一头倒在沙发床上,和衣而睡……大约过了一个小时,按铃叫用人来;第二天天刚亮,一辆旅行马车已经出现在磨坊旁边的堤坝上了,四匹骏马同心协力地拉着马车向山坡上跑去。磨面人都跑出来看,问道:"我们老爷这是到哪儿去呀?"其中一个人回答说:"对了,听说是去彼得堡。"半年后,这辆马车又回来了,过的还是这座桥:老爷和太太回来了。村里的神甫赶去接风,回家后非常惊讶地告诉老婆:

"妻啊，妻啊！你知道回来的那位太太是谁吗？就是原来在薇拉·瓦西里耶夫娜家当过教师的那位夫人。天哪，真是天方夜谭！"

"什么？恐怕是你看走眼了吧？"神甫妻子回答说。

"不，我没有看错，"神甫回答说，"她能说会道，心地善良。"

为了别利托夫跟女家庭教师的这一婚事，姑母生了他两天两夜的气，她一辈子都没有忘记自己侄儿这桩令人无法忍受的婚姻，临死都不愿见侄儿一面。她常常说，若不是这件倒霉的事情使她寝食不安，她本来可以活到一百岁的。看来，女人的心就是这个样子：别利托夫太太——别利托娃——对于婚前的可怕体验也是刻骨铭心，难以忘怀的。有些温文尔雅、感情细腻的女人，正由于她们温柔多情，她们才不会被所受的痛苦所压倒，不会因为眼前的情况向痛苦低头，但她会委曲求全，接受那使其永志不忘的种种可怕体验，而且一辈子也无法摆脱它的影响。痛苦的经历是一种有害的东西，它存在于血液中，寓于生活本身，有时它隐匿不见，有时又突然以可怕的力量显露出来，撕裂人的躯体。别利托娃的性格就是这样：无论是丈夫的爱情，还是对丈夫产生的显而易见的良好影响，都不能抹去她心头第一遭的痛苦；她怕见生人，喜欢一个人沉思默想，性格孤僻内向，羞于与人交往；她消瘦、苍白、疑神疑鬼，总是在担心什么，动不动就哭，在凉台上一坐就是几个小时，一句话也不说。三年后，别利托夫染上了风寒，五天后便死了，这都是因为他以前的生活有失检点，身体虚弱，抵抗不住风寒的侵袭，终于在昏迷中死去了。索菲曾经带着两岁的儿子去看他：他惊奇地看着孩子，吓得孩子伸着小手一定要到另外一间屋子去。此事让别利托娃受到了很大的打击：她爱这个人，因为他有了真诚的悔悟，她从周围生活的污泥浊水中了解了他的善良本质，她看重他的这种变化，有时甚至还挺喜欢他原来那种放荡不羁、纵情欢乐和肆无忌惮的公子哥儿们习性。

　　丈夫死后，别利托娃在孩子教育上表现得非常神经质，动不动就着急上火。如果儿子夜里睡不好——她就干脆不睡觉，如果儿子身体不适——就跟她自己病了一样，总之，她和儿子同呼吸、共命运，她是他的保姆、奶妈，也是他的摇篮和木马。但就连这种对儿子的神魂颠倒的爱在她内心深处也夹杂着某种忐忑不安。失去孩子的担心几乎一直萦绕在她的心头，她常常绝望地注视着熟睡的孩子，在他安然入睡的时候，她会小心翼翼地用颤抖的手去触摸他的嘴唇。但是，与她称之为病态幻想的做母亲的心声相反，孩子慢慢地长大了，虽然不能说很健康，但是也没灾没病。她从未离开过"白地"庄园；孩子也是落落寡合，孤身一人，像所有孤独的孩子一样，他身体的成长发育和自己的年龄很不相称；其实，除外界影响的痕迹外，在这孩子身上表现出的还有卓越才能和坚强个性的明显特征。到了孩子该上学的时候了，别利托娃带着儿子去莫斯科寻找家庭教师，她已故的丈夫在莫斯科有一位伯父，性格极其古怪，喜怒无常，为亲友所厌恶。他天资聪慧，但生性懒惰，的确，他因为自己的古怪脾气而为众人所不齿。

对于这样一个怪人，我实在忍不住要说上几句，因为我对所遇到的所有人的身世都非常感兴趣。看上去，普通人的生活好像都差不多一个样子——其实这只是表面现象，因为世间再没有比普通人的身世更独特和更多彩的了，特别是在没有两个人被一个共同思想所维系，任何青年人都能够各行其是，自由发展，不考虑后果的那种地方！要是可能的话，我会编一部传记辞典，比如说，先把一切不留胡子的人按字母顺序收进来；为简明扼要起见，可以把学者、文人、艺术家、著名军人、国家要人等凡是为公众所关注的人排除在外，因为他们的生活都是老一套，枯燥乏味；不外是成功，才华卓著，受人排挤，掌声，办公室生活或出门在外的生活，死于途中，老来受穷——凡此种种，没有一点自己的东西，全都属于时代。这就是为什么我从不忌讳中间插进人物身世介绍的缘故，因为它们展示了大千世界的丰富多彩。谁要是愿意，完全可以跳过去，不读这些插进来的叙述，不过这样他可能连故事也一起放过去了。现在我就来讲讲这位古怪老伯的身世。

他父亲是一个乡下地主，总是装穷，一辈子老穿一件光板羊皮袄，亲自去省城粜黑麦、燕麦和荞麦，而且总在秤上耍花样，为此常常受到惩罚。不过尽管他心理状态不佳，他送自己儿子进近卫军时还送去了套有四匹马的马车两辆、两个厨师、一个管事、一名身材高大的跟班，hors d'oeuvre①还有四名侍童。在彼得堡，大家一看便知道这位年轻军官受过良好的教育，就是说，他有八匹马，还有不低于这个数目的随从，两名厨师等。事情开始都非常顺利；当这位后来的老伯晋升为近卫军中尉的时候，他的生活突然有变，出了一件大事。事情发生在七十年代，在一个天气晴朗的冬日，他想乘雪橇沿涅瓦河兜兜风，他刚走过阿尼奇科夫大桥，这时后面追上来一辆套有三匹马的大雪橇。那雪橇赶上他后，还想超到他前面去——您了解俄国人的脾气，中尉向车夫喊道："快呀！"这时坐在另外一辆雪橇上的一位穿着熊皮大衣、身材魁梧的男子，发出一声狮子般的吼叫："快！"但是中尉超到前面去了。那位穿熊皮大衣的先生怒不可遏，在雪橇转弯的时候，举起手中的鞭子，向中尉的车夫抽去，故意刺激一下雪橇的主人：

"不许抢先，混账东西！"

"怎么，您疯了吗？"中尉问道。

"我要教训教训您这个混蛋车夫，叫他知道不要抢先。"

"是我吩咐他这样做的，亲爱的先生，您要明白，我非常尊重皇上授予我的这身军服，决不允许有人玷污它。"

"嘿，好一个愣头小子——你是什么人？"

"先说说你是谁？"中尉问道，眼看就要像猛兽一样向他

---

①法文，意为"此外、加上"。

扑过去。

那身材魁梧的男子轻蔑地瞅了他一眼,让他瞧瞧自己那大象脚掌般的拳头:

"想过招吗?不,老弟,收起来吧!"然后冲自己的车夫喊道:"走!"

"追上他!"中尉冲自己的车夫喊了一声,然后又加了两句词典上虽然没有但大家都知道的话。

中尉确实打听到了那位先生的住处,然而他改变了主意,不想去找他了;他决定给他写一封信,事情开始相当顺利;但好像有人故意跟他过不去似的,将军把他叫了去,莫名其妙地让人把他抓了起来;后来又把他调到奥尔斯克要塞驻防。虽然这里的地下到处都是奇石碧玉,自然矿产丰富,但毕竟是寂寞难耐,枯燥乏味。他随身带了几本克列比利昂①的小说和诸如此类的说教性读物,动身到乌法省边疆地区去了。三年后,他又被调回了近卫军,但是据认识他的人说,他从奥尔斯克要塞回来时身体状况已经不太好了,于是便退了役,随后又回到了庄园。这座庄园,就是他那穿着光板羊皮袄,走一会儿路——其实只不过转一圈——就喘个不停的、破了产的父亲死后留给他的,他从附近又买了二千五百个农奴;这时候,这位新地主跟家里所有的亲人都吵翻了,于是便去

---

①克列比利昂(1707—1777),法国作家,早期因在作品中大胆披露僧侣、宫廷的生活而坐过牢;后来的作品因大胆的色情描写而遭人非议;但文学史家认为他不失为一位勇于揭示贵族的虚伪和饱食终日的淫逸生活的杰出作家。

了异国他乡。他先是在英国的大学里待了三年,后来又几乎跑遍了整个欧洲,只因他不喜欢奥地利和西班牙,所以这两个地方没有去;他广交朋友,结识了许多名流;他整晚整晚地跟博内①促膝交谈,探索机体生命的问题;和博马舍②彻夜长谈,一面讨论他的官司的情况,一面品尝着葡萄酒;和施莱赫尔③关系甚好,保持着书信来往,当时后者正在办一份著名的报纸;他还专程去埃尔曼诺维尔④看望过失意潦倒的卢梭,骄傲地绕过费尔奈庄园⑤,没有去看伏尔泰。十年后,他从国外游学归来,打算在彼得堡住下来。但他过不惯彼得堡的生活,于是迁到了莫斯科。最初,莫斯科的一切都使他感到奇怪,后来大家反倒开始觉得他这个人有些奇怪。而实际上,不知怎么搞的,他有些不知所措……开始读些纯医学方面的书,人好像也变得不修边幅了,脾气也变坏了,和所有的人都格格不入,对一切都很淡漠……

正当别利托娃到莫斯科寻找家庭教师的时候,这位奇怪伯父的一个瑞士朋友推荐的,一位想做教师的日内瓦人找他

---

①博内(1720—1793),瑞士自然科学家、博物学家、哲学家、律师,俄彼得堡科学院国外名誉院士(1764),著有《有关机体的考察》(1762)、《哲学的复兴》(1769)、《心理学论文》(1754)和《关于灵魂功能的分析论文》(1760)等。
②博马舍(1732—1799),法国喜剧作家。一七九三年他与杜威奈的继承人打官司,最后败诉,几乎破产。
③施莱赫尔(1821—1868),德国语言学家,彼得堡科学院外籍通讯院士(1857),认为语言是有机体,应该用自然科学方法进行研究。
④埃尔曼诺维尔,巴黎附近的一座庄园,卢梭生前几个月是在这里度过的。
⑤伏尔泰一七六○年起就住在坐落于法国和瑞士边境的费尔奈庄园,继续与欧洲各界人士保持着通讯联系,积极参与社会活动,不断揭露宗教迫害和专制政体下的司法黑暗。

来了。这位日内瓦人四十岁左右,头发斑白,面容瘦削,有一双充满青春活力的蓝色眼睛和一脸刚正不阿的表情。他受过很好的教育,深谙拉丁文,是一位优秀的植物学家;这位幻想者怀着青年人的一片赤诚,认为从事教育就是在履行义务,责无旁贷。他研究了各种各样有关教育和教育学的文献,从卢梭的《爱弥儿》、裴斯泰洛齐①到巴泽多②和尼古拉③,他都读过,唯独有一点他没有读透——这也是教育的要害,即要让青年人的头脑适应周围的环境。教育,应该像研究气候那样,对于每一个时代,每一个国家,尤其是对于每一个阶层,也许还有每一个家庭,都应该因材施教,运用各自不同的教育方法。这一点,日内瓦人无从知晓;因为他是按照普卢塔克④的理论来研究人的心灵的,根据马尔特-布戎⑤的理论和统计学材料了解现代生活的;他四十岁时读《唐·卡洛斯》⑥还不能不潸然落泪,他相信百分之百的自我牺牲,不能原谅拿破仑,因为后者未能解放科西嘉岛,而且带走了保利⑦的画像。诚然,

---

①裴斯泰洛齐(1746—1827),瑞士民主主义教育家,《初步教育》理论的创始人,主张对儿童进行综合教育,发展了教育与生产劳动相结合的思想。
②巴泽多(1723—1790),德国教育改革家,提倡现实主义教育法,反对体罚和死记硬背的教育方法。
③尼古拉(1738—1820),德国教育家。
④普卢塔克(约45—约127),古希腊作家、历史学家、伦理学家,著有《希腊罗马名人比较列传》(五十篇)、《道德论》。
⑤马尔特-布戎(1775—1826),丹麦人,因支持法国革命于一八○○年被驱逐出丹麦,后在巴黎当记者和地理学家,著有《世界地理概论》(六卷),是巴黎地理学会的创建人。
⑥德国作家席勒(1759—1805)青年时代的最后一个剧本(1785)。
⑦保利(1725—1807),意大利政治家和爱国者,为科西嘉的独立进行长期的斗争,一七九四年终于将法国人赶走。

他也知道时世之艰难，贫穷和失败对他的压力很大，但这使他变得更加不了解现实了。他忧心忡忡，在美丽的湖边漫步，为自己的命运感到不平，为欧洲感到不平，这时候，他突然想起了北方——想到了一个新的国度，它在领土疆域方面很像澳大利亚，而在精神方面却正在大规模地形成某种与众不同的、新的东西……日内瓦人买来了莱维加[①]的俄国史，读了伏尔泰的《彼得一世》[②]，一星期后，他徒步向彼得堡出发了。这位日内瓦人对世界的看法非常幼稚，而且具有某种不可动摇的信念，甚至是一种特殊的冷漠态度。一个头脑冷静的幻想者是无法被改变的：他永远都是个孩子。

别利托娃是在伯父家和他认识的，她未必敢指望找到一位心目中理想的家庭教师，但这个日内瓦人很接近她的理想。她提议给他年薪四千卢布（这在当时已经是很多了），日内瓦人说，他只需要一千二，于是就答应了下来。别利托娃表示非常奇怪，但他却冷冷地声辩说，他要的工资数额不多也不少，够用就行了，八百卢布作生活开支，四百卢布作不时之需。"我不喜欢奢侈，"他补充说，"聚敛钱财，我认为是不道德的。"于是，母亲便把满是荒地和田野的"白地"庄园的未来主人的教育托付给了这个疯子！

伯父这老头儿对世界上的事从来就没有满意过，对这件事也只是他一个人不以为然。当别利托娃正兴高采烈、扬扬

[①] 莱维加（1737—1812），法国历史学家。
[②] 指伏尔泰写的《彼得大帝时代的俄国史》（1759—1763）一书。

自得的时候,伯父(丈夫所有亲属中只有他一人认同她)却说:"唉,索菲!你净办些荒唐事,那日内瓦人给我当学生还差不多,怎么能做家庭教师呢?他自己还需要个保姆照看呢,他能把沃洛佳①教成什么样子?——一个瑞士人呗。如果这样,依我看,你还不如干脆把他送到沃韦或洛桑去……"索菲从他的这番话里听出了老人偏爱日内瓦人的自私心理,她不想惹老人生气,也就没有再说什么。后来,过了两个星期,她带着沃洛佳和这位四十岁的青年回到自己庄园去了。当时是春天,日内瓦人先从激发沃洛佳对植物学的兴趣入手,他们一大早就出去采集植物标本,用生动的交谈代替枯燥乏味的课堂讲授:眼前的一切事物都是他们讨论的课题,沃洛佳怀着极大的兴趣倾听日内瓦人的解释。午饭后,他们通常坐在面对花园的凉台上,这时日内瓦人讲述一些伟人的生平传记,讲述他们到远方旅行的经历,有时候作为鼓励,让沃洛佳自己朗读普卢塔克的作品……时光在流逝,两次地方选举都过去了,沃洛佳也到了该上大学的时候了。当母亲的却有点不大情愿,这些年她过惯了这种舒心的生活,这是她以前没有过的,她非常喜欢这种平静和睦的日子,生怕发生什么变化:她习惯而且喜欢坐在自己心爱的凉台上等候沃洛佳从远处游玩归来;当沃洛佳红头涨脸,兴高采烈地跑回来,一面擦着脸上的汗,一面向她扑过来,搂住她脖子的时候,

---

① 弗拉基米尔的爱称。

她简直觉得这是一种莫大的享受;她看着他,心里是那样感到自豪,那样满意,简直快要哭了。的确,沃洛佳身上是有某种动人的东西:他是那样高尚优雅,那样坦诚直率,那样信任别人,让人一看见他就感到高兴,也为他感到几分忧愁。很显然,这样一位目光明亮、动作灵活的翩翩少年还从未承受过生活的重负,也从未体验过恐惧的感觉,撒谎骗人的话还从未沾过他的唇边,他根本不知道随着年龄的增长等待他的将是什么。日内瓦人几乎跟沃洛佳的母亲一样,对自己的学生也是难分难舍,有时候他久久地望着他,然后垂下眼睛,两眼满含泪水,心想:"我这辈子也算没有白过,想到我曾帮助过这样一个青年成长发展,我也就知足了——我无愧于自己的良心!"

世界上的事情真是阴差阳错,无奇不有!自然,无论是做母亲的,还是当教师的,他们都没有想到,自己这种封闭式的教育会给沃洛佳带来多少痛苦和灾难。他们千方百计不让沃洛佳了解现实生活,想方设法不让他看见这灰色世界里所发生的种种事情,只向他灌输光辉灿烂的理想,从不谈生活的艰辛和困苦。他们带他去观看美妙的芭蕾舞,让孩子相信:这种优美的舞姿,这种动作与音乐的和谐的结合,就是普通的生活;他们不带他到市场上去看看那些追逐金钱者的贪婪的嘴脸;他们从精神上把他培养成一个不食人间烟火的人……那位日内瓦人就是这样一个人——但这里的区别有多么大呀——他,一个穷文人,背着一只行囊,带上保利的画像,怀着自己藏在内心的理想，已经养成了随遇而安、知足常乐、蔑视奢华、劳动为本的习惯，准备随时云游四方，浪迹天涯——这跟沃洛佳的使命和社会地位有何相似之处呢？……

但是，无论别利托娃多么喜欢自己的这种封闭式的隐居生活，也不管离开恬静的"白地"庄园对她来说有多么痛苦——她还是决定要到莫斯科去。一到莫斯科，她立即带着沃洛佳到伯父家去。老人身体非常虚弱，正半躺在一张伏尔泰式的安乐椅上①，腿上盖着一块羊绒披巾，由稀疏的白发编成的长长的发辫搭在睡衣上，眼睛上戴着一个绿色的遮檐。

"喏，你现在正干什么，弗拉基米尔·彼得罗维奇？"老人问道。

"在准备考大学，爷爷。"青年回答说。

"考什么大学？"

"莫斯科大学。"

"在那里，学什么？以前我认识马太教授，还有海姆教授——喏，可毕竟好像还是牛津更好一些，你说呢，索菲？是更好一些吧？你想学什么专业呢？"

"法律，爷爷。"

爷爷露出不以为然的表情。

"喏，没什么！等你学完了 *le droit naturel*，*le droit des*

---

① 一种高背深座的安乐椅。

*gens，le codede justinien*①——以后干什么呢？"

"以后，"母亲笑着回答说，"以后去彼得堡谋个差事。"

"哈，哈，哈！一定要通晓 Pandectes② 和关于它的所有 Clossces③！要么，弗拉基米尔·彼得罗维奇，您也许是想当法律顾问吧？哈，哈，哈！——做律师？您看着办吧，不过按我的意思，小伙子，还是去学医。我把自己的全部藏书都留给你——一个不小的图书馆，我把它管理得很好，所有新书我都预订了。眼下医学比什么都吃香，喏，对亲朋好友也有好处，看病挣钱你觉得不好意思，那就免费看好了——乐得个心安理得。"

沃洛佳和母亲都知道这老人爱认死理，所以谁也不去反驳他，但日内瓦人却有些忍不住了，他说：

"当然，医生这个行业是不错，但我不明白弗拉基米尔·彼得罗维奇为什么不去攻读法学，许多人都在想方设法让受过教育的年轻人进身仕途。"

"他说你们，顺带也说了我；我去过日内瓦，那时他还在地上爬呢，我亲爱的 citoyen de Geneve④！"固执老头儿说。"您可知道，"他补充说，语气有些缓和，"我国有一个卢梭的译本上写着：'日内瓦市民卢梭文存'……"——这时老人笑得咳嗽起来。

---

①法文，意为"自然法、国际法、查士丁法典"。
②法文，意为"罗马法典"。
③法文，意为"诠释"。
④法文，意为"日内瓦公民"。

关于这个译本的事,他说过上千次了,每次他都觉得听他讲的人还不知道这件事。

"沃洛佳,"他继续说,心情已经变好了,"你写不写诗?"

"试着写过,爷爷。"弗拉基米尔·别利托夫回答说,脸一下子红了。

"好孩子,我劝你可不要写诗,只有头脑空空的人才写诗,因为那都是些 futilite①,应该干正经事。"

只有这最后一个劝告弗拉基米尔·别利托夫算是听进去了,因为他不再写诗了。他没有进牛津大学,而是进了莫斯科大学;他也没有选修医学专业,选的是伦理政治专业。别利托夫完成了大学的学业:以前他总是孤身一人,现在则置身于热闹的同学大家庭了。在这里,他知道了自己分量,受到青年朋友们热诚欢迎;他敞开胸怀,面对一切美好的事物,孜孜不倦地学习着各门学科。系主任本人也注意到了他,认为他只要把头发再剪短一些,对人再礼貌恭敬一些,就是一名优秀大学生了。最后,他终于毕业了;毕业典礼上学校向青年们颁发了踏入生活的毕业证书。别利托娃准备到彼得堡去,她想让儿子先走,自己把事情安排一下,随后就去。在大学同窗各奔东西之前,同学们在别利托夫家里搞了一次聚会。大家这时还充满着希望:未来敞开自己的胸怀,吸引着

---

①法文,意为"雕虫小技"。

他们，就像当年吸引克娄巴特拉①那样，寻欢作乐之余，同时也有死的权利。年轻人都有宏伟的抱负……谁都没想到，有人干了一辈子，充其量不过当个科长而已，而且最后把全部家产输个精光；有的人死守在自己乡下老家过日子，每天午饭前不喝三杯果酒，饭后不睡上三个小时就感到浑身不自在；第三种人处于这样的地位，他会气鼓鼓地说，青年人可不比老年人，他们无论在举止做派和思想道德方面都不像他的上司，他们全是些头脑空空的幻想家。当日内瓦人穿好上路的衣服，叫醒别利托夫的时候，他耳朵里还满是关于友谊和理想的海誓山盟与连连碰杯的声音。

我们的幻想家兴致勃勃地去彼得堡了。要开展活动，开展活动！……只有到那里，他的希望才能够实现，只有到那里，他才能够大展宏图，才能够了解现实——那里是俄罗斯新生活的中心，是它的总发源地！他想，莫斯科已经完成了自己的使命，它把国家的所有血管都吸纳过来，接通自己这火热的心脏，为国家而不停地跳动；然而，彼得堡，彼得堡——是俄国的大脑，它高高在上，它周围是冰冷的花岗岩般的头盖骨，它使帝国的思想发育成长……种种类似的想法和比喻在他的脑海里徘徊盘旋,真诚而神圣,没有丝毫的做作。

---

① 克娄巴特拉（公元前69—公元前30），埃及托勒密王朝末代女王（公元前51年起）。克娄巴特拉聪明美丽，受过教育，为追求权力，她委身于凯撒。凯撒被刺后，她又与安东尼相好。渥大维大败安东尼后，她又想在渥大维身上打主意，但没有奏效。最后渥大维的罗马军队开进埃及，克娄巴特拉不愿被渥大维游街示众便自杀了。

而公共马车这时却在一站一站的向前行驶，马车里除了我们的幻想家之外，还搭载了一位退了役的轻骑兵上校、一个长着白胡子的阿尔汉格尔斯克的官员。官员随身带了一些鲅鱼干和甘菊浸剂，以备途中身体不适时使用；还带了个穿光板羊皮袄的用人，皮袄上的羊毛已经掉得差不多了；此外还有一个长着浅黄头发的士官生，他的脸比头发还要黑，他因能指使车夫而表现得神气活现。对于弗拉基米尔·别利托夫来说，这帮人的样子显得都很新奇，很让他高兴。当阿尔汉格尔斯克那位官员请他吃找出来的鲅鱼干时，弗拉基米尔宽厚地笑了。后来见他为找一枚合适的硬币付汤钱，尴尬地在口袋里摸了半天，而性急的上校代他付了时，弗拉基米尔不禁又笑了。他不怎么喜欢阿尔汉格尔斯克人称上校为"阁下"，也不喜欢上校表达什么意思时的吞吞吐吐、说不清道不明的样子——一点也不爽快。他甚至觉得侍候同行的阿尔汉格尔斯克人的那个呆头呆脑的笨老头也非常可笑，这老头在服侍主人时之所以没有被冻死，确切地说，多亏他长了一张 cuir russe[①]。小伙子对这一切的看法都是很宽容的!

抵达彼得堡和第一次在上流社会露面都非常顺利。他带有一封给一位很有权势的老姑娘的推荐信，老姑娘见小伙子一表人才，便认为他肯定很有教养，能言善辩。她有一个兄弟在民政局一个部门当处长，她便把弗拉基米尔推荐给他。

[①]法文，意为"俄国皮"。

这位处长跟他交谈了几分钟，果不其然，他很为这位年轻人朴实的谈吐、多方面的教养、敏捷的才思和远见卓识感到惊讶。他提出让他到自己的处里工作，亲自托局长要对他多加关照。弗拉基米尔对工作非常卖力，他非常喜欢办公室的工作，在一个十九岁的年轻人的心目中，办公室是个庞杂、繁忙，是忙着编号和登记的地方，里面的人个个都手捧卷宗，心事重重，忙个不停。他认为办公室就像是个磨轮，能带动半个地球的人跟着它转动——他把一切都诗意化了。

别利托娃最后也来到了彼得堡。日内瓦人仍旧住在他们家里，最近他有好几次都想离开别利托夫家，但是他做不到，因为他跟这家人的关系实在太密切了，他把自己所有的东西都教给了弗拉基米尔，而且非常尊敬他的母亲，因此他很难跨出他们的家门。他渐渐变得郁郁寡欢，不断在进行自我斗争——我们已经说过，他是个冷静的幻想家，因此很难改变。有一天晚上，就在弗拉基米尔找到工作后不久，为数不多的一家人围坐在火炉边。这时候，年轻的别利托夫——他的自信心已大为见长，对自己的力量和抱负也有其青年人的向往——正在幻想着未来；他脑子里闪过各种各样的希求、计划和期望；他幻想能官运亨通，前程似锦，幻想今生今世，前途无量……于是，这个被未来幻想所陶醉的热情洋溢的青年，忽然一下子搂住日内瓦人的脖子："我欠你的恩情太多了，你是我们家真正的好朋友，"他对日内瓦人说，"我所以能出人头地，多亏了你和我母亲，你对我比我亲生父亲对我还要好!"日内瓦人用一只手捂住眼睛,然后看了看母亲,又看了看儿子,他想说什么,但什么也没说,站起身来,从屋子里走了出去。

回到自己的小书房,日内瓦人把门关上,从沙发下拖出自己的满是灰尘的小皮箱,掸去尘土,打开后从里面把自己的宝贝东西摆放起来,爱不释手地一一仔细察看。这些东西分明体现出了此人无限的柔情:他珍藏着一只完好的纸夹子,这个纸夹子做工粗糙,是十二岁的沃洛佳在新年前夕背地里特意为日内瓦人制作的,他在上面贴了一张不知从什么书上撕下来的华盛顿的肖像;另外,日内瓦人还收藏着一张沃洛佳十四岁时的水彩画像:光着脖子,晒得黑黑的,眼睛里闪耀着思想的光芒,一副充满期待与希望的神情。这种神情,他继续保持了五年左右,后来就像彼得堡的太阳,只是偶尔有所显露,像是过去的事情,与现在的种种特点相比已经不合时宜了。此外他还保存着老伯父送给他的几件银制数学教具,一只绘有独立纪念日盛况的硕大玳瑁烟盒。这烟盒本是老人用的,一直放在身边——老人去世后,日内瓦人从管家手里买了过来。他把所有这几件宝贝玩意儿,还有一些类似的东西放好之后,又挑选了十五六本书,其余的东西都放在了一边。然后,第二天一大早,他悄悄来到莫尔斯克大街,叫了一辆拉货的马车,叫用人帮助他把箱子和书搬出去,并让他转告一声,就说他要出城去两天;然后他穿上长袍,拿起手杖和阳伞,握了握身边用人的手,跟着马车步行而去,大滴的眼泪洒落在他的长袍上。

别利托娃对日内瓦人的出走感到非常惊讶,但她想他还会回来的;两天后,她收到了下面这封信:

亲爱的夫人!昨天晚上我得到了对我的劳动的充分报偿。请您相信,此情此景我将铭记在心;作为一种安慰,作为对我个人眼力的鉴证,它将终生伴随着我——但同时它也庄严地结束了我的工作;它清楚地表明当老师的不应该再干预学生自身的发展了,老师的影响不仅没有好处,甚至会妨碍学生独立行事的能力。人应该毕生地接受教育,但是到了一定的时候,他就不应该就教于人了。现在我对令郎还有什么用处呢——他已经走在了我的前头。

我早就打算辞别贵府,但我的软弱阻碍了我——对令郎的爱妨碍了我。如果我现在不离开,我将永远履行不了我所担负的这一神圣义务。您是了解我的信条的:我不能够留下来,我认为不劳而获,拿您的钱满足自己的需要,混碗饭吃,这是嗟来之食,是有辱人的尊严的。因此,如您所见,我必须离开贵府。让我们像朋友那样分手吧,今后就不要再提这件事了。

当您收到这封信的时候,我已经是在去芬兰的路上了,我打算从那里到瑞典去,我将游览一番,直到把钱花完,然后再开始工作:我的精力还好。

最近一个时期没有拿您的钱,请您不必把钱给我寄来,请把这些钱一半送给侍候我的用人,另一半送给其他用人,并请您代我向他们致意:我时常麻烦这些贫苦的人。留下的书,是我送给令郎的礼物,请代我交给他。我另外给他写封信。

再见,尊贵的、深受敬重的夫人,再见了!为您的全家祝福;其实,您有这样的儿子,还有什么不满足呢?我只有一个愿望:希望您和令郎健康地活着,益寿延年。握您的手。

他给弗拉基米尔的信开头是这样写的:

弗拉基米尔:我最后对你说的话,不是老师的训诫,而是朋友的劝告。你知道,我没有关系很近的亲属,也没有比你更亲近的外人,尽管我们的年龄相差很大。我对你抱有很大的希望和期待。在我离开的时候,弗拉基米尔,我觉得应该对你作一番忠告。走命运指给你的路:这是一条光明大道;我不担心失败和不幸,因为你会从中得到支持和力量——我害怕成功和幸福,因为那样你会站在危险的道路上。你要努力工作,但当心不要走向反面:让工作为你服务。弗拉基米尔,不要把目的和手段混为一谈。唯独对亲者的爱,对幸福的爱,才应该是你的目的。如果你心中没有了爱,那你将一事无成，只能欺骗自己；只有爱能够创造坚实的、有生命的东西，高傲是徒劳无益的，因为它除了自己，什么都不需要……

不能把整封信都援引过来，因为他整整写了三张信纸。

于是，这位光明磊落、心地善良的家庭教师形象就此在弗拉基米尔的生活中消失了。"我们的 monsieur Joseph①在哪里呢?"——母亲或儿子经常提起他，两人常常念叨他；这时，他们脑海里便闪现出日内瓦人那柔和、稳重、有点僧人模样的身影，他身着旅途中穿的长袍，向傲然屹立的挪威群山走去。

---

①法文，意为"约瑟夫先生"，这里指约瑟夫神甫(1577—1638)，法兰西奥秘神学家，与法国大主教配合，曾获得类似外交大臣的权位，云游四方，为日后被称为三十年战争的军事行动等筹措军费，为使新教信徒改信天主教而四处奔走。

七

阿扎伊斯①证明（非常枯燥地），世界上的一切都是可以补偿的，当然，要相信他的这一说法，不必过于严格和吹毛求疵。基于这一理论，作为对失去"约瑟夫"先生的补偿，我们请来了奥西普·叶夫谢伊奇。他是一位头发斑白的清瘦老人，六十岁左右，穿一件破旧的文官常礼服，脸色红润，总是一副志得意满的样子。他在别利托夫待的那个办公室即第四科当科长已经三十年了，当科长前他在这个科里当了十五年的抄写员，另外十五年他是在机关大院里度过的，"门房的儿子"这一荣誉称号使他在其他守卫人员的孩子面前平添几分贵族气。这个人的情况能够最好地说明：一个人的成

---

①阿扎伊斯（1766—1845），法国哲学家。他认为人生的意义在于把握住欢乐与悲哀之间的自然与和谐的平衡，其成名作《人类命运中的补偿》（1809）和《宇宙体系》（1809—1812）提出和发挥的就是这一思想，认为人类过去、现在、未来的全部经验都能够根据扩张和压缩二者力量的相互作用而被认识。

功并不一定要到远方旅行,去大学里听课,广交朋友,因为这位科长没有这些经历却照样对各种事情非常熟悉,有知人之明,而且富有外交家的才能,自然,决不在奥斯捷尔曼①和塔列兰②之下。他天资聪颖,十五岁进办公室工作,有充分发挥和培养自己实际能力的可能和时间;无论是科学、阅读、遣词造句,还是我们从书中用来糊弄人的空洞的理论,以及上流社会的奢华生活和充满得意的幻想都妨碍不了他。他一面抄抄写写,一面留心察言观色,天长日久,便能够深入观察现实生活,切实认识周围事物,采取正确的行为方式,在办公室这杂草丛生、危机四伏的一潭死水中,平平安安,毫发无损。上级主要领导更选,局长调换,处长变更,而第四科的科长却岿然不动。大家都很喜欢他,因为他这个人不能缺少,因为他精心地掩盖了这一点;大家都称赞他,对他评价很高,因为他总是极力否定自己;他什么都知道,办公室的事情他全都记得;他什么问题都能解答,像一部活辞典,就是不愿意出头露面;局长提议他出任处长——他坚持仍然当他的第四科科长。大家想为他报请一枚十字勋章——因为从来没有外人说他收受过贿赂,同事中也从来没有人怀疑他的廉洁。你们可以想象,四十五年来有多少各种各样的事情要经过他的手来处理,可是从来没有一件事让奥西普·叶夫

---

①奥斯捷尔曼(1686—1747),俄国外交家、国务活动家、伯爵。俄最高枢密院成员,曾负责俄国内政外交事务。一七四一年被流放到别廖佐夫。
②塔列兰(1754—1838),法国著名外交家,拿破仑时代和路易十八时期的外交大臣,以权变多诈、不讲原则著称。

谢伊奇发过脾气,引起过他的愤怒,使他心情感到不快活;他自打生下来就没有过要从文字处理工作转到和实际情况打交道的想法;不知为什么,他对工作的看法非常抽象,认为工作就像是一大堆的关系、信息、报告和咨询,它们互相交叉,盘根错节,按照一定的程序,遵从一定的规则,各就各位,发展运作;因此当他在科里工作的时候,或者像那些异想天开的科长们所说的,在协调操作时,不言而喻,他不过是在清理自己的办公桌,这样办起事情来更方便一些:克拉斯诺亚尔斯克的调查材料差不多要两年时间才能够回来,要么起草一份最后决定,或者——这是他最喜欢的——把事情推到别的办公室,由另外一个科长结束这场游戏,程序规则依然如故;他能不偏不倚、公正无私到这样的程度,比如说,全然不想一想,等克拉斯诺亚尔斯克的调查材料回来,那走的人该是什么样子了——忒弥斯①的眼睛就应当是什么也看不见的……

正是弗拉基米尔的这位令人尊敬的同事,在弗拉基米尔上班三个月之后,对誊清了的文件重新检查一遍,给四位抄写员分配了新的活计,又掏出自己的黑银烟盒,递给自己的助手,补充说:

"尝尝吧,瓦西里·瓦西里耶维奇,味儿挺冲的,是朋友从弗拉基米尔市带来的。"

---

①忒弥斯,古希腊神话中掌管法律和正义的女神,她一手执天平,一手执剑,两眼被布带蒙着,象征公正无私,执法如山。

"好烟!"这位助手拿起一点浅绿色的干烟末在鼻子上闻一闻,顿了片刻,醒过神来后说。

"怎么样?够劲儿吧?"科长见把助手的鼻膜刺激得够呛,非常得意地说。

"您怎么看,奥西普·叶夫谢伊奇?"助手问道,这时他已从被烟呛得浑身麻木的状态中渐渐恢复了过来,用蓝手绢一个劲儿地直擦眼睛、鼻子、脑门儿、甚至下巴,"我还没有问您,您喜欢不喜欢这个从莫斯科来的年轻人?"

"挺招人喜欢的,看上去很有朝气,据说是局长亲自拍板的。"

"是啊,没错儿,非常聪明伶俐,不能不承认。我昨天听见他跟帕夫拉·帕夫雷奇争了起来,要知道,那人是听不得不同意见的,而别利托夫这个人嘴巴也不饶人。帕夫拉·帕夫雷奇开始生气了,他说:我不是跟您这么说了吗——而别利托夫却说:对不起,我也跟您这么说了。我在一边看着,非常开心。后来,别利托夫走了,帕夫拉·帕夫雷奇跟自己的一个朋友说:'这号人一进来,我们办公室就得循规蹈矩了;其实我也是大学毕业,我要教训教训他,不能让他为所欲为,我不管他是由谁拍板安排进来的。'"

"真有意思!"科长说,这故事看来也引起了他的兴趣。"不管是谁决定的,那还不一个样?哎哟哟,帕夫雷奇!喏,怎么样,这话当着他的面说了吗?"

"没有,末了他只是用法文说了句什么。老实说,我一看这种样子，心里就想：我和奥西普·叶夫谢伊奇在第四科还得面对面地坐下去，而他肯定会搬到那边去的。"他指了指局长办公室。

"哎呀，瓦西里·瓦西里耶维奇，你这个聪明脑瓜子！"科长说，"看来三个科里再也找不出比你更聪明的人了，可是就连你也爬得很慢呀。老兄，我这辈子这种事见的可多了，有的人变成了真正的实干家，甚至掌管办公室的工作；这个不知天高地厚的花花公子一点儿戏都没有。他很聪明，也很勤奋——但聪明和勤奋就够了吗？咱们用一瓶茵陈酒打赌好不好，看这位先生能不能升到科长？"

"赌我不想打，可是我昨天看到了他拟的公文，文笔漂亮极了，没说的，这种好文章只有在《祖国之子》①上才能够读到。"

"我也看到了——虽然我已是老眼昏花，不过还没有完全失明——他不懂得格式，如果是因为蠢笨或是由于不习惯——那也没什么大不了的：以后会学会的。可那位先生压根儿就不行，一窍不通，他行起文来像是在写小说，而主要的东西却给遗漏了。谁是报告人，行文是否恰当，呈报给谁——他觉得无所谓。用俄国人的话来说，这叫半瓶子醋。可是你问个什么事——他就会对我们这些老人教训一通，不，老兄，能干的小伙子一眼就能够看出来。起初我自己曾经想：

---

①彼得堡出版的一份反动刊物，一八一二年开始发行。

他好像并不傻,说不定前程远大着呢,眼下对工作不习惯,不要紧,过些时候会习惯的。可是现在已经三个月了,每天游游荡荡,脾气大得很,也许我不该说,发起火来跟骂他亲生老子一样,他倒是痛快了——可往后这样怎么能行呢?这样的年轻人我们见过的多了,他不是第一个,也不是最后一个,他们都一样,只会说空话:我一定要根除滥用职权的现象,可他自己连什么是滥用职权都不知道,也不知道在哪里存在着滥用职权……只是一个劲儿地喊叫,这样喊上一辈子,最后不外是一个没干任何实事的官僚。然而这样一个蠢货却一直在嘲笑我们,说我们都是办公室的勤杂工,可事情全都是我们这些勤杂工干的。向民政部门呈交申诉,这本是他分内的工作,可是他不会,那就请所谓的勤杂工代劳……坐享其成!"能言善辩的科长最后说道。

其实,科长的这番议论完全是有事实根据的,而且事有凑巧,像有意安排好似的,他的话很快就得到了证实。别利托夫对办公室的工作很快就失去了兴趣,动不动就发脾气,工作敷衍了事。办公室主任把他叫去,对他苦口婆心地好言相劝——但无济于事。部长又把他叫去,像慈父般进行劝说,动之以情,晓之以理,连一旁的庶务官都听得大为感动;尽管他这个人是不太容易被感动的,这一点他手下所有的侍卫都知道——但最后同样无济于事。别利托夫太不知好歹了,他认为别人这种亲人般的关心,这种一心希望他改好的父亲般的愿望,是在伤害他的自尊心。一句话,就在科长和他的助手那次精彩谈话之后三个月，奥西普·叶夫谢伊奇对一个不知自己做错了什么事的文书大发脾气，而且说：

"你什么时候才能够学会呢？喏，你已经写过多少次了，但每次都得给你把稿子起草好，这全是因为你没有把工作放在心上，一心只想着穿上呢外套，到海军部大厦林荫道上闲溜达，看姑娘去了——我不止一次地看见过……喏，你写吧：'为准予在俄罗斯帝国自由居住，根据有效的审核签字和官方印记，特颁发给退职省书记员别利托夫本身份证……'写完了吗？给我看看！"于是他嘴里念念有词："庄园……农奴……籍贯……学历……编制……九月十八日……东正教……好吧！"于是奥西普·叶夫谢伊奇在这张纸的下面最边缘处用最细小的字体签上字，予以确认。

"去吧，现在就拿走交上去，等他们签字后，再去注册登记；图章应该盖在旁边，瞧见了吗，在写着'身份证'的边上。他明天要来取的。"

"怎么样，瓦西里·瓦西里耶维奇，您不愿跟我打那瓶茵陈酒的赌，要是打的话，您肯定输。没说的，你可真够油的！"

"干了十四年零六个月，难道都白吃饭了？"那位助手机智地回答道。

科长和全科的人都大笑起来。

我们的好朋友弗拉基米尔·彼得罗维奇·别利托夫的公务生涯就在这种平静的哄笑声中结束了。从那个可纪念的日子起，即薇拉·瓦西里耶夫娜向餐桌上摆放甜点心，院子里传来马车的铃声——马克西姆·伊万诺维奇忍不住跑到窗口去看——到现在已经过去整整十年了,这十年别利托夫都干了些什么呢?

什么都干过,或者说,差不多什么都干过。

他都做了些什么呢?

什么都没做,或者说,差不多什么都没做。

谁都知道有这样一句古话:期望过高的孩子成大事者寥寥无几。为什么?难道是因为一个人的精力有限,只能达到一定程度,如果青春年少时都消耗殆尽,等长大成人后就一无所剩了吗?这是个深奥难解的问题。我解答不了,也不想去解答,但是我想,这个问题的答案,与其说要从一个人的某种怪异心理结构中去寻找,还不如从他周围的环境、氛围、影响和接触中去发掘。不管怎么说,这种情况在别利托夫身上倒是得到了验证。别利托夫从小性情急躁,喜欢想入非非,对周围环境甚为不满;他对各方面的事情都看不顺眼,几乎像奥西普·叶夫谢伊奇所巧妙描述的那样,"事情全都是勤杂工们干的",而且他们做这些事,犹如獾和獴什么都不会做,只有一个愿望,一种追求——给人类带来祸害;这种愿望和追求往往还显得很高尚,但几乎总是徒劳无益……

一个不算晴朗、但对彼得堡来说却是典型的上午——一年四季中最糟糕的气候都集中在一起了——雨夹雪不断敲打着窗户。上午十一点钟了,天还没有亮,看上去好像已经接近黄昏。别利托娃就坐在她跟日内瓦人最后一次谈话时落座的火炉旁边,弗拉基米尔躺在沙发床上,手里拿一本书,看一看,放一放,后来干脆不看了,把书往桌子上一搁,懒洋洋地坐了老半天,最后若有所思地说:

"妈妈,你知道我想起了什么?要知道,爷爷要我学医还是对的。您怎么想的,我是不是该去学医?"

"随你的便,我的孩子,"别利托娃像平时一样慈爱地回答说,"只有一点令人很不放心,沃洛佳,学医,你就得接触各种病人,而有些病是带有传染性的。"

"妈妈,"弗拉基米尔温柔地拉着她的手,微笑说,"看你有多么自私,心里只想着自己爱的人!袖手旁观,当然没有多大危险;但我认为饱食终日,无所事事,跟要干一番事业一样,同样得有自己的使命;并不是谁想好逸恶劳,四体不勤,谁就可以饭来张口,衣来伸手的。"

"你试试看吧!"母亲回答说。

第二天上午,弗拉基米尔来到解剖室,他像初到办公室时那样认真地研究起了解剖学;但是他却未能把在莫斯科大学学习时那种对科学执着追求的劲头带到这儿来;无论他如何欺骗自己,医学对于他总不过是一种逃避的场所:他是由于失败、无聊和无所事事才到这里来的;从无忧无虑的大学生到退职官员和半吊子医生,这中间的差距实在是太大了。天资聪颖的他在新的学科中很快就遇到一些医学上讳莫如深的问题;这些问题不解决,其他一切问题便无从谈起。面对这些问题他打算鼓起勇气,一举攻下难关——他没有考虑到这些问题的解决,常常是坚持不懈的长期劳动的结果。他没有这种劳动的能力,而且很明显,他对于医学,特别是对于医生们的兴趣渐渐冷淡了下来;他从他们身上又一次看到了自己办公室的同仁;他希望他们用毕生的精力去解决他所感兴趣的问题,希望他们把临床工作看作崇高神圣的事业——而他们一心想的却是晚上去玩牌,是开张营业,因而没时间顾及这些问题。

"不,"弗拉基米尔想,"不行,我不愿意当医生!目前当关于生理学方面的各种问题众说纷纭的时候,竟然去给人看病,我这个人还讲不讲医德了!一切从业的想法统统放到一边去!我算什么官员?我算什么学者?我……我……实在愧不敢当,我是一名艺人!"别利托夫在临摹头盖骨的时候想到自己是一位艺术家。真是想到——做到。他在书房窗子的下半截玻璃上挂了不透明的窗帷子,在两个头盖骨旁边,摆放一尊小小的维纳斯雕像;不久好像从地下冒出来似的,房间里到处都是些带有恐惧、羞涩、嫉妒、勇敢等表情的石膏头像——这些表情是按照雕塑学所理解的表情,就是说,这些激情在真实自然的世界并不存在。弗拉基米尔于是不再理发,整个上午只穿一件宽大的短上衣,这件无产者的制服是涅瓦大街上一位高级裁缝师特意为他缝制的。弗拉基米尔每周都要到爱尔米塔日博物馆[①]去,老老实实地坐在画

[①]俄国彼得堡美术、文化历史博物馆。一七六四年建立,专为沙皇个人收藏艺术珍品,一八五二年开始对外开放。

架前……母亲有时候蹑手蹑脚地进来,生怕打扰这位未来提香①工作。他开始经常谈论意大利,谈论富有浓烈现代情趣的历史画:他想见见从西伯利亚归来的比伦②,见见前往西伯利亚的米尼希③;周围是冬天的景色,皑皑白雪,带篷的马车,伏尔加河……

不言而喻,绘画也不能使别利托夫感到完全满足:他对什么事情都不会感到满足;此外,还缺乏一种艺术氛围,一种支撑艺术家的生动的相互促进和交流。没有任何事情能够激发起他的工作热情,他的工作完全没有人需要,纯粹是出于他个人的愿望。但是对他来说,最大的障碍莫过于他关于服务、关于公民活动的往日的理想了。对于具有火一般热情的人来说,世界上没有任何东西比投身于当前的事业中去,亲自参加正在发生的历史变革中去更有吸引力的了;怀有这种工作理想的人,去从事其他方面的工作,一定会感到非常别扭;无论做其他什么工作,肯定像当客人似的,安不下心来,因为他那非他莫属的领域不在那里——他把社会争论带进了艺术;要是他当了画家,他会把自己的思想画进画里;要是他当了音乐家,他会歌唱自己的思想。踏入另一个领域,他

---

①提香(1487—1576),意大利画家,文艺复兴时期威尼斯画派的代表人物。
②比伦(1690—1772),伯爵,俄皇安娜·伊万诺夫娜的宠臣,"比伦苛政"反动制度的创始人。一七四○年因宫廷政变被捕,被流放,后得到彼得三世的赦免。
③米尼希(1683—1767),俄国军事和国务活动家,陆军元帅,伯爵,俄皇安娜·伊万诺夫娜当权时的军政大臣。一七四二年被流放,一七六二年得到彼得三世的赦免。

会欺骗自己，就像一个离开自己祖国的人千方百计地在说服自己，说无论他到哪里，反正都一样，到处都是他的祖国——真是挖空心思……然而他内心里总是有一种挥之不去的声音在召唤他到另外的地方去，使他想到另外的歌曲和另外的自然景观。——这些思想，时隐时现地萦绕在别利托夫的心头，挥之不去，因而，他很羡慕某一个德国人，此人只知道弹钢琴，陶醉于贝多芬的音乐，只根据 exfontibus①，就是说，只根据古代作家来研究现代生活。

加之彼得堡的夜晚非常漫长，这种时候无法作画……这样的夜晚，弗拉基米尔·别利托夫常常是在一位酷爱绘画的寡妇那里度过的。这位寡妇年轻美貌，衣饰华丽，楚楚动人，受过高等教育；弗拉基米尔在她家第一次羞答答地作出了爱的表示，而且第一次大胆签下了一张数目巨大的债据，因为就在这个幸福的夜晚，他赌输了钱。当时他根本心不在焉，完全陶醉于幸福之中了，玩牌时压根儿没把心思放在牌上；难道玩牌前他有过心思吗？寡妇就坐在他的对面，因此他从她的眼睛里分明看出了她对他的情意和关爱！

现在我不打算向你们讲述我的主人公的整个故事，故事非常平常，但它在他心中的反映却有些非同寻常。简单地说吧，经过这次消耗不少精力的爱情体验和签下了几张挥霍不少财产的债据之后，他远走高飞，到异国他乡去了——去寻找欢

---

①拉丁文，意为"原始材料"。

乐，扩大见闻，增长知识去了；而他的已经未老先衰的母亲则回到了"白地"庄园，填补因赌债而造成的亏空，用长年操劳之所得来支付儿子一时娱乐的花销；为了能够使沃洛佳在国外生活得宽裕一些，她必须聚敛新的钱财。这一切对于别利托娃来说绝不是一件轻而易举的事；虽然她爱自己的儿子，但她已经没有像扎谢金村的女地主那样的能力了——现在她无时不在保持一种宽宏大量的态度，随时都在欺骗着自己；不是因为粗心大意，也不是因为脑子迟钝，而是出于一种不让自己知道自己看见了真相的谦恭礼让的心理。"白地"庄园的农民们为自己的女主人祈祷上帝，他们老老实实地交纳租子。别利托夫经常给母亲写信，从这里你们可以看到另外一种爱；它不那么高傲，也不那么想独霸"爱"这个名称，但是这种爱不会随着岁月的流逝或疾病的缠绕而冷淡下去，有这种爱的人即使到了迟暮之年，用颤抖的双手打开书信阅读时，也会在珍贵的字里行间洒下老人心酸的眼泪。对于别利托娃来说，儿子的来信是她生命的源泉；它们支撑着她，安慰着她；对于儿子的每一封来信，她都要反复地读上一百遍。可是这些信写得怆然伤怀，缠绵悱恻，虽然充满了爱意，但是为了不伤母亲那脆弱的心，有许多事情他并没有在信中告诉她。显然，忧愁烦闷使这位年轻人苦不堪言，身处异邦的旁观者的角色他已经厌烦极了：他走遍了欧洲——已经没什么可看的了；人们到处都在忙碌，就像平时在家里一样，总有做不完的事情；他发现自己总是在做客，人家请你在椅子上坐下，说许多客气话，但有关家庭秘密的事他们从不透露，最后他们会告诉你该回家去了。可是一想到彼得堡的事情，别利托夫马上变得忧心忡忡，他不知道自己为什么要从巴黎来到伦敦。在别利托夫到达伦敦前几个月，母亲收到了他从蒙彼利埃发出的信，信里说他正在去瑞士的途中，在比利牛斯山地偶感风寒，所以要在蒙彼利埃耽搁五六天；他答应离开的时候再给她写信，但只字未提关于返回俄国的事。说是"偶感风寒"——当母亲的心可就悬了起来，一直在等他途中的来信。但是两个星期过去了——没有信来；一个月过去了——还是不见信来。可怜的女人甚至失去了分别后的最后一点安慰——可以写信，并且相信一定能够送到——她不知道信是否能够送到，只是为了求得个安慰，她向巴黎发了两封信，confiees aux soins de l'ambassade russe①。睡觉前，她总是吩咐冬尼娅早一点让车夫骑马到县城去问问有没有信来，其实她非常清楚：邮件每周只送一次。县邮政局长是个好心的老头儿，对别利托娃佩服得五体投地；他每次都让车夫向她报告没有信来，说一旦有信来，他会亲自或者派专人马上送去的——当母亲的眼巴巴等了几个小时，最后听到这样的回答，心里是多么的难受啊！亲自去一趟的想法，开始在她的脑子里不时出现。她已经想派人把自己的邻居、退役炮兵上尉请来——以前她有什么法律方面的重要问题常找他，

---

①法文，意为"托俄国大使馆转交"。

比如拟定个措辞文雅的、解释为什么没有仓储式商店等的说明——问问他哪里可以办出国护照,是到县税务局,还是到县法院……等到了秋天,场光地净,椴树叶早已发黄,枯黄的叶子在脚下发出沙沙的响声,雨成天似下非下,但却连绵不断,在这样的日子里盼望来信,就更是苦不堪言了。一天傍晚,侍候别利托娃的姑娘恳请她允许自己去做通宵祈祷。

"去吧,不过明天是什么日子?"

"难道您忘记了,明天是九月十七日,是您的圣明的天使索菲及其女儿柳波夫、薇拉和娜杰日达的命名日呀!"

"去吧,冬尼娅,为沃洛佳也祈祷一下。"别利托娃说,眼睛满含着泪水。

人活到一百岁——仍然是一个孩子,即使活到五百岁,其生命的某一个方面也仍然如孩子一样。如果他的这个方面丧失了,那就太可惜了,因为它充满了诗意。什么是命名日呢?为什么这一天人们喜怒哀乐的感觉要比前一天或后一天更鲜明呢?我不知道这里的原因,但确实是这样;不仅是命名日,任何周年节日都使人心里感到非常激动。"今天好像是三月三日。"有一个人说,担心错过公开拍卖庄园的日期。"三月三日,对,是三月三日。"另一个人回答说,此时他的思想已经回到八年前去了,他想起了离别后的第一次重逢①。

---

①赫尔岑这句话是指自己一生中最值得纪念的日子之一——一八三八年三月三日;当时他秘密地从弗拉基米尔来到莫斯科和自己的未婚妻扎哈林娜会面(见《往事与随想》第三部分,第二十三章《一八三八年三月三日和五月九日》)。

他回想起了所有的细节,并且带着某种得意的神情补充了一句:"整整八年了!"他唯恐玷污了这个日子,他觉得这是一个节日;他想都没有想三月十三日将是整整八年零十天的日子,而且任何一天都是一个特殊的周年纪念。别利托娃的情况就是这样,想起跟儿子的分别,想到收不着来信,想到沃洛佳不会回来向她祝贺节日,想到他在国外也许忘记了向她表示祝贺……她心里越发痛苦,难过起来。她心潮起伏,浮想联翩,如烟的往事浮上心头;十五年前的一天,次日就是命名日了,她发现自己的起居室内摆满了鲜花;沃洛佳不让她进去,故意瞒着她;她猜到了是怎么回事,但却不告诉沃洛佳;约瑟夫先生竭力帮沃洛佳扎结花带;后来她又觉得沃洛佳在蒙彼利埃病倒了,由贪心的旅店老板在身边进行照料;这时她不敢再往下想了,连忙安慰自己:说不定他遇到了约瑟夫先生,后者会照料他的。约瑟夫先生那样热心,那样善良,那样喜欢沃洛佳,他会精心服侍他的,会严格按医生的吩咐行事的,沃洛佳睡着时他会守护在他身边的。可约瑟夫为什么在蒙彼利埃呢?这是怎么回事?可能是沃洛佳写信把他这位朋友叫来的……但是……她的心情再次变得非常沉重,真是肝肠寸断;一幅幅愁云惨雾的画面和愉快的回忆互相交错,萦系在她心头。

第二天,各种繁杂的事务分散了别利托娃的注意力,使她的心情有所好转。一大早"白地"庄园的贵族们就来到了前厅,真是高朋满座。村长身着蓝色长褂,站在前面,用一个大托盘端着一个大得出奇的大甜面包,这是他特意派一名甲长去县城买来的。大面包散发出一种大麻子油的气味,使每个想上前切一块的人都不禁望而却步。大面包周围,沿着盘子周边,摆放着橘子和鸡蛋。这里有许多人都留着大胡子,在这些漂亮而端庄的人物中间,唯有当地的一名行政官员在服饰和仪容上显得格外与众不同:他不仅刮光了脸,而且脸上刮伤了好几个地方;只因为他的手总是莫名其妙地发抖(不知是因为写字过多,还是因为如果不花公社的钱在酒馆里喝几杯劣质白酒,就从来没法看见村子美妙的早晨),这大大妨碍了他清醒地去嗅鼻烟和刮胡子;他身上穿一件蓝色的长外套,一条天鹅绒裤子,一双长筒靴子,就是说,他这副样子令人想起澳大利亚的一种著名的动物——一种集兽类、鸟类和两栖类动物于一身的令人感到恶心的鸭嘴兽。院子里一头小牛犊不时地发出哀叫,喂它牛奶已经有六个星期了:这也是农民给女主人过命名日送来的礼品。别利托娃不善于交际,不会大大方方地接待客人,这一点她自己也知道,遇到这种场合她总是显得有点不知所措。应酬结束后,开始做弥撒,进行祷告。正在这个时候,那位炮兵上尉来了,这次他来不是以法律顾问的身份,而是身着昔日的军装。当大家离开教堂回家时,别利托娃被一声轰隆吓了一跳。原来这位邻居在马车里带来一尊小口径炮,特意吩咐下人,为了给节日助兴,一定要鸣放;这时候,别利托娃的猎狗,跟一切蠢笨的动物一样,无论如何也弄不明白怎么可以没有目的地乱放枪炮呢,它前后奔跑,拼命地去寻找野兔或山鸡。大家回到家里,别利托娃吩咐端上吃的——正在这时,突然传来一阵响亮的铃声,一辆极其漂亮的邮政三驾马车飞奔过桥,转入山后,一时从眼前消失;过了约莫两分钟,马车已经离得很近了;车夫驾车径直向老爷家驶来,转眼间来到了门前,车夫熟练地猛地一下把马勒住。邮政局的老局长(是他)从马车里钻出来,急不可耐地对赶车的说:

"哎呀,博格达什卡,你真行,真是好样的,很值得称赞。"

博格达什卡对邮政局长的夸奖当然很满意,眨眨右眼,正了正帽子,说道:

"只要大人不嫌弃,我也就满意了。"

邮政局长得意扬扬、一本正经地走进客厅,径直去吻女主人的手。

"非常荣幸,索菲亚·阿列克谢耶夫娜,恭喜您命名日愉快,祝您身体健康。您好啊,斯皮里东·瓦西里耶维奇!(这是在冲那位炮兵上尉说)。"

"我这儿有礼了,瓦西里·洛吉诺维奇。"炮兵上尉回答说。

瓦西里·洛吉诺维奇继续对别利托娃说:

"为祝贺您的命名日,我特意给您带来一件小小的礼物,请不要见怪——能送什么,就送点什么。礼物并不贵重——邮费和挂号费,共计一个卢布十五个戈比,只有八钱重。给您,夫人,是弗拉基米尔·彼得罗维奇的两封信:从邮戳上看,一封好像是从蒙特拉舍发的,另一封寄自日内瓦。夫人,很对不起，是我不好：头一封信两星期前就到了，另外一封是五天前到的，我把它们保存到今天，老实说，索菲亚·阿列克谢耶夫娜，我是想让您在命名日这天高兴一下，给一个惊喜。"

索菲亚·阿列克谢耶夫娜对邮政局长的态度，就像著名演员奥弗勒尼①在听戴拉曼纳的故事②那样：她一看见他取出信来，就再也不听他说下去了。她用颤抖的手拆开信封，本想当场就看，后来还是站起来，走了出去。

邮政局长非常得意，起初他几乎使别利托娃难过得要死，后来又让她破涕为笑，乐不可支。他心地宽厚地搓着双手，为自己的让人意想不到的礼物大获成功而沾沾自喜。此时此刻，世界上没有一个狠心肠的人会因为他开这种玩笑而对他倍加指责，不请他入席。这一次，作为邻居的炮兵上尉开口说话了：

"喏，瓦西里·洛吉诺维奇，可真有你的，先是用信打她一巴掌，然后再揉一揉，让她欠你的人情，真是没说的！不过，趁索菲亚·阿列克谢耶夫娜现在正在看信，我们不妨先来享用；今天我起来得很早。"

他们开始吃起来了。

……一封信是途中发的，另一封是从日内瓦寄出的。

---

①奥弗勒尼(1728—1804)，真名让·利瓦尔，法国著名演员，一生演过许多欧洲剧作家的作品，晚年定居俄国，除演出外，主要从事戏剧教学工作。
②见法国悲剧诗人拉辛(1639—1699)的悲剧《费德尔》(1677)中戴拉曼讲述的关于希波吕托斯之死的故事。

信的结尾是这样写的:"亲爱的妈妈,这次见面,这次谈话,令我大为感动——因此,我,正如我在信的开头所写的,决定回来,开始选举方面的工作。明天我就从这里动身,在莱茵河畔停留一个月左右,然后直接去塔乌罗根,不作停留……德国已经让我厌烦透了。在彼得堡和莫斯科,我只打算见几个熟人,然后便立即到'白地'庄园来看望您,亲爱的妈妈。"

"冬尼娅,冬尼娅,赶快把日历拿来!哎呀,我的天,你在哪儿找呀——没用的东西!那不是么!"

于是别利托娃亲自跑过去拿了日历,开始反复计算起来,把新历的日期换算成旧历,又把旧历换算成新历。这一会儿工夫,她把怎样收拾房间的事都已经想好了……除了自己的客人,她什么都没有忘记。幸好,客人们自己没有忘记自己,而且已经吃完第二道菜了。

"真是咄咄怪事!"法院院长继续说,"看来大城市的生活也够闲散开心的了,年轻人,尤其是衣食不愁的年轻人,总不至于感到沉闷乏味吧。"

"有什么办法!"别利托夫笑着回答说,同时起身告辞。

"其实,您就在我们这里住下吧。这里虽然看不到大城市的繁华和文明,但您肯定会遇到许多善良朴实的人们;他们会在自己和睦的家庭中热情地接待您的。"

"那是自然的喽!"那位纽扣上佩戴圣安娜勋章,举止很随便的文官插进来说,"我们这个城市没有别的长处,说到殷勤好客——和莫斯科一样!"

"这我相信。"别利托夫躬身一礼说。

第二部

一

诸位已经知道,别利托夫的到来,在 NN 市的可敬的居民中间引起了强烈而持久的反响。现在请允许我来谈一谈这座城市在可敬的别利托夫先生的心目中的印象。他下榻在"凯莱斯堡"旅馆。旅馆之所以起这个名字,想必并不是为了和其他旅馆有所区别,因为全市旅馆只此一家,起这个名字更可能是出于对一座根本不存在的城市的尊重。这家旅馆是 NN 市一切小官员的希望所在,同时也是他们绝望的场所;它为他们排遣苦闷,为他们提供纵情娱乐的地方;面无表情的老板站在大门右首的柜台后面——永远是这个老地方,站在他对面的是一个穿白上衣的伙计,此人长着又宽又密的大胡子,头发从左眼上方截然地分开;每当月初的时候,所有的科长、他们的助理,以及助理们的助理所领到的大部分薪金大都流进了这个柜台(秘书们很少来这里,至少不常自费来;秘书这差事非常热门,而且一旦当上,决不肯放手,因此他们变得都非常保守)。旅馆老板大模大样地板起面孔，拨弄着算盘；那该死的柜台，一旦掀开它上面的隔板，什么五卢布的票子、一卢布的票子、十戈比的硬币、五戈比的硬币、一戈比的硬币，接二连三地统统都滚进了柜台，然后咔嚓一声，上了锁——钱也就被收了起来。只有在两种情况下柜台假装怎么也打不开——当雅科夫·波塔佩奇——地区派出所所长威严地出现在护栏外面的时候，当然，他是来还债的……文官们时不时地也常来旅馆走走，打打台球，喝点饮料，来上一两瓶酒，总之，像单身汉那样，出来纵情地玩一玩，背着自己的妻子(单身的文官从来是没有的，就像从来没有结婚的天主教神甫一样)——为此，他们能吹上两个礼拜，说他们如何如何的开怀畅饮，寻欢作乐。这些大官一来，小官们连忙把自己的烟斗藏在背后(但是还得让人看见，因为问题不在于把烟斗藏起来，而是表示一种应有的尊敬)，深深地躬身一礼，脸上露出尴尬的神色，退到其他的房间里去，也不管这局台球是不是打完了——骑兵少尉德里亚加洛夫玩牌之余也到这里来打台球，常常以大胆的击球和令人难以想象的坐球①，让人不胜惊讶。

　　旅馆老板是城郊农村一个暴发的农民，他知道别利托夫是什么人，也知道他有多大的家产，所以当即决定给他旅馆里最好的房间，这个房间平常只留给特别重要的人物——

---

① 台球的一种打法，当第一球撞着第二球后，第一球停住不动，或反而向后滚回。

将军、包税人——享用。他先领他去看其他的房间，这些房间又脏又差，当老板领着别利托夫到了预定的那间房子后，便说："要不是这个房间当通道使用，我倒是很乐意租给您的。"——这时别利托夫一个劲儿地说服老板，请老板一定把这个房间让给他；老板为他的言辞所动，便同意了，而且价钱要的不低。可敬的旅馆老板殷勤地接待了别利托夫，反过来却大大冷落了其他所有的宾客。这间房子的确是个通道，把门一锁，便隔断了客厅和台球房之间的通路，使要从这里经过的人只能绕道厨房。大部分房客对这种不便都默默地忍受了，就像以前忍受其他种种不便一样，认为是命中注定，活该如此；不过也有鸣不平的，认为老板做事太不公平。一位十年前在军队里服务的陪审员就曾扬言要用台球杆打断老板的脊梁骨，而且嘴里骂骂咧咧，带出许多不堪入耳的话来："老子是贵族；喏，他妈的，要是让给一位什么将军——也就罢了——但是让给一个从巴黎来的黄口小儿，这就说不过去了。请问，我哪一点不如他？老子是贵族，出身名门，一八一二年得过勋章……"——"得啦，得啦，何必呢，你太激动啦！"骑兵少尉德里亚加洛夫冲他说，少尉对别利托夫有着自己的想法。无论别人怎么说，老板却有自己的一定之规。他或者一声不响，或者以玩笑搪塞，正如俄国商人所说，软硬兼施，寸步不让。那个成为许多虚荣好胜、沽名钓誉者谩骂目标的房间之所以到了别利托夫之手，其实那也是在看了四个令人望而生畏的房间之后，在老板的一再吓唬下才被选中的。实际上这个房间也相当的脏乱,而且很不方便,不时能闻到一种烧焦了的黄油的气味,加之周围经常烟雾弥漫,给人的感觉就像是爱斯基摩人怀里揣的死鱼发出的臭味,实在令人作呕。

  初来乍到的忙乱总算过去了。马车顶上的大行李箱,随身带的行李、小提箱都搬了进来;跟在这些随身物品的后面,别利托夫的管事格里戈里·叶尔莫拉耶维奇最后也走了进来,他手里拿着路上没用完的药物、烟荷包、没喝完的葡萄酒、吃剩下的带馅火鸡等东西。他把这些东西分放在桌子和椅子上后,便去小卖部喝酒去了。他告诉小卖部的营业员,说他在巴黎养成了一种习惯,办完事情后总要喝上一杯(在俄国是办事前先喝上一杯)。一大群想打听来客底细的公务员把他围了起来,但是我们不能不指出,这位管事不怎么吃这一套,他对他们摆出一副居高临下的态度;他在国外生活多年,颇为自己的身份和价值感到自豪。这期间,只有别利托夫一个人待在屋内,他在沙发上坐了一会儿,然后走到窗前,从这里能够看到半个城市。他眼前展现的美妙景色,和一般省城的风景毫无二致。首先映入眼帘的是一座油漆得非常难看的瞭望塔,卫兵在塔楼里来回走动着;从按照一定模式建造起来的长长的、不用说是黄色的政府机关办公大楼的后面,可以看到一座古色古香的大教堂;然后是两三座教区的教堂,它们中的每一座都体现了建筑学上的两三个时代:古拜占庭式的墙壁装饰着希腊式的正门或者哥特式的窗子,再不就是二者兼而有之。再看下去是省长大人的官邸，门前有守卫的宪兵和两三个要求接见的大胡子男人。最后才是普通市民的住宅，它们跟我国其他所有城市的居民住宅一样，几根瘦骨嶙峋的柱子紧贴着墙体，带着个小阁楼，但因都装有意大利落地式窗户所以冬天不能住人。用人们居住的厢房，被烟熏得黑乎乎的，马厩里拴着几匹马；这些房子通常都是社交场上彬彬有礼的男士们以女士们的名义买下的；斜对面是个外贸中心商场，外面刷得很白，里面却是一片漆黑，从来都是又潮湿、又阴冷；这里什么东西都有——棉布、细纱、各种饮料——应有尽有，总之，一切可以用钱买的东西全有。眼前景色对别利托夫颇有所触动，他点燃一支雪茄烟，在窗边坐了下来。院内的冰雪已经开始融化——而融化任何时候都很像是在春天。水从屋檐上滴下来，融化的冰雪形成涓涓细流，沿着街道流去。这景象让他仿佛觉得大自然眼看就要从冰雪之下苏醒过来了，但这感觉只不过是一个初来乍到的人希望在二月初看到 NN 市春天的殷切心情罢了。街道显然知道还会有严寒和暴风雪来临，知道五月十五至二十七日这段时间之前树木是决不会抽芽的，所以它并没有露出喜气洋洋的神色，而是一片死气沉沉。两三个脏兮兮的妇女坐在外贸中心商场的围墙外面，在兜售冰苹果和梨。她们趁手指还没有冻僵的时候在编织着长袜，数着针眼，只是偶尔互相交谈几句，用织袜子的针剔剔牙齿，叹口气，打个哈欠，在自己的嘴上画个十字。离她们不远处有一个年老的商人，七十岁左右,一把白胡子,头戴高顶貂皮帽子,躺在折椅上睡得十分香甜。店老板们不时地出出进进,有几个已经开始打点关门了。看来没有什么人买东西了,甚至街上的行人也几乎没有了,这时,有一名身着带毛皮领子外套的区警紧皱着眉头,手里拿着一卷纸,正步履匆匆地从街上走过。店老板们恭敬地摘下帽子,打着招呼,但区警连看都不看他们一眼。后来又驶过一辆怪里怪气的马车,很像是一个被切掉四分之一的老倭瓜;这辆倭瓜车由四匹无精打采的马拉着,马车的导马员和一头白发、满脸皱纹的车夫都穿着本色的粗呢外套,后面是一路颠簸、身着饰有花边外套的贴身用人。倭瓜车里还坐着另一个倭瓜——善良的一家之长——一个胖地主,他鼻子和脸颊上暴起的青筋分明构成一幅特殊的地图。他的身边是他形影不离的生活伴侣,此人倒不像倭瓜,而更像个辣椒,她没有戴帽子,整个身子完全裹在用塔夫绸缝制的斗篷之中。他们对面坐的是一位如花似玉的乡村姑娘,想必是她爹妈的甜蜜希望之所在;甜蜜归甜蜜,但是老人家们也没有少操心。一座菜园子从身边一闪而过……又是一片寂静……突然,胡同里传出一阵响亮的俄罗斯歌声,片刻之后,三名纤夫互相挽着胳膊向街上走来。他们穿着红色的短衬衣,戴着五花八门的帽子,个个都雄赳赳、气昂昂的,脸上带着我们大家所熟悉的激昂慷慨的表情。其中一个人手里拿着三弦琴,不过,与其说他是在好好的演奏,还不如说他只是为了胡乱弹出点响声。这位弹三弦琴的纤夫走起路来一摇三晃,从他肩头的动作看,显然他是想要蹲下来——这到底是怎么回事?原来是这样:不知是从地下钻出来的,还是从外贸中心商场大门口走过来的一名手持警棍的巡警或岗警突然出现在他们眼前,于是用来解除一时的无聊和困顿的歌声突然停住了,只有三弦琴在对警察倾诉自己的不平。这位令人尊敬的治安管理警察于是大模大样地向外贸中心商场的大门走去,就好像一只蜘蛛吸食了苍蝇的脑髓后又龟缩到阴暗的角落里一样。这时候四周变得更加寂静了,天开始黑了下来。别利托夫环顾左右——他感到有些毛骨悚然,身上好像被一块铁板压住了似的,明显地感到呼吸急促,这也许是被楼下冒上来的油烟味呛了的缘故。他抓起自己的便帽,穿上大衣,锁上房门,到街上去了。城市不大,从城这头走到城那头并不困难。但无论走到哪里,都是一片冷清,空空荡荡,当然,即使这样他也遇到几个行人。一名疲惫不堪的女工,肩上扛着扁担,光着双脚,踏着薄冰,有气无力地向山坡走去,呼哧呼哧地不时停下来喘上一口气。一个粗大肥胖、态度和蔼的神甫,穿了件在家里穿的衬衫,坐在大门前,一直看着这个女工。后来又遇到个身材修长的小公务员和一个胖子文官——两个人穿得都很邋遢,脏兮兮的,他们并不是穷得买不起衣服,而是从来不爱整洁,而且他们都有这样一个非同寻常的追求:九品文官一定要表现得活像是古罗马的元老……而十四品文官则像九品文官。这时警察局长也坐着雪橇过来了,他恭恭敬敬地向两位文官致意,心事重重地让他们看看手里封好的公文——表明他正在去给大人送日报……最后，走过两个大腹便便的商人，在他们之后，又过去一个女厨子，手里拿着几把笤帚和一只包袱，从她那红头涨脸的样子看，她手里的笤帚分量不轻。此后就没有再遇到什么人。

"这寂静究竟意味着什么？"别利托夫心里想，"是深思熟虑，还是一无所思？是忧心忡忡，或者只是犯懒？实在令人费解。但这寂静为什么如此让我难受，简直像吃了闭门羹似的，为什么我会感到如此压抑呢？我喜欢寂静。在海上，在村子里，甚至在一望无际的田野里，寂静给我的是一种富有诗意的虔诚的宗教感受，一种不矜不伐的忘我境界。这里的情况不是这样。那里——有寓于寂静中的广袤的世界，而这里的一切却在压抑人的感情，使人感到憋得慌，没意思，周围房舍又是那样的简陋，像废墟一样，而那些经过刷白、粉饰一新的房屋主人如今又在哪里呢？是否这个城市昨天被敌人一举攻占了，还是发生了瘟疫？——两种情况都不是：居民们都在家里，他们在休息；但他们什么时候干活呢？……"这时，别利托夫不禁想起其他城市的行人熙来攘往的繁华街道：这些城市不那么守旧，居民热衷于欢乐生活。他开始感到有一种通常在误入歧途时产生的无奈心情，特别是当我们已经开始意识到走错人生道路的时候，于是他闷闷不乐地踏上归途。快到旅馆的时候，一阵低沉而持久的钟声从城郊的修道院里传来，这钟声使弗拉基米尔回想起了很久以前的一件事情，他本想朝钟声传来的方向走去，但是他忽然露出微笑，摇了摇头，快步向住处走去。一个疑云密布时代的可怜的牺牲者，你在 NN 市是寻找不到安宁的！

几天来，别利托夫细心阅读和研究了贵族选举条例，然后他稍仔细地穿好衣服，便动身去做一些最必要的拜访。过了三小时的样子，他回来了——头疼得厉害，心情很不好，而且感到非常疲惫，他要了点薄荷水喝，往头上搽些花露水。花露水和薄荷水稍微使他的思想恢复了常态，于是他一个人躺在沙发上，一会儿眉头紧锁，一会儿又哑然失笑——拜访时的所见所闻在他的脑子里一一浮现出来：在省长大人的前厅，他跟宪兵、两个头等商人和两名侍从，很愉快地度过了几分钟的时间，他们对一切出入门厅的人都主动地打招呼，请安问好，形式非常特别，说"节日过得好"，而且，他们像高傲的英国人那样，伸出一只手——那只有幸每天扶将军上马车的手。在省贵族代表大厅里，令人尊敬的 NN 市贵族精英的代表一定要说哪里也比不上在军队里更能使人学会遵守社会秩序了，军队能教会人主要的东西，当然，有了主要的东西，其余的学起来就不在话下了，后来他对别利托夫说，他是一个真正的爱国者，他在自己村子里修建一座砖石结构的教堂，他非常讨厌那些不去骑兵部队服役，不好好管理庄园，只知道玩牌、养法国小老婆、到巴黎寻欢作乐的贵族——所有这些话，都应当被看作是对别利托夫的一种讽刺。别利托夫今天所见到的几个人都很难从他的脑海中消失。他一会儿想起了省检察长，此人三分钟时间曾经六次对他说："您是位有学问的人,您知道,省长跟我没有任何关系;直接向司法部长打报告,可司法部长是总检察长。省长是个好人——所以我尽量为他效劳,可他也不过是批批'已阅,已阅,已阅'便拉倒了;他——另有高见,我就像对上司应该做的那样,对他表示了充分的尊重;事情到此为止,再没有别的了,谁也不能强迫我;我又不是省府的顾问。"每当这时候,他便从银质的圆烟盒中取出卷好了的烟丝闻一闻,这烟从外表看很像是法国烟,但气味不一样,难闻极了。一会儿,别利托夫想起了民事法庭庭长——此人又高又瘦,身体虚弱,吝啬而邋遢,想以此说明自己为官一向清正廉洁。一会儿,他又想起了赫里亚晓夫将军,此人身陷重围,处在两个退职的警察局长、几个破落地主、几只猎犬、几条看家狗、一群用人、三个侄女和两个妹妹之间;在他的记忆中,将军总是像在自己家里一样,粗声大气,打着口哨,把一只叫米季卡的猎犬从前厅叫过来,跟它逗乐,百般宠爱。再不就是想起了我们所熟悉的、穿着青蛙脊背那样颜色睡袍的法院院长安东·安东诺维奇和那位衣纽上佩戴着圣安娜勋章的文职官员。当这帮可敬人物的尊容在别利托夫的脑海中渐渐淡漠的时候,他们大家则融合成为一副大官僚的怪模怪样的面孔——眉头紧锁,少言寡语,遇事模棱两可,但又固执己见。别利托夫深知自己不是这位歌利亚[①]的对手,不仅用一般的投石器打不

[①]《圣经》传说中腓利斯巨人,他身材高大,头戴铜盔,身穿重甲,勇猛善战,所向无敌,后来在跟日后成为犹太王的牧童大卫决斗时被杀。

倒他，就是用彼得大帝纪念碑下的花岗岩石座也打不倒他。说来也怪，自从别利托夫到国外以后，他的阅历丰富了，也勤于思考了，而且更富有热情，更爱动脑子，也更爱激动了。对于有思想抱负的人来说，光阴是不会虚度的……一切都没有变化，今天和昨天一样，天天如是，平平常常，可是猛回头一看，你就会惊异地发现，你已经走过了很长的路，已经有了收获，阅历尤为见长。别利托夫的情况就是这样：他有很多体会和感受，但是他没有安于现状止步不前。如今别利托夫第二次又和现实生活碰面了，情况跟他在办公室的时候一样——面对这样的现实，他又有些畏葸不前了。他缺乏那种务实的思辨能力，不会分析各种复杂事物的来龙去脉；他跟周围世界脱离得太远了。造成别利托夫脱离实际的原因是显而易见的：约瑟夫把他培养成犹如卢梭把爱弥尔培养成的那种一般意义上的人了；大学又继续了这种一般的发展；由五六个抱有伟大理想和希望的青少年组成的联谊小组——他们尚不了解教室外面的生活——一再鼓励别利托夫参加小组的思想学习活动，而这些思想与他所处的环境是没有必然联系，是格格不入的。最后，学校大门被关上了，永生永世、至死不忘的联谊小组失去了原先的光泽，逐渐被淡忘了，只是在回忆往事的时候人们才提及它，再不就是几个人偶然聚在一起喝酒的时候才会谈起过去的事——其他的大门被打开了，虽然有些费劲。别利托夫走了进去，他发现自己处于一个完全陌生的国度，他感到是那样格格不入，怎么也习惯不了；对于周围沸腾的生活，他没有丝毫的好感；他无法做一个好的地主，成为一名优秀的军官或勤奋的官员——再说在现实生活中除上述之人外就只剩下到处闲逛、聚众赌博、醉生梦死的人了；应该为我们的主人公说句公道话，他对后一种人比对前一种人的好感要多一些，但即使在这里，他也不能够畅所欲言，因为他太先进了，而这些大人先生们的腐败堕落行为也太肮脏、太丑恶了。他学过医学，也学过绘画；吃喝玩乐，他全都干过，最后去了异国他乡。不用说，他在国外也找不到事情做；他什么工作都干，完全没有一定之规；他以俄国人的博学多识使德国专家大为惊讶，又以自己的深谋远虑使法国人诧为奇事，可是与此同时，德国人和法国人干了许多实事——而他却什么也没有干；他浪费自己的时间：去靶场打枪，在餐厅里一直坐到深夜，把肉体、灵魂和金钱都用在了卖笑女郎的身上。这样的生活，归根结底，不可能不让他产生要求工作的迫切愿望。尽管别利托夫看起来无所事事，十分闲散，其实他有许多生活的感受、想法和激情；对于自己的生活，自少年时候起他就缺乏任何实际的考虑。这就是别利托夫急于要干点事情的原因：首先，他有一个很好的值得称道的意愿，即想参加选举活动；其次，他见到了那些自幼就应该非常了解或者他理应有所了解的人们，并和他们有了密切的来往——但是他们的言谈举止、思想方式都使他大为惊讶，他未做任何努力和斗争便放弃了他考虑了好几个月的设想。一个能够接着干他所继承的事业的人是幸福的，因为他早已习惯于该项事业，用不着花半生的时间去挑选工作，可以聚精会神地、目标明确地进行工作，不至于分散精力。我们更多的人要重新开始，我们从父辈那里继承的仅仅是动产和不动产，而且还管理不善，因此我们中的大部分人什么都不想干，即使想干点什么的，也只是来到广阔的草原——东西南北，爱去哪儿都成——自由自在，只是达不到任何目的：这就是我们的凡事都无所用心，是我们事业上的好逸恶劳。别利托夫就完全属于这类人；他还没有长大成人——尽管他的思想已经成熟；总之，直到现在，他已经是三十岁的人了，还像一个十六岁的孩子，才准备开始自己的生活，全不知离自己越来越近的大门并不是角斗士们跨进去的大门，而是把他们的尸体抬出来的大门。"当然，别利托夫在许多方面是有错误的。"我完全同意诸位的意见。可是另外有人认为，人们的错误比任何正确都要好。世上的事情就是这样的黑白颠倒。

别利托夫到 NN 市还不到一个月，他已经得罪了地主圈里所有的人，而且也未能避免众多官员从自己这方面对他的憎恨。在憎恨他的人中，有些人从不认识他；另外一些人虽说认识，但和他也没有任何来往；从他们这方面说，这种憎恨是纯洁的、无私的，但是即使最无私的感情也是有其原因的。憎恨别利托夫的原因并不难猜想。地主和官僚们多多少少都有自己狭小的圈子，这些圈子之间的关系非常紧密，跟亲人一般；他们有自己的利益，自己的争吵，自己的党派，自己的社会舆论和自己的风俗习惯,而且各省的地主和整个帝国的官僚们在这些方面都是一致的。比如一位官员从 RR 市来到 NN 市,只一个星期便能成为该市受人尊敬的活跃人物和同仁兄弟;如果我们那位令人尊敬的朋友帕维尔·伊万诺维奇·乞乞科夫①来到这里,警察局长肯定会为他举行盛大的宴会,其他人也会围着他巴结奉承,叫他"亲爸爸"——因为他们显然看出了自己和帕维尔·伊万诺维奇·乞乞科夫原是同祖同宗。但是别利托夫不同,别利托夫是个退职人员,就像科长助理指出的那样,他没有那工作十四年半,最后获得一枚勋章的经历,他老喜欢干些令这帮大人先生们忍无可忍的事情。当他们打牌正打得起劲的时候,他却在读一些有害的小册子;他浪游欧洲,对家里的事情置之不理,在国外也是与人格格不入;举止风度倒很有些贵族的派头,思想见解也是十九世纪的——这样的人外省社会怎么能够接受呢!他不能和他们共利益,他们和他的利益也无法一致,因此他们憎恨他;他们觉得别利托夫是他们的对立面,是揭露他们生活的,是反对他们的生活制度的。此外还有许多重要的情况:他很少出去拜访人,即使拜访,时间也拖得很迟,每天上午他总是穿上外套出去到处游荡;他对省长很少像一般人那样称呼"大人",而对于首席贵族、退役了的龙骑兵大尉,他干脆就不买他们的账,尽管按地位他还是应该称呼他们一声

---

① 俄国作家果戈理的小说《死魂灵》中的人物。

"大人"的；他对自己管事的态度倒非常客气，这让客人们感到自己受了侮辱；他跟夫人们讲话时就像和其他人讲话一样，总之，他的谈吐"过于随便了"。加之他到来的头一天便直接和下级公务员们一块儿去玩台球了。不言而喻，人们对别利托夫的记恨并不当着他的面表露出来，只是背地里议论议论，当着他的面，他们对他简直关爱备至，用愚蠢而粗俗的方式对自己憎恨的对象精心照料。每一个人都很想在自己家里接待这位来客，跟他交往，对他巴结逢迎，以便谈起话来时可以十遍八遍地说："是这样，别利托夫在我家的时候……我跟他……"——但最后照样会对他随便骂上一通。

好心的NN市人想尽一切办法要使别利托夫落选，或者选他担任一个他可能接受的职务。他起初既没有觉察出别人对自己的憎恶，也没有发现政客们耍的这些阴谋诡计，后来他开始明白了其中的原委，便挺身而出，义无反顾地把事情进行到底……不过诸位不必担心，根据我知道的原因（由于作者想卖个关子，这原因我想先按下不表），我就不打算让读者了解后来所发生的事情的细节，向他们描写NN市选举的情况；我现在感兴趣的是另外一些事情——私人性质的，不是公务上的。

二

诸位,由于时间相隔太远,想必你们早已忘记前面讲的两个年轻人——柳博尼卡和谦恭可爱的克鲁齐费尔斯基——的故事了。不过这期间他们的生活发生了很大的变化:我们是在他们差不多成为未婚夫妻的时候离开他们的,现在再见面时他们已经是正式夫妻了。不仅如此,他们手里还拉着一个三岁的bambino①,他们的小亚沙。

关于这四年的情况没什么可说的,他们生活得很幸福,日子过得和和睦睦、安安静静;爱的幸福,特别是不必担心地等待的、能够结成美满姻缘的爱的幸福,是一种秘密,一种只属于两个人的秘密;这里第三者完全是多余的,这里不需要见证人;在这件只关系到两个人的事情中,存在着一种特殊的爱的魅力和一种难以用语言表达的相互恩爱之情。讲

---

①意大利文,意为"孩子"。

述他们生活的表面故事是可以的,但是不值得花这个气力;每天的操心事、手头拮据、和厨娘发生口角、购买家具等这一类的表面琐事,别人家里有,他们家里也有,而且也很伤脑筋,但是一分钟之后,这些烦恼便烟消云散,几乎被他们忘得干干净净。经克鲁波夫介绍,克鲁齐费尔斯基在一所中学得到一个高级教师的职位,开始给学生上课。当然,有时他也会遇到这样一些家长,他们虽然全额交了学费,但是生活非常简朴,也许正因为这样他们才能够生活在 NN 市,换个活法他们还不愿意呢。不管克鲁波夫怎样劝说,阿列克谢·阿布拉莫维奇·涅格罗夫,怎么也不肯拿出一万卢布以上的陪嫁,不过他却全部包下了这对年轻人所需的日常生活用品,这项艰巨任务他完成得相当成功:他把自己家里仓库中一切用不着的东西都给了他们,大概他认为这些东西两个年轻人刚好用得着。所以,在格拉菲拉·利沃夫娜想到不幸的私生女时,阿列克谢·阿布拉莫维奇则想到了那辆很有些年头、陈旧不堪、弹簧断裂、车身残破的暗红色马车,最后费了很大劲,才把它搬进了克鲁齐费尔斯基的小院。由于院里没有车棚,很长时间马车就成了胆小的母鸡们的安乐窝。阿列克谢·阿布拉莫维奇还想送给他们一匹马,但马在去他们家的路上忽然得急症死了,它是一匹在将军的马厩里尽职尽责服务了二十年的马,从未生过什么病;不知是活到时候了,还是由于农民把它从老爷家牵出来后,让自己的马拉边,让它驾辕,因而气死了;牵马的农民被吓坏了,逃跑后半年不敢露面。但是就在这对年轻人离开岳父母家的那天上午,阿列克谢·阿布拉莫维奇送给他们一件最好的礼物;他吩咐把尼古拉什卡和帕拉什卡——一个二十五岁的年轻可爱的肺病患者和一个满脸麻子的年轻姑娘——叫来;他们进门后,将军阿列克谢·阿布拉莫维奇郑重其事,甚至表情有些严厉地说:"都跪下来!吻一下柳博芙·亚历山大罗夫娜和德米特里·雅科夫列维奇的手。"这后一项吩咐完成起来可不那么容易:这对有些害臊的年轻夫妇,缩着手,红着脸,吻过之后,不知该如何是好。这时候,作为一家之主,他接着说:"这是你们的新主子!"这句话他说得声音非常洪亮,非常适合于宣布这种重大的决定。"要好好服侍他们,不会亏待你们的(诸位记得这话已经说过一次了吧)!喏,如果他们[①]表现良好,那就请你们爱护他们,善待他们;要是调皮捣蛋,就把他们给我送回来;我这里有个专门对付捣蛋鬼的学校,等我把他们调教好后再给你们送回去。可不能放纵他们。这就是我送给你们上路的礼物。我知道你们管理家产不是内行,你们哪里能管得好那些懒散惯了的下人呢,而且这种懒散的人都是些滑头,他们知道拿他们没办法,一旦拿到了身份证,对,他们便大模大样地去另谋更好的差使。好了,行个礼,快滚吧!"将军雄辩地结束了自己的话。尼古拉什卡和帕拉什卡又咕咚地下了一跪,然后便离开了。他们迁入新居的事

---

①感叹号后面的这段话是将军转而对年轻夫妇说的,因此称呼转换了。

也就这样结束了。我们这对年轻夫妻带着咳个不停的尼古拉什卡和一脸麻子的帕拉什卡当天就搬进了城里。

克鲁齐费尔斯基夫妇的日子过得有滋有味。他们很少有什么分外要求，能够安闲自得，沉湎于夫妻恩爱之中，所以很难不让 NN 市居民把他们两人当外国人看待；他们和周围的所有的人完全不同。令人称奇的是，有些好心人，他们认为，我们俄国人，特别是外省人，在家庭问题上基本上都有封建宗法思想，我们不善于让我们的家庭生活跨入文明的门槛；更为奇妙的是，也许在对家庭生活逐渐淡漠的同时，我们对任何别的生活却没有什么追求；我们这里人的个性和共同利益都没有得到发展，而家庭变得衰落了。我们的家庭生活中有一种既定的模式，而且唯独这里才有，就像是舞台上的道具；从丈夫不打骂老婆、父母不压制孩子的情况中，是揣摩不透这些人究竟有何共同之处，为什么他们相互嫌弃却又共同生活在一起的。谁要是想在我们这里享受家庭生活，他就该到客厅里去寻找，不能走进卧室；我们不是德国人，他们能够三十年如一日地在各个房间里都感到幸福与美满。不过情况也有例外，我们面前这对夫妇就是这种例外情况。他们的日子过得非常简朴；他们不知道别人是怎样生活的，自己却生活得极其合理；他们不跟别人攀比，不会为了充阔气而把自己最后的一点积蓄挥霍一空；他们也不会结交二三十个没用的朋友；一句话：某些人为的精神枷锁，所谓互教集体的兰开斯特①强制教学法,未曾光顾这位态度谦恭的中学教师的家;大家都在嘲笑这种所谓的互教集体,但是没有一个人敢于超越它;不过谢苗·伊万诺维奇·克鲁波夫医生本人在看了自己这"两个可爱孩子"后,不再坚持原来对家庭生活的看法了。

别利托夫感到非常不满,他有一种预感,觉得城里的生活确实像一潭死水,而且对此深为苦恼;他总是把两手插在口袋里,闷闷不乐地漫步街头;几天之后,在一所他从旁经过的房子里,满腔愤怒和苦恼的他,曾经有机会亲眼看见一幕令人赏心悦目的美满家庭的情景,从各个方面证明世上自有幸福存在。此情此景,颇有点像夏天花园里的那个傍晚,当时没有风,池面水平如镜,在阳光的照耀下,金光灿灿;远处,在树丛中间,有一座不大的村落;已经开始有露了,一群家畜向家里走去,人的喊声、牲口的嘶鸣、马蹄的嗒嗒声,汇成为一种混声大合唱……这时你们一定会由衷地发誓说:这辈子再也不会看到比这更美的景色了……而且妙就妙在,这傍晚的景色一个小时后便会消逝,就是说,会及时地被黑夜所取代,以免失去自身的魅力,让人们在看厌之前保持一些留恋。在一间小巧而整洁的房间里,谢苗·伊万诺维奇·克鲁波夫端坐在沙发上,他是这里唯一的贵客。一位少

---

① 兰开斯特(1778—1838),英国教育家。他提出的一种集体互教的教学体制,简称兰开斯特教学法。它实行班长制,在成人的指导下,由比较聪明、学习成绩比较好的孩子去教其他学习较差的孩子。十九世纪初此教学法在欧洲和北美曾被广泛采用过。

妇面带微笑地在给他装烟斗,她的丈夫坐在安乐椅上,一会儿看看妻子,一会儿看看老人,脸上透着一种泰然自若、情深意切的神情。不一会儿,屋里进来一个三岁小孩,走路摇摇晃晃的,他不是绕开桌子,而是直接从桌子底下钻过去,向克鲁波夫走去,因为他很喜欢老人坎肩上挂的那块会报时的怀表的玉坠儿。

"亚沙,你好呀!"谢苗·伊万诺维奇说着,把这位小朋友从桌子底下抱出来,放在自己膝盖上。

亚沙抓住玉坠儿,开始拽他那块报时表。

"他搅得您没法喝茶和吸烟,把他给我。"孩子母亲说。但她坚信亚沙从来不会打扰人的。

"叫他玩吧,别管他,等他烦我时自然我会把他还给您的。"于是谢苗·伊万诺维奇取出报时表,并把它拨响;亚沙一听见表会发出响声,高兴得不得了,然后他把表举到谢苗·伊万诺维奇的耳边,后来又举到母亲的耳边,看见他们确实显得大为惊讶的表情,又把报时表贴到了自己的嘴边。

"孩子是人生中最大的幸福!"克鲁波夫说,"特别是我们这些老哥儿们,逗逗小孩子,摸摸他们毛茸茸的鬓发,看着他们那亮晶晶的眼睛,真有说不出的高兴。确实,望着年轻稚嫩的幼苗,人也就不会变得那么粗野和自私了。不过我坦诚地对你们说,我并不后悔我自己没有孩子……有什么可后悔的呢?瞧,上帝赐给我这样好的孙子,等我再老一些,我来给孩子当保姆。"

"保姆在那儿哪!"亚沙说着,得意扬扬地指着门口。

"让我来当保姆吧。"

亚沙正要大声喊叫,对此表示反对时,他母亲及时制止了他,把他的注意力转移到了克鲁波夫燕尾服上一只金色的纽扣上。

"我喜欢孩子们,"老人继续说,"其实,我喜欢所有的人,年轻的时候——我也喜欢漂亮的脸蛋儿,老实说,我曾经谈过五次恋爱,但是我讨厌家庭生活。一个人只有独自生活时才可能是安静的、自由的。家庭生活中仿佛一切都是有意安排好的:人们生活在同一个屋檐下,互相嫌弃——最后不得不分手;不在一起生活——友谊长存、永久不变,一生活在一块儿,麻烦就来了。"

"算了吧,谢苗·伊万诺维奇,"克鲁齐费尔斯基反驳说,"您说的这是什么话呀!生活的一个重要方面,一个洋溢着人生美满与幸福的最好的方面,您没有体会到。您这种没有任何真情实感,只考虑自己一己私利的自由对您能有什么意思呢?"

"瞧,你这一套又来了。我对你说过多少次了,德米特里·雅科夫列维奇,你不要用'一己私利'来吓唬我——多么清高呀!什么'没有任何真情实感'——好像世界上只有你说的这种情况才算有真情实感似的:丈夫把妻子当偶像崇拜,妻子把丈夫奉若神明,两个人相互厮守,只能由自己占有对方,眼里没有任何别的亲朋好友,只能为自己的痛苦而哭，为自己的幸福而乐。不，老弟，我了解你们这种富有忘我精神的爱情；只是，我不想自我吹嘘，不过是赶到话头上了——你去给人看病，可是你的心都快要碎了，因为病人的情况很不好，你向病床走去时心里直犯嘀咕：哎呀，哎呀！一摸脉，还好，可病人用无神的目光望着你，使劲攥住你的手——喏，老弟，这也是一种真情实感。是一己私利吗？除了疯子，还有什么人不自私自利？只有疯子是单纯的，至于其他的人，正如俗话说的：狗鱼①就是狗鱼，只是隐蔽一些罢了。道理都一样，因此没有比家庭自私再狭隘的自私了。"

"谢苗·伊万诺维奇，我不知道您如此害怕过家庭生活；我出嫁至今已经整整四年，我感到很自由，无论是从我这方面，还是从他那方面，我完全不认为这里有什么牺牲和烦恼。"克鲁齐费尔斯基夫人说。

"输了个精光，还说玩得很开心，世界上真是无奇不有，你们是个例外——我很高兴，但这不说明什么。两年前，我们这里有一个裁缝——而且你们认识他：莫斯科大街的裁缝潘可拉托夫——他家小孩子从二楼窗口摔了下来，跌到街上，结果摔坏没有呢？一点事儿没有！当然，擦伤了一点皮，青一块紫一块的——别的都没事儿。喏，你换个孩子扔下去试试看！肯定会出大事儿，弄不好孩子命都没了。"

①一种产于北美、欧洲和亚洲的鱼，这种鱼体形长，鳞细，头长，体大，嘴尖，牙利，背鳍和臀鳍靠近尾部，游动迅速，性凶猛，常潜伏于水下或水草丛中，喜独居，以鱼类、水鸟和小动物为食。

"你是不是在暗示我们也会出问题?"克鲁齐费尔斯基夫人问道,一只手友好地搭在谢苗·伊万诺维奇的肩上。"自从您对我丈夫说过我们的婚姻后果不堪设想后,我就不再害怕您的预言了。"

"您真能揪住不放呀,好意思吗?也怪这个多嘴的家伙什么都说,算什么男子汉!喏,好了,好了,算我说错了,请不要往心里去,老不忘以前事情的人,眼睛会坏的,即使像他这样的大好人也不行。"他指了指克鲁齐费尔斯基。

"瞧谢苗·伊万诺维奇这个人,他又在拣好听的话说了。"

"那我就再说几句更好听的吧:看着你们过的日子,我真的不再那么坚持原来对家庭生活的看法了,但是请你们不要忘记,我活了六十岁,还是头一次不是在小说里,不是在诗歌里,而是实实在在地看到的确有家庭幸福存在,这种事也太少见了。"

"怎么见得,"克鲁齐费尔斯基夫人回答说,"也许您身边就有这样的夫妻,只是您没有注意到罢了,真正的爱情根本不愿意四处张扬,您寻找了吗?怎么寻找的?再说了,您很少遇到家庭生活幸福的人,这纯粹是一种偶然。不过,谢苗·伊万诺维奇,"她补充道,脸上露出一种戏谑的讥笑,甚至带着幸福者所常有的那种满不在乎的态度,"也许您觉得您必须保持自己的个性,如果您现在承认是自己错了,您会怪自己一辈子,同时也应该知道,现在再来纠正已经不行了。"

"噢，不，"老人急忙表示反对，"这一点请您放心，过去的事我永远都不会后悔，因为第一，无可挽回的惋惜是愚蠢的；第二，我是个单身老人，正在安度晚年，可你们的生活则刚刚开始，前程似锦。"

"您最后那次对我的告诫，"克鲁齐费尔斯基说，"我不知道是出于什么目的，但它在我心里引起了强烈的反响，使我产生一种难以排遣的非常可悲的思想，只要我心里有这种思想，无论多么高兴的心情，一下子便会荡然无存。有时我感到自己的幸福非常可怕，我，作为一个拥有巨大财富的人，面对未来，我开始感到非常害怕。是不是……"

"是不是以后减少一些财富。哈，哈，你们这些幻想家呀！谁在打量你们的幸福？又有谁会去减少它呢？这简直是小孩子的看法！你们的幸福，是机遇和你们自己促成的——因此它是你们的；因为幸福而想惩罚你们，那是毫无道理的。当然，这种偶然的机遇——非理性的、不可抗拒的——能够毁掉你们的幸福，什么事情都可能发生。也许，这天花板的大梁已经腐朽，可能会塌下来，那么赶紧搬出去吧，可是怎么搬呢？院里可能会遇上疯狗，到街上又可能被马撞着……如果这样前怕狼后怕虎，担心出事，那还不如干脆吞下鸦片，永远睡过去的好。"

"我一向感到奇怪，谢苗·伊万诺维奇，您对待生活的态度总是那样轻松：这是一种幸福，一种很大的幸福，但不是人人都能够得到的。您说：是偶然的机遇——因而也就心安理得了,可我却做不到。我不会因为把我生活中种种说不清道不明、但非常可疑的联系称为偶然机遇就感到好受一些。生活中的一切都不是无缘无故的,一切都有其高深的含义,您在我的阁楼上找到我决非毫无原因,莫斯科有不少老师——为什么偏偏找到了我?总不会是因为我身上有解救这个高尚纯洁社会的武器,也不会是我不敢幻想、害怕去想的东西突然兑现了吧——那我可就大喜过望了。可哪儿有什么公正可言呢,如果就这样一辈子过下去的话?我的幸福我领受了,就像别人忍受自己的不幸一样,但我却无法摆脱对未来的恐惧。"

"就是说,对不存在的东西的恐惧。现在我从自己的方面来说几句,这些病态的想象,我这辈子从来都没有弄懂,而且将来也不会弄懂,你们用各种各样的幻想来折磨自己,杜撰许多不幸,为未来伤心落泪,从中获得某种享受。有这样的性格,是一种特殊的不幸。喏,一个人遭到了不幸,痛苦万状——免不了伤心落泪,情绪低沉;但是,该饮美酒的时候却去想明天注定得喝劣质的克瓦斯——这是一种精神病。不会过当下的日子,却要评判未来,全身心地投入其中——这是我们时代最盛行的一种精神传染病。我们大家很像那些犹太佬——他们舍不得吃,舍不得喝,把钱一分一分地攒起来,以备危难时刻再用;然而危难时刻一直没有来,我们总也不打开钱柜子——这过的是什么日子呢?"

"我完全赞同您的看法,谢苗·伊万诺维奇。"克鲁齐费尔斯基夫人兴奋地说,"这话我常对德米特里·克鲁齐费尔斯基说。如果我现在生活得很好,为什么老要去考虑未来呢?对于我来说,未来似乎根本就不存在。德米特里本人常常同意我的意见,但他内心深处总是隐藏着一种忧患,无法排遣。其实,也不知为什么,"她补充说,对丈夫和颜悦色地微微一笑,"我还挺喜欢他这种忧心忡忡的样子,它包含有许多深刻的内容。我想,我和您之所以不能够理解,或者,至少说没有这种忧心忡忡的感觉,那是因为我们看问题比较肤浅,容易受感动,常常为表面现象所吸引,分散了注意力。"

"俗话说:乐极生悲;最初我直想亲吻您的小手,并且对您丈夫说:'这就是人们对生活的理解。'可最后他的幻想却变成了一种呕心沥血,一种深谋远虑——该享受的时候却万般苦恼,为也许根本不会发生的事情而吞声饮泣。"

"谢苗·伊万诺维奇,为什么您这样与众不同呢?有些势单力薄的人,他们在世上是没有充分幸福可言的,他们义无反顾地准备献出自己的一切,但却不能把埋藏在内心深处的令人悲不自胜的声音宣泄出来——这种声音每时每刻都可能成为……为了生活得更幸福,就必须变得粗暴野蛮一些,我常常会产生这样的想法。请看,飞鸟和野兽不也生活得很幸福么,那是因为它们没我们懂得的多。"

"然而,"寸步不让的克鲁波夫说,"对于不能升天,又不能入地,只能在地面上生活的人来说,智能高可不是件令人高兴的事。老实说,我认为这种高智能是一种身体退化和精神疾患；往身上浇些冷水，多活动活动——那些想入非非的幻想便会忘掉一半。您呀，德米特里·雅科夫列维奇，从生下来起，就体弱多病；身体不好的人智力往往特别发达，但几乎总是要走上邪路，迷恋抽象的东西，热衷于幻想和神秘世界。无怪乎古人曾经说过：mens sana in corpore sano。① 请看看那些脸色苍白、头发浅黄的德国人吧，为什么他们那么喜欢想入非非，为什么他们常常低着头在一旁哭泣？是因为体质虚弱和气候的缘故，因此他们几个世纪以来，什么事情都不干，一直在争论些玄而又玄的问题。"

"无怪乎人们说，医学这个职业往往使人对生活持一种枯燥乏味的唯物主义的态度，您对人的物质的方面了解得非常精到，可是您却忘掉了手术刀背后的另外一面，只有它才使粗俗的物质具有一定意义。"

"哎呀，这些唯心主义者，"谢苗·伊万诺维奇说，他显然有些生气了，"总是到处胡说八道。谁告诉他们说整个医学仅仅是个解剖学？这都是他们自己想出来安慰自己的，什么粗俗的物质……我不知道什么粗俗的物质、文明的物质，只知道活生生的物质。您很聪明，是当今的饱学之士，可是您的长进不大！这是我们一个旷日持久的争论，永远争不完的，最好还是不要争了。瞧，我们这些无聊的争论让亚沙都听困了，看他睡得多么香甜。睡吧，孩子！你爸爸还没有教

---

① 拉丁文，意为"健康的精神寓于健康的体魄"。

你蔑视土地和物质,还没有对你说,这可爱的一双小脚丫、两只小手只不过是你躯体上的脏分分的一部分而已。克鲁齐费尔斯基夫人,您可不要向他灌输这种无聊的思想,喏,您对丈夫可以姑息迁就,随他的便好了!但至少不能用这种胡言乱语从小毒害一个无辜的孩子,喏,那样你们会把他变成一个什么样的人呢?一个幻想家。他一直到老都在寻找神鸟火凤凰,而真正的生活却白白地给耽误了。喏,这样好吗?给你孩子。"

老人把亚沙递给他母亲,拿起自己的帽子,慢腾腾地扣上燕尾服的扣子,说:

"哎呀,我忘记跟你们说了:最近我认识一个特别有意思的人。"

"大概是别利托夫吧?"克鲁齐费尔斯基夫人问道,"他来后,城里传得沸沸扬扬,我从校长太太那里也听到了关于他的消息。"

"的确是这样,他们传得那么起劲,是因为他有钱,不过,他这个人确实非常了不起,世界上的事情他全知道,什么都见识过,人非常聪明,只是有点被娇养惯了,大手大脚,喏,您知道,妈妈的宝贝儿子嘛,什么事情都大大咧咧,不像我们那样,经历过苦日子。可是现在他在这里非常苦闷,百无聊赖,一个在巴黎生活惯了的人,可想而知了。"

"别利托夫?让我想想,"德米特里·雅科夫列维奇说,"名字很熟,是不是我在莫斯科大学读书时的那个别利托夫?

当时有很多议论,说他绝顶聪明,智力超人,是个什么日内瓦人一手教出来的。"

"没错,就是他。"

"我记起来了,当时我们还有点来往。"

"我相信,他看见您一定会非常高兴,在这边远偏僻的地方遇到一个有知识有教养的人——那是非常难得的。而别利托夫这个人,据我所知,根本不会一个人独处。他需要和人谈话,交流看法,孑然一身他会生病的。"

"要是您不反对的话,我这就去找他。"

"好哇,咱们一块去——不,等一等,瞧我年纪都这么大了,做事还这么冒失,他现在,老弟,是个大富翁,你找上门去,恐怕不妥!等明天我跟他说一声,要是他愿意,我就和他一块来看你——再见,我亲爱的论敌,再见。"

"那么明天就请把您那位别利托夫带来,"克鲁齐费尔斯基夫人说,"人们议论那么多,我倒是想见见他了。"

"值得一见,真的,值得一见。"老人说着,向前厅走去。

每次克鲁波夫跟克鲁齐费尔斯基争论都非常生气,并且说,他们两人之间的分歧越来越大——但这丝毫也没有妨碍他们俩的关系变得越来越密切。对于克鲁波夫来说,克鲁齐费尔斯基的家——就是他的家,他用自己那颗尚温暖着的心常来体味一下人生,看着他们夫妻的幸福生活,作为一种休息。对于克鲁齐费尔斯基夫妇来说,克鲁波夫的确是家里的一位长者——是父亲,也是伯父。有时候这位父亲和伯父出于爱心，不是因为血缘关系，对他们还会数落几句，发点脾气——他们也都打心眼里原谅他；两三天看不到他，他们还非常惦念。

第二天，下午七时左右，谢苗·伊万诺维奇带着别利托夫，坐着自己的大雪橇，身上盖着黄毛毯，由两匹黑黄两色的花斑马拉着，到克鲁齐费尔斯基的家里来了。别利托夫能跟这样的正派人交往，自然非常高兴，他想都没想到这竟是他头一次主动出去登门拜访。克鲁齐费尔斯基夫妇一时感到有点慌乱，谢苗·伊万诺维奇对他的赞誉，他在国外生活的传闻，甚至他的财产状况——所有这一切，在他进门的时候他们都模糊地想起来了，因此乍一见面，大家显得有些拘束，不过这很快就过去了。别利托夫的言谈举止坦诚朴实，而且非常得体，这是感情丰富、性格温柔的人所具有的崇高品质，因此半个小时不到，他们谈话的口气已经跟老朋友似的了。连不习惯与生人接触的克鲁齐费尔斯基夫人也不禁被吸引到谈话中了。别利托夫和克鲁齐费尔斯基回忆起大学生活的年代，想起了那时候的许多笑话、当年的理想和希望。别利托夫好久都没有这样高兴过了，因此当克鲁波夫把他送回到"凯莱斯堡"旅馆门口时，他对克鲁波夫介绍他认识克鲁齐费尔斯基夫妇表示了深切的谢意。

"喏，怎么样？"谢苗·伊万诺维奇·克鲁波夫后来问克鲁齐费尔斯基夫妇，"喜欢这位新朋友吗？"

"那还用问。"克鲁齐费尔斯基回答说。

"我很喜欢这个人。"克鲁齐费尔斯基夫人说。

谢苗·伊万诺维奇见大家都很高兴,心里十分得意,他伸出食指,开玩笑地做出一种威胁的表示。

克鲁齐费尔斯基夫人的脸一下子红了。

这样的家庭场面是很吸引人的,现在,我写完了一个家庭,不能不开始写另外一个家庭。请诸位相信:这两个家庭的密切关系,下面就会见分晓。

三

杜巴索夫县的首席贵族有一个女儿——这事无论对于可敬的卡尔普·康德拉季伊奇,还是对于可爱的瓦尔瓦拉·卡尔波夫娜,都还没有多大妨碍;但卡尔普·康德拉季伊奇除女儿外,还有一位夫人,而瓦尔瓦拉(在家里都这样称呼她)除父亲外,还有一位可爱的妈妈玛丽亚·斯捷潘诺夫娜,这样一来局势可就大不相同了。卡尔普·康德拉季伊奇在家庭事务中一向谦恭,堪称典范;但奇怪的是,自打他从马房转到餐厅,从谷场走进卧室或起居室后,他这个人就变样了。如果我们没有著名旅行家留下的可信资料,证明同一个英国人既能够成为一名杰出的农场主,也能够成为一名优秀的家长,我们可能会不相信这种双重人格的可能性。其实,仔细想一想就会发现,这也是情理之中的事。离开家门,也就是说,在马房或在谷场上,卡尔普·康德拉季伊奇就是在指挥打仗;他是一位统帅,要频频出击,给敌人以重创;敌人嘛,自然就是那些不听指挥的胡作非为者——他们好逸恶劳,不为他恪尽职守,不好好照料那四匹枣红马,还有其他种种劣迹;一回到家里,走进大厅,情况就大不一样了,卡尔普·康德拉季伊奇遇到的是忠实妻子的温柔的拥抱,女儿可爱的脑门儿正等待着他去亲吻;他脱下干活时穿的粗笨的工作服,不仅变成了一位大好人,而且变成了和蔼可亲的卡尔普·康德拉季伊奇。他的夫人可完全不是这种情形;她在家里已经打了二十年左右的小型游击战,为了佃户家的鸡蛋和纱线的事也做过小小的突袭,不过这种情况很少发生;跟用人、厨子和小店老板的经常的争吵,使她一直感到愤愤不平;不过应该为她说句公道话,她心中不可能装的全是这些不愉快的鸡毛蒜皮的小事——当表婶从莫斯科把十七岁的瓦尔瓦拉带回来时,她也是满含热泪,把她紧紧搂在自己怀里。瓦尔瓦拉是从莫斯科一所专科学校或寄宿学校毕业后回到这里的。这可不是厨子和用人所能相比的——她是亲生女儿,她们血管中流的是同一种血,而且她对女儿负有着神圣的义务。起初,让瓦尔瓦拉休息一下,特别是在有月亮的夜晚,到花园去转转;对于一个关起门来受教育的女孩子来说,对什么都感到新奇,感到"令人神往、使人着迷",她望着月亮,想起自己一个非常要好的女友,并且坚信那女友现在一定也想到了她;她把女友的名字刻在树上……这在别人看来简直十分可笑,可我们对此却报以微笑,但不是蔑视的微笑,而是那种看着孩子们玩耍时露出的会心的微笑:我们已经不能玩了——让他们好好玩吧。人们通常总批评那些刚离开寄宿学校的姑娘们态度拘谨、内心狂热,这是不公正的,完全不公正的。这个年纪的姑娘们的一切理想,所有的自我牺牲行为,她们准备付出的爱,她们的大公无私,她们的忠贞不贰和忘我精神——全是出于一片真诚,天日可鉴;人生到了发生转折的时候,可是未来的帷幕还没有拉开;幕后深藏着许多可怕的秘密,同时还藏着很多诱人的秘密;心中确实为某种未知的东西所苦恼,而与此同时,身体却在发育成熟,神经系统变得敏感了,眼泪随时都会夺眶而出。再过五六年,一切都将发生变化;姑娘一出嫁——只要身体状况良好,她就不会等着让别人来掀开那神秘的帷幕,她自己会把它掀起来,换一种方式去看待人生。用二十五岁女学生的眼光去观察世界,那是很可笑的;如果用二十五岁女学生的眼光去观察事物,那也是很可悲的。

瓦尔瓦拉·卡尔波夫娜不是大美人,但她身上有许多抵得上美貌的东西,这种东西,ce quelque chose[①],像醇香的美酒,只为悦己者而存在,而且这种东西还没有成熟,只是一种征兆,一种未卜先知的预见,它和能使一切都变得熠熠生辉的青春年华融合在一起——赋予她一种温柔细腻,而且并非人人都能理解的魅力。看着她那相当瘦削、黝黑的面孔,看着她那不怎么匀称的少女的身材和长有长长睫毛的若

[①] 法文,意为"这种东西"。

有所思的眼睛,人们不禁想到,当她的思想感情和那双眼睛一旦找到了归属,有了自己的含义和谜底,她身上所有的这些特点,将会发生怎样的变化,会变成什么样子呢?那时候,肩膀依托着她脑袋的那个男人将是多么幸福啊!其实,玛丽亚·斯捷潘诺夫娜对女儿的打扮非常不满,叫她"傻丫头",责令她每天早晚一定要用黄瓜水洗脸,在水里加些可以增白祛黑的粉末,其实她认为这种黝黑完全是太阳晒出来的。瓦尔瓦拉在客人面前的举止表现,使这位当母亲的不得不对她严加注意。瓦尔瓦拉是个害羞的姑娘,一有客人来,她便拿着书躲到园子里去,不肯出来热情接待,也不和他们眉来眼去。因为书是最直接的原因,所以后来被收走了,紧接着就是父母的训教,没完没了。玛丽亚·斯捷潘诺夫娜觉得女儿并不怎么乐意听她的话,常常紧皱着眉头,有时候还要顶几句嘴;为防止这种情况出现,诸位想必也不会反对,必须采取果断措施;玛丽亚·斯捷潘诺夫娜在相当长的时间内对女儿不再那么温情了,开始严加管教,紧抓不放。女儿想玩的时候,她不许她出去玩;女儿想待在家里的时候,她却要让她到外面去。她硬要女儿吃许多东西,天天责怪她胖不起来。母亲的管教使瓦尔瓦拉精神非常紧张,她变得更加胆小,更加消瘦了。卡尔普·康德拉季伊奇有时候觉得妻子这样严厉管教一个可怜的女孩子是不会有什么结果的,他甚至想就这个问题跟妻子委婉地谈一谈,但是话一说到关键的地方,他便胆怯起来,没有勇气克服这种恐惧情绪,急忙到谷场去了。

他这种一时的恐惧，换来的是所有用人们长时间的惊恐不安。由于玛丽亚·斯捷潘诺夫娜的原因，土地荒芜了；她为了给女儿置嫁妆，没命地购买各种布匹、台布和餐巾，命七个女佣编织花边——织得她们眼睛都要花了；三个女用人给瓦尔瓦拉绣各种各样毫无用处的东西——与此同时，她对女儿继续严加约束，像对待敌人一样。

当他们到 NN 市参加选举的时候，卡尔普·康德拉季伊奇好不容易才穿上了贵族的礼服，因为三年来这位首席贵族大大发福了，而礼服不知为什么却反而变瘦了。然后，他动身去拜见省长，又去拜见省首席贵族；和省长不同的是，他机智地称省首席贵族为"尊敬的阁下"。玛丽亚·斯捷潘诺夫娜在忙着指挥布置客厅，由四辆从乡下来的大车上卸下了杂七杂八的东西；有三个男用人在帮助她卸货，他们三个好像从小就没有梳过头似的，身上穿着既非绒又非呢的灰色短燕尾服。工作干得正起劲的时候，女主人好像突发奇想，停下来，尖声尖气地叫道：

"瓦尔瓦拉，瓦尔瓦拉，你躲到哪里去了，啊？"

可怜的姑娘感到事情不妙，惶恐不安地走进屋里。

"我在这里，maman①！"

"你怎么这个样子，是不是病了，啊？的确，你这副样子，让外人看来，好像在父母家里过得很差似的。瞧你们这些从

---

①法文，意为"妈妈"。

寄宿学校出来的人！在妈妈面前就是这个德行！"玛丽亚·斯捷潘诺夫娜学着女儿无精打采的样子，"我自己也当过女儿，当时只要妈妈一喊，我就高高兴兴地跑到她跟前，"这时她显出兴冲冲、笑嘻嘻的样子，"可你总是愁眉苦脸的……蠢货，你会把东西摔坏的！你有什么可高兴的，好好搬，乡巴佬；什么时候都学不会……喏，我的好女儿，不开玩笑了，我最后一次郑重对你说：你的表现使我非常伤心，在乡下的时候我没说什么，但是在这里，我就不能不说了。我跑这么远可不是为让人家指着我女儿说：一个怕见生人的蠢丫头。我不许你坐在一边待着。你怎么就不能让一个男人对你产生兴趣呢？我十五岁的时候身边就有不少的男人。是该考虑自己终身大事的时候了，听见了吗？……哎呀，你这个蠢货，我不是对你说了，你会把东西摔坏的，瞧，你这个笨蛋，把东西摔坏了吧，完全摔成了两半，喏，等老爷回来看我怎么收拾你，我会紧紧揪住你的头发不放，不过叫人恶心的是：你头上抹了那么多的油，准是米季卡这个贼骨头在厨房里偷了老爷家的油，等着瞧好了，我也会收拾他的……对了，瓦尔瓦拉·卡尔波夫娜，您还是在选举期间出嫁的好；我会给你挑选未婚夫的，喏，对您我可不能再放任自流了。你自己是怎么想的，大美人儿，是不是觉得有很多人都在追求你呀？可是你既很少露面，也看不见你的身影，哪儿都不去，也不会穿着打扮，连话都不会说，还算在莫斯科学习过呢。不，亲爱的，把书扔到一边去吧，你读得够多的了，甚至都太多了，亲爱的,是采取行动的时候了。如果你不改弦更张,仍一意孤行,我就再也不愿看到你了。"

瓦尔瓦拉站在那里,像被宣判了死刑似的,只有母亲后面的一句话她感到是一种安慰。

"你怎么会找不到未婚夫呢!有三百五十个农奴呢!和邻近的农奴比起来,他们个个都是一个抵俩,而且你还有那么多嫁妆!……怎么,怎么——你好像是要哭的样子,这样会把眼睛哭红的,你呀,净叫当妈的操心!……"

她走到女儿跟前,离得那么近,而瓦尔瓦拉的头发是那么蓬松和干枯,要不是这时候那个穿短燕尾服的笨手笨脚的用人把点心盘子打碎了,这事最后还不知会怎么收场呢。玛丽亚·斯捷潘诺夫娜把满腔怒火都发泄到用人的身上了。

"是谁把盘子打碎了?"她声音沙哑地喝问道。

"是它自己碎的。"用人回答说,看来是忍不住了。

"什么自己碎的!它自己会碎吗?你竟敢跟我说——是它自己碎的!"后来的话,她就连说带比画,想必她认为这种手舞足蹈的方式比言词更能表达激动的心情。

备受折磨的姑娘再也忍不下去了:她哇的一声哭了起来,然后倒在沙发上,完全昏了过去。母亲吓得连声大叫:"来人呀!死丫头,拿水来,拿药水来,快去叫大夫,快去叫大夫呀!"病情看来不轻,可是大夫一直没来,再次派人去请,还是那句话:"让等一会儿,他正在看一位难产的病人。"

"呸!真是该死!是谁偏偏在这个时候生孩子?"

"是检察长家的厨娘。"被派去的人回答说。

"竟有这样的事!"这下对玛丽亚·斯捷潘诺夫娜来说无异于火上浇油,她脸涨得通红,她那张脸本来就不好看,这样一来就更加难看了。

"厨娘?检察长家的厨娘?……"她再也说不出话来了。

卡尔普·康德拉季伊奇兴冲冲地走了进来,因为省长友好地跟他握了手,省长太太还领他看了从彼得堡送来的铺在客厅里的地毯;他看的时候表现出一副忠厚老实的样子,为了掩盖内心那种阿谀逢迎和卑躬屈膝的心态,说:"哎呀,省长太太,这样的地毯除了贵府谁家配用呀!"他对这一切感到非常满意,对于自己的巧妙回答更是分外得意。可是突然,他迎面遇到的却是家里的这种场面:女儿昏迷不醒,妻子大发雷霆,地上是摔碎的盘子,玛丽亚·斯捷潘诺夫娜鼻子不是鼻子,嘴不是嘴,而且不知为什么她的右手那样红——跟捷列什卡的左脸差不多。

"怎么回事儿!瓦尔瓦拉怎么啦?"

"显然是路上累的,一个女孩子家,"慈爱的母亲说,"一百二十俄里,她哪能受得了?我说过——等星期三再说,喏,就是不听,现在可好——人躺倒了。"

"你听我说,到星期三,一俄里也不会少。"

"你比谁都清楚。以后不许再让那个杀人不见血的克鲁波夫进我们家的门,这个共济会①的坏蛋,恶棍!我两次派人去请他——我在这个城市就这么无足轻重……他为什么不来?就因为你不会来事儿,这方面你比法院院长差多了。我一再派人去请,他拿我不当回事儿,竟说检察长家的厨娘难产,我女儿眼看就要死了,可他却守在检察长家的女厨子身边……简直是个雅各宾党人②!"

"一个混蛋,恶棍!"首席贵族最后说。

玛丽亚·斯捷潘诺夫娜还在滔滔不绝地说个没完,这时候前厅的大门打开了,克鲁波夫老人手持拐杖,不慌不忙地走了进来,其神态也比平时显得更加得意,一脸眉开眼笑的样子,全然没有发现这家主人根本没和他打招呼,开口便问:

"这里谁要我看病?"

"我女儿!"

"啊!薇拉·米哈伊洛夫娜!她怎么啦?"

"我女儿叫瓦尔瓦拉,我叫卡尔普。"首席贵族不失尊严地说。

---

①十八至十九世纪初发生于英国的一种宗教道德运动,在包括俄国在内的许多国家传播,在资产阶级和贵族中影响较大。它继承了中世纪骑士和秘密行会的许多传统,希望在全世界发展秘密组织,用宗教兄弟同盟的形式将人类联合起来,因此它的联系面和影响都很大,其联系的社团和个人中,反动的、进步的都有。
②法国大革命时期雅各宾俱乐部成员的通称,他们代表中小资产阶级的利益,主张农民、城市贫民结成联盟,推行民主制度。一七九三年起义掌权后采取了许多革命措施,打退了内外反动派多次进攻;一七九四年七月的热月政变结束了雅各宾党人的专政,其政治影响和作用也随之消失。

"对不起，对不起，想起来了，那么瓦尔瓦拉·基里洛夫娜到底怎么啦？"

"首先，老爷子，"玛丽亚·斯捷潘诺夫娜打断了他的话，气得她声音直发抖，"请您把心放下来；请问检察长家的女厨子是不是已经生了？"

"生了，非常顺利，"克鲁波夫兴奋地回答道，"这样的情况，我生平还没有遇见过。当时我真的想，母亲和孩子可能都没希望了，那个女人是难产，我年纪大了，手脚不利索，眼看着情况很不好。您想，孩子的脐带……"

"哎呀，我的天，他简直疯了，我不要听这些恶心人的事！您怎么竟讲起这个来了！我这里的乡下婆娘每年有五十个人生孩子，可我从不过问这些恶心人的事。"她啐了一口唾沫。

这时克鲁波夫才勉强弄明白是怎么回事了，他整夜都在闷热的厨房里照料那个可怜的产妇，一下子还没有从成功接生的心情中摆脱出来，所以起初他没有听出首席贵族夫人的弦外之音。她接着说：

"怎么，是不是检察长给您的钱多，以至于您一分钟也抽不出身来看看我这快要死了的女儿？"

"一分钟也不行，夫人，一分钟也不能离开——无论是为了令爱，还是别的什么人，都抽不出身来。看来您女儿病得并不厉害，因为您并不急于带我去看她。我早料到了。"

这番话使慈爱的双亲一时有些下不了台，不过当母亲的很快就稳住了神儿，反驳说：

"她已经好点儿了,况且,现在我也不能让您去看我女儿,想必您的手还没有洗吧?"

"老实说,医生先生,"首席贵族补充说,"我真没想到像您这样有名望的老医生竟做出这种无礼的举动和这样蛮不讲理的解释。要不是我看在您胸前的十字标记的分儿上,我也许不会就此善罢甘休的。从我当首席贵族起——已经六年了——还没有人这样侮辱过我。"

"哪儿能呢!如果您没有一点仁爱之心的话,那么您至少可以想一下,我是这里医务局的监察员,是维护医师法的,我怎么能丢下一个奄奄一息的产妇,跑去看一个仅仅有点头痛脑热、歇斯底里,或者由于别的什么家庭纠纷而昏倒的健康姑娘呢!这是违反医师法的,而您却在责怪人!"

这里要补充一句,卡尔普·康德拉季伊奇原本就是个胆小怕事的人,他一听医生话里有指责他有自由思想的意思,眼珠子一转,忙不迭地回答说:

"我不知道,上天有眼,我确实不知道,面对法律的权威,我无话可说。而且瓦尔瓦拉自己已经起来了。"

克鲁波夫走到她跟前,看了看,拉起她的手,摇了摇头,问了两三个问题——他知道不这样做是不会放他走的,便随便开了个处方,又补充了一句,说:"最重要的是安静调养,不然还可能再犯。"——然后便走了。

玛丽亚·斯捷潘诺夫娜因女儿昏倒吃了一惊,后来态度变得缓和了一些;但是她一听到有关别利托夫的传闻,心马上就扑通扑通地直跳,而且跳得非常厉害,连六年来经常躺在她膝盖上,跟手绢、鼻烟盒形影不离的小狮子狗都叫了起来,开始嗅来嗅去,寻找是谁在蹦跳。别利托夫——一个现成的未婚夫!别利托夫——我们要找的正是他!

不言而喻,别利托夫去拜访了卡尔普·康德拉季伊奇,第二天,玛丽亚·斯捷潘诺夫娜赶着丈夫去做了回访。一星期后,别利托夫收到一封带油污的便函,函件是马车夫送来的,还带着他身上老羊皮袄的强烈膻味,便函内容如下:

> 杜巴索夫县首席贵族偕夫人恭请弗拉基米尔·彼得罗维奇先生光临敝舍,共进午餐。明日下午三时。

别利托夫看罢邀请函,惊愕不已,把便函往桌子上一扔,心想:"他们为什么要邀请我?这要花很多钱的,他们跟守财奴一样,非常吝啬;没意思极了……可是没有办法,不去不行,不然要得罪人的。"

午餐前两天,瓦尔瓦拉已经开始演练和准备了;母亲从早到晚一直给她梳妆打扮,甚至想让她出来时穿上红丝绒连衣裙,因为这件衣服跟女儿的脸蛋儿好像比较般配,不过在听了自己表妹的劝告后,她改变了原先的想法。这位表妹是省长夫人家的常客,母亲认为她对所有时装都很在行,因为省长夫人已经答应明年夏天带她到卡尔斯巴德去。头一天晚上,玛丽亚·斯捷潘诺夫娜就叫人把准备次日用在果冻里的杏仁粉拿来,告诉女儿必须怎么用它往脖子上、肩上和脸上擦拭,强压着分明想破口大骂的欲望,竭力显出郑重其事的样子。

"瓦尔瓦拉,"她说,"如果上帝能帮助我把你嫁给别利托大,我所有的祷告都能够被听取,那时在我眼里你可就身价百倍了,你会给自己的母亲带来很大的安慰。你不是一个铁石心肠、没有感情的人,难道你就不能做到这一点吗?为什么不去博得一个年轻男人的欢心呢?其实这里的女孩子并不很多,数得上的也就那么两三个。市议会议长的几个女儿——公认的所谓美人,可在我看来,特别叫人讨厌,而且听说跟几个小文书经常眉来眼去。再说了,她们是什么门第——父亲原是议会的一个文书。只要你稍稍用点心计,就能把她们……不过,她们这些没羞没臊的家伙,总是坐着敞篷马车在他的住所前招摇过市。这样下去不行——希望就会破灭。所以我现在非常着急,而你只是那么待着,像木头人儿似的,我前世作什么孽了,让我摊上这么个木头女儿!"

"妈妈,妈妈呀,"瓦尔瓦拉小声叫道,眼睛里露出某种绝望的神色,"我有什么办法?我做不出别的样子,您自己想想看,我根本不认识这个人,说不定他对我连看都不愿看一眼。我总不能跑过去搂住他脖子吧?"

"净说些不着边的话!谁说让你去搂他脖子了?……你这是在听妈妈的话吗?……没见过你这样的人!如果你妈是个傻瓜或者是个什么酒鬼,给你找不来未婚夫,那你怎么办呢？我的公主！"

她停下来不再说了，生怕说重了女儿又哭起来，这样明天眼睛会红的。

考验的日子终于到了。从十二点钟起，大家就给瓦尔瓦拉梳头、擦油、洒香水；玛丽亚·斯捷潘诺夫娜亲自给她穿紧身胸衣，使本来已经很瘦的她，变得像一只黄蜂。但玛丽亚·斯捷潘诺夫娜自有绝招，在女儿身上有的地方垫了棉花——就这样她仍然不十分满意：不是觉得领子太高了，就是嫌瓦尔瓦拉一个肩比另一个肩低了；而且她总是怪这怪那，动不动就发脾气，同时又催着用人们好好干活；她自己也一趟趟地往餐厅里跑，一会儿教女儿如何做媚眼，一会儿又指导餐厅服务人员怎样布置餐桌，等等。这一天玛丽亚·斯捷潘诺夫娜过得可真不容易——全靠母爱在支撑着了！

不言而喻，居家过日子，做这些都非常之好，而且必不可少；不管怎样打算，但总得为女儿的未来操心，为她的幸福着想；但令人遗憾的是，这些准备工作和种种幕后活动使女儿失去了第一次在公开场合与心中人邂逅的那种美好瞬间的感受——这些准备工作和幕后活动，当着她的面揭穿了现在还不应该揭穿的秘密，过早地表明为获得成功需要的不是爱情，不是幸运，而是在牌上做手脚，弄虚作假。这些准备工作亵渎了只有在当时才可能是真诚、神圣而且尚未被亵渎的人们之间的关系。严格的道学家们大概还要补充上一句，即一切诸如此类的安排，比所谓的堕落——我们尚未陷得这样深——更能够腐蚀姑娘们的心。况且,无论怎么说,女儿总是要嫁人的,她们来到这个世界就是为了这个目的,我想,一切道学家都会同意这一点。

三点钟的时候,梳妆整齐的瓦尔瓦拉坐在客厅里,那里从三点半开始已经到了几位客人,沙发前托盘上的鱼子酱、咸鱼干已经少了一半;这时候一个用人突然走了进来,递给卡尔普·康德拉季伊奇一封信。卡尔普·康德拉季伊奇从口袋里取出眼镜,用一块脏手绢擦了擦镜片,不知为什么,也许是为了卡着时间,一个字一个字地读完了这张只有两行字的便函,声音显然有些不安地对妻子说:

"玛沙①,弗拉基米尔·彼得罗维奇请大家原谅,他因为感冒,身体不适,尽管很想来,但是来不了了。请告诉来人,就说太遗憾了。"

玛丽亚·斯捷潘诺夫娜脸上的表情一下子就变了,她瞥了女儿一眼,那眼神就好像在说,是瓦尔瓦拉造成别利托夫感冒的。瓦尔瓦拉胜利了。玛丽亚·斯捷潘诺夫娜从来没有显得这样滑稽可笑:简直让人觉得她非常可怜。想来想去,她打心眼里恨透了别利托夫。她喃喃自语地说:"这简直太丢人了。"

"菜已经上好了。"一个用人说。

首席贵族带玛丽亚·斯捷潘诺夫娜到餐厅去了。

---

①玛丽亚的爱称。

这件事过后大约两周，有一次，玛丽亚·斯捷潘诺夫娜正在喝茶；无论是她一个人，还是和亲朋好友们在一起，她喜欢慢条斯理地细细品味，嘴里含一小块方糖，用小茶碟一点一点地喝，这种喝法可以节省方糖。一位长得高高瘦瘦、头戴包发帽的女人坐在她对面的椅子上，她的头总是有点摇晃，所以包发帽花边上的穗子也跟着一起不停地晃动；她用两根粗大的毛衣针在织一条毛线围巾，戴一副很重的银边眼镜，看上去很像是个炮架子，而不是应该架在鼻梁上的东西；她身上那件穿旧了的宽大的连衣裙和冒出几根毛衣针的大手提包，说明此人不是外人，而且不是来自富有之家；这一点从玛丽亚·斯捷潘诺夫娜说话的口气上就能够弄得清清楚楚。这个老婆子叫安娜·亚基莫夫娜。她出身贵族世家，年轻时便守了寡；她的田庄只有四个家奴，是她从很有钱的族人手中分到的遗产的十四分之一；这些族人看在她寡居的分儿上，慷慨地给她和她的农奴们划出一片沼泽地，这里栖息着许多中沙锥和扇尾沙锥①，但田地完全不适于耕作。因此，不管安娜·亚基莫夫娜怎么努力，她从这份家产中也收不到多少租息。她从亡夫那里得到的遗产也不多：一个中校头衔，一个独生儿子，一大堆给马治疗跗节内肿、鼻疽病的处方（每张处方上都写着有惊人的奇效），等等。儿子十九岁时进了某个团队，但是不久便因酗酒和打架斗殴而被军队开除，并

---

① 中沙锥亦叫大鹬，扇尾沙锥又称田鹬，属沙锥属和田鹬属，是一种体色灰暗，嘴尖，腿长，趾间无蹼的候鸟；常在沼泽地或水田里捉食小鱼、贝类、昆虫等。

被遣返回老家。后来他就住在安娜·亚基莫夫娜家的厢房里,常喝些用柠檬皮烧制的劣质白酒,经常跟用人和朋友们打架。母亲怕他就跟怕火一样,把钱和贵重物品都藏起来,给他鞠躬行礼,说她实在是身无分文。特别是有一次他用斧头劈开她的钱匣子,拿走她七十二个卢布和一枚镶有绿松石的戒指后,就更是如此了。那枚戒指是她一个已经去世的好朋友留给她的纪念,已经珍藏五十四年了。除了四个农奴和医疗处方外,安娜·亚基莫夫娜还有三个年轻女用人、一个老婆子、两个男用人。她从来不给年轻女佣们添置新衣服,但奇怪的是她们总是打扮得漂漂亮亮。尽管安娜·亚基莫夫娜亲自安排她们一天到晚地工作,但看到自己能够挣钱买衣服,她们心里还是很高兴的。男用人是两个奇丑无比的老头儿,以酒为生,他们的房子和女佣们分开,各住一半;此外,他们还制作城里很多人都穿的气味很重的羊皮便鞋。不用说,亚基姆·奥西波维奇也在利用人类天生的弱点,不放过为自己谋取好处的机会。

这个封建宗法制基层组织的令人尊敬的头面人物在玛丽亚·斯捷潘诺夫娜家里已经喝完第四杯茶了;光是那位已故将军格鲁吉亚公爵如何向她求婚,一八〇九年她如何去彼得堡探亲,全市的将军们如何天天在他们家里聚会,以及她没有在那里住下去的唯一原因就是她喝不惯涅瓦河的水,有点水土不服——这些话她已经说过一百遍了。讲完这段对过去贵族生活的回忆,第四杯茶也喝完了,这时她突然把茶杯

翻过来(这是个假招子),在杯底上放一小块糖,开口说:

"哎哟,亲爱的玛丽亚·斯捷潘诺夫娜,上帝要是让我跟前能有一位像您的瓦尔瓦拉这样的姑娘,那么,至少说,玛丽亚·斯捷潘诺夫娜,我一定会跟您一样,就别无他求了。我衷心为你们家感到高兴:家庭——美满幸福,受到普遍尊敬。确实很不错,您也该知足啦!"

"您干吗把杯子翻过来,接着喝吧!"

"真的喝好了,平时我只喝三杯,今天在您这里,我喝了四杯。非常感谢,您的茶的确与众不同。"

"是呀,我总是说,一个卢布买一磅的茶叶,我认为那什么也不是,仅仅有个茶叶空名儿而已。再喝一杯吧。"于是安娜·亚基莫夫娜开始喝第五杯。

"当然,一切全看上帝怎么安排了,安娜·亚基莫夫娜,不过瓦尔瓦拉还很年轻,眼下还不急于嫁人,而且,老实说,随便找个未婚夫,只会害了姑娘,再说了,要是跟她分开,我还有些舍不得,真有点受不了。"

"喏,亲爱的,上帝会保佑你的。谁没有嫁过女儿呀,这又不是那种可以压在手里的商品:拖久了是要人老珠黄的。不,依我看,只要万能的圣母俯允,还是成全他们为好。这不,索菲娅·阿列克谢耶夫娜的儿子来了,说起来我们还沾点儿亲戚关系,嗨,眼下哪还讲什么亲戚不亲戚的,更不用说是穷亲戚了,不过他倒是家大业大,非常有钱,光一个地方可能就有两千农奴,田产管理也井井有条。"

"那么人怎么样呢？您老是说钱呀钱的，可财富带来的往往是负担，并不是幸福——尽是些让人劳心伤神的事。从远处看一切都很好，饭来张口，衣来伸手，可仔细一看，财富只能损害健康。我认识索菲娅·阿列克谢耶夫娜的儿子，他硬是跟卡尔普·康德拉季伊奇也攀上了关系，我们当然以礼相待，犯不着去说他——不过一看他的样子，就知道他是个花花公子！看他那个派头！到了贵族家里就跟走进餐厅里一样。您看见过他吗？"

"从远处看见过，在街上：他经常乘车从旁边经过，有时候也步行。"

"他从您身旁经过，那是要到哪儿去呀？"

"不知道，亲爱的，像我这把年纪，又有重病在身（这时她深深地叹了口气），哪还有心思管他到什么地方去，我自己的烦心事已经够多了……当着您的面，跟面对上帝一样，我实不相瞒：亚基沙又在胡闹了——非把我气死不可……"这时她哭了起来。

"您去跟戴十字架的教堂执事说说，可管用了：他拿来一种普通的烈性酒，对着酒，嘴里念念有词，他让病人喝一些，剩下的自己一饮而尽，别的没有什么了，然后病人就能看见地狱里各种各样的妖魔鬼怪——喏，简直是手到病除！"

"该不会收费很高吧？您知道我们的情况。"

"不会，他给我们家厨子看过病，只给他一张五卢布的票子。"

"管用吗?"

"管用倒是管用;只不过后来又旧病复发了,于是卡尔普·康德拉季伊奇又搞来了另外一种药,对他说:'你不懂得老爷的一片好心,我花五个卢布为你治病,可你的病还没有治好,你这个骗子!'喏,你知道这是俄国人的办法,此后他就不再喝了。我让教堂执事到您那里去。喏,我真想再问一句:这个年轻人又到哪儿去了?"

"嗨,我自己也想问问我们的瓦西里斯卡——因为她在我们家里是非常机灵的……因此,没事的时候我就问她:那位老爷坐马车从我们这里到什么地方去了?她第二天就向我报告说:'您昨天问我别利托夫老爷到哪儿去了,其实他是跟一个医生老头到涅格罗夫家的家庭教师那里去了。'"

"和克鲁波夫一起到涅格罗夫的家庭教师那里去了?"玛丽亚·斯捷潘诺夫娜问道,她几乎掩盖不住内心的高兴,自己也不知道这是因为什么。

"没错,太太,他现在在这里的一个中学教书,教这个……"

"啊,原来是到这个地方去了,我一开始就认为他是个花花公子,有什么好奇怪的?老师让他从小就皈依了共济会——这还能走上什么正道?一个小孩子,没有人监护,住在法国首都,喏,一听这地方名字,那里的道德风尚是什么样子就可想而知了……这么说,他是到涅格罗夫家养女那里献殷勤去了,好哇!这是什么世道呀!"

"可惜呀，玛丽亚·斯捷潘诺夫娜，我真替这位可怜的丈夫感到惋惜，据说他这个人还挺不错的。可是她——看看她的出身吧！这种人我见过的多了——农奴的血统在作祟！"

"喏，这个谢苗·伊万诺维奇·克鲁波夫，扮演的角色倒是不错！简直妙极了！老家伙连上帝都不怕，原来他也是共济会的，正好老牛舐犊，惺惺惜惺惺；想必他从别利托夫那里拿了不少钱吧？为什么？把一个女人给毁了。您说说看，安娜·亚基莫夫娜，这个守财奴要钱有什么用呢？他无亲无靠，孤身一人，对穷人从来一毛不拔，贪得无厌极了！整个是个见利忘义的犹大！最后能怎么样？像狗一样死去，财产归公！"

安娜·亚基莫夫娜谈兴正浓，一连又喝了三杯茶，这样的谈话又继续了大约十几分钟，她才开始准备回家。把眼镜摘下来放入眼镜盒内，然后叫人到前厅问一问，马克休特卡来接她没有，在得知马克休特卡已经到了后，她才站起身来。很久以来玛丽亚·斯捷潘诺夫娜没有这样热情接待过她了，她甚至一直把她送到前厅，胡子拉碴的马克休特卡已经等在那里了。马克休特卡约莫有六十岁，样子非常可笑，蓬头垢面，一脸酒气；穿一件带饰边、黑领口的外套，一只手拿着安娜·亚基莫夫娜的兔毛大衣，另一只手正在把烟盒往口袋里装。马克休特卡感到非常扫兴，因为他在棋盘上刚想别住对方的皇后，正要用他那脏手去吃对方的棋子的时候，女主人推开门进来了。"该死的老妖婆。"他粗鲁地嘟囔了一句,把大衣披到寡妇安娜·亚基莫夫娜瘦削的肩上。

"真是个笨蛋,递个大衣怎么教你都学不会。"女主人说。

"我也该走了,以后您找懂事的吧。"马克休特卡嘟囔着说。

"瞧,这就是当寡妇的难处,什么都得忍着,连小孩子的气也得受。有什么法子——谁让你是个女人呢,要是我已故的丈夫还活着,瞧我怎么收拾这个混蛋……他也太忘乎所以了……我的命好苦呀,但愿上帝别让您受这份罪!"

这番话并没有使马克休特卡有所感动,他搀着女主人的胳膊走下台阶,回头看了看送客的人们,向他们丢了个眼色,同时指指安娜·亚基莫夫娜,这使杜巴索夫县首席贵族家的用人们感到一种真正的长久的满足。

好心的玛丽亚·斯捷潘诺夫娜听到了这个消息,她显然有可能传播这一丑闻——不仅牵扯别利托夫,而且还涉及克鲁波夫——这件事给她带来的高兴和满足,我想请诸位好好地想象一下。诚然,有时候无意间就能毁坏一个女人的声誉,这似乎很令人遗憾,但是有什么办法呢?为了伟大的计划,在重要事情上是需要有人作出牺牲的!

四

当令人尊敬的寡妇安娜·亚基莫夫娜在同样令人尊敬的玛丽亚·斯捷潘诺夫娜家里喝着茶,怀着女人心中所特有的绵绵情意,大谈别利托夫的时候——这时别利托夫正愁眉不展地坐在自己的房间里,苦苦思索着一件令人很伤脑筋的事。如果他能未卜先知,有先见之明,那他就可以大大放心了,他就能够清楚地听见在一条肮脏的大街和一条肮脏胡同的那边,有两个妇人正在密切关注着他的命运。其中一个人在讲,另一个人在听,当然,听的人也不是完全无动于衷。但别利托夫没有这种先见之明,至少说,要不是他这个俄国人受西方新事物的毒害太深,他总是会打上几个嗝儿,嗝声会告诉他,有人——在什么地方……很远,背地里,在议论他。但是在我们这个否定一切的时代,打嗝儿已失去了自己神秘的意义,只是成了一种微不足道的胃部活动现象罢了。

其实,别利托夫的苦闷心情跟上面提到的喝第六杯茶时的谈话毫无关系。他今天起来得很晚,觉得头昏脑涨;昨天晚上他看书看了很长时间,但是看得并不专心,一直在打瞌睡——这几天他的神不守舍的毛病越来越厉害了,总有些神思恍惚,心事重重——总觉得缺点儿什么,精力集中不起来;他用一个小时左右的时间抽雪茄、喝咖啡,想了很久,琢磨着今天应该先干什么,是看书呢,还是出去散步?最后决定还是出去散步,于是,他脱去了便鞋,但这时他忽然想起自己曾保证过每天上午要读政治经济学方面的最新著作,因此又穿上便鞋,重新拿起一支雪茄烟,准备好好读读政治经济学,但不巧雪茄烟盒旁刚好放着拜伦的作品,他躺在沙发上,五点钟前一直在读《唐璜》①。当他读完《唐璜》,一看怀表,不禁大吃一惊:时间已经这么晚了,于是连忙叫来随身的管事,吩咐赶快准备穿戴。其实,这一惊、一吩咐更多的是出于本能反应,因为他哪里也不打算去——是上午六点还是夜里十二点,对他完全无所谓。我们那些在国外住久了的人,总习惯于穿得整整齐齐、干干净净,可是一回到家乡,这个习惯很快便没有了。他决心要攻读政治经济学,躺在原先的地方,打开一本关于亚当·斯密②的英文小册子。可是管事却拉开一张小桌,开始准备开饭。这位管事要比他的主人运

---

①拜伦(1788—1824),英国浪漫主义诗人,贵族、议员;《唐璜》(1819—1824)是诗人创作末期的一部力作,但最后没有完成。
②亚当·斯密(1723—1790),苏格兰经济学家和哲学家,西方古典政治经济学的代表人物,他最先把资产阶级社会分为雇佣工人、资本家、土地占有者三个阶级。

气好多了;他(格里戈里)慢条斯理地布置着餐桌,把盛水的长颈玻璃瓶和拉斐特红葡萄酒瓶摆好,在另一张桌子上放一小瓶苦艾酒和一些奶酪,然后不慌不忙地看看自己摆放的东西,相信一切都准备妥当后,便去端汤去了。片刻工夫,东西端来了——只不过不是汤,而是一封信。

"哪儿来的信?"别利托夫问道,眼睛没离开那本亚当·斯密的小册子。

"想必是国外来的,邮戳不是我们的,还是封挂号信。"

"拿过来,"这时别利托夫放下小册子,"是谁来的信呢?"他想,"不知道;从日内瓦来的……难道……不,也许……不会……"

当然,只需拆开信,看看第四页信纸末尾的落款,比猜来猜去容易多了。这是毋庸置疑的。可为什么大家对这封信要做这样那样的猜测呢?其实这也是人心的一种秘密——人们都喜欢别人承认自己有能掐会算、料事如神的本领。

最后,别利托夫拆开信封,开始看信;每读一行,他的脸色随着也变得越来越苍白,眼睛里充满了泪水。

这封信是约瑟夫先生的外甥写来的,他告诉别利托夫,老人已经去世了。这位普普通通、品德高尚的老人的一生,像潺潺的流水,安静而清澈,他的死也是这样。他多年在距日内瓦不远的一所农村中学担任主课老师。他病了两天,第三天觉得好一点,刚能迈动脚步,便去教室上课,结果昏倒在课堂上。大家把他抬到家里,给他放了血,他苏醒过来,完全恢复了神志,和惊慌失措、默默站在他床边的孩子们道了别,叮嘱他们以后常到他的墓地去玩。后来他叫人拿来弗拉基米尔的画像,怜爱地看了好半天,对他外甥说:"他会成为一个了不起的人物……是的,看来我这个老头儿最了解……日后把这幅画像寄给弗拉基米尔……地址在我的公文包里,就是那个装有华盛顿画像的旧公文包……真为弗拉基米尔感到惋惜……非常遗憾……"

"这时候,"约瑟夫的外甥写道,"病人开始说胡话,他脸上流露出生命最后时刻才会出现的沉思的表情;他让人把他扶起来,睁开明亮的眼睛,心里有话想对孩子们说,但是舌头已经不听他使唤了。他冲孩子们微笑一下,随后白发苍苍的脑袋垂到了胸前。我们将他安葬在我们乡下的公墓里,在一位管风琴演奏者和一个路德派新教教堂工友之间。"

别利托夫看完信,把它放到桌上,擦了擦眼泪,在屋里来回走动着;他在窗前站了一会儿,再次拿起信,从头至尾又看了一遍。"一个难能可贵的人!一个了不起的人!"他透过牙缝喃喃说道,"一个无比幸福的人,能知足,会工作,无论命运将他抛到哪里,他都能够成为有用之人……如今,在整个世界上,我只有一个母亲,别的再没有什么人了……一个也没有……哪怕偶尔听到关于老人的一点消息也非常之好,喏,我只是想满足于认为他还活着。可是他人已经没了!唉,这实在令人难以承受。诚然,如果人们能预先知道一切,很少有几个傻瓜还愿意活在这个世上。"

"汤要凉了,弗拉基米尔·彼得罗维奇。"管事禀告道,他看出信里写的一定不是什么好消息。

"格里戈里,"别利托夫问道,"你还记得以前我们家的那位家庭教师吗?"

"怎么不记得呢,是个瑞士人。"

"他死了。"别利托夫说着,把脸从格里戈里面前转过去,以掩饰自己内心的激动。

"但愿他早升天堂!"格里戈里补充说,"他是个好人,对我们兄弟很和善;前不久我和马克西姆·费奥多罗维奇,就是那个在餐厅工作过的,还谈到了您。老实跟您说吧,马克西姆·费奥多罗维奇对您可不大恭敬。我嘛,托您的福,去过各种各样的家,见识了不少地方风情,喏,他大部分时间可都待在乡下,因此他感到非常惊奇;他说:'当然了,他心肠好,那是天生的,是从太太那里遗传来的。自然也是老师教得好;记得有时候遇到乡下孩子向少爷请安,那位老师一定要让弗拉基米尔·彼得罗维奇脱下帽子还礼;这样的人简直跟天使一般。'"

别利托夫一声不吭,神情忧郁地开始用汤。

约瑟夫的死讯,自然引起了别利托夫关于整个青少年时代的回忆,进而想到了他整个的一生。他想起了约瑟夫的诸多教诲,他是那样如饥似渴地认真领会,信以为真,可是现实生活跟约瑟夫说的完全不一样——而且……奇怪的是:所有他讲的东西都很美好,很有道理,到哪儿都有道理,然而对于他——别利托夫——来说,却完全是虚伪的。他把当时的自己和现在的自己作了一番比较;除了将这两个不同的人联系在一起的回忆线索外,他们之间没有任何共同之处。当时的别利托夫心里充满着希望,怀着自我牺牲的决心,决意不避艰险,建功立业,不计劳动报酬;而现在的别利托夫则屈服于外界环境,失去了希望,只热衷于及时行乐。当格里戈里从邮局取回画像,别利托夫连忙打开漆布包装,急不可待地将画像取出来……他一看见自己昔日的面影,脸上顿时变了颜色,他几乎就要背转身去。这里展现出的全是当时他脑子里的所思所想。他这张青春年少的面孔是多么清纯,多么富有朝气——脖子敞露着,衬衫领子向肩头两边分开,一种难以表达的沉思的表情从他的嘴角和眼神中一掠而过——那是一种令人难以捉摸的思索,预示着未来的某种雄才大略;"这个青年今后一定前途无量。"每一位理论家都会这样说,约瑟夫先生也会这样说。可是他却成了一个无所事事的旅游者,趁NN市选举之机,最后在这里抛了锚,想谋取一个职位。"当时,"别利托夫想,他看着画像,露出责备的神情,"当时我十四岁,现在已经过了三十——前面到底是什么呢?一片灰色的黑暗,一种单调乏味的生命继续;开始新的生活,为时已晚,继续老的一套,又不可能。多次开始,多次聚会……结果全都落空,成了孤家寡人……"

痛苦的思路被谢苗·伊万诺维奇·克鲁波夫打断了;他

们又开始了相互的对话。

"身体怎么样,弗拉基米尔·伊万诺维奇?"

"啊!您好,谢苗·伊万诺维奇,看见您真高兴,心里非常愁闷,非常无聊,浑身没劲儿。想必我真的病了,好像我有点发烧,虽说没什么大不了,但总使我处在一种紧张状态。"

"您的生活方式不对头。"克鲁波夫反驳说,一面卷起外套的长袖子,以便仔细地诊一诊脉。"脉象不好。您的生活节奏比常人要快一倍,您既不怜惜车轮子,也不怕耗费润滑油——不能老是这样在路上奔波。"

"我自己感到精神上、体力上都不行了。"

"还早着呢。眼下一代人生活节奏都很快,您一定要当心身体,自己要有个分寸。"

"什么分寸?"

"分寸是很多的。按时睡觉,早起,少看书,少考虑问题,多散步,排除烦恼,果酒可以少喝一点,戒绝浓咖啡。"

"您觉得做到这一切很容易吧?特别是排除烦恼……您打算让我长期把握这个分寸吗?"

"一辈子。"

"我的天哪,这事既没意思,又令人讨厌,茹苦含辛,没有必要。"

"怎么没有必要?我看为了益寿延年,长命百岁,付出点牺牲还是值得的。"

"喏，为什么要长命百岁呢？"

"你问这问题就有些怪了！喏，什么为什么，我也不知道为什么，喏，毕竟活着要比死了好，一切动物都爱惜生命。"

"要是有不爱惜生命的动物呢，"别利托夫苦笑着说，"拜伦曾经很正确地说过，一个堂堂正正的人不应该活到三十五岁以上。究竟为什么要长寿呢？这也许是非常无聊的。"

"您这都是受了那些该死的德国哲学家的影响，读了他们不少诡辩主义谬论。"

"在这一点上我是维护德国人的；我是一个俄国人，是通过生活来学习思想，而不是通过思想来生活。我们谈到了这个问题，这很好，请您先想一想，然后认真负责地告诉我，如果我活的不是十年，而是五十年，那么我的生命，除了我母亲外，还有谁需要呢？而我母亲本人也已经是风烛残年了！说精力不佳也好，说性格缺陷也好，但问题是，我成了一个无用的人；确信这一点之后，我认为只有我自己才是我的生命的主人；我厌恶生活还没有到要开枪自杀的地步，我不喜欢生活也不至于就得受食谱的种种约束，断然拒绝强烈的感受和美味佳肴的诱惑，仅仅是为了苟延一个病人的生命。"

"您宁愿慢性自杀，"克鲁波夫反驳说，他已经开始生气了，"我明白，您讨厌游手好闲、无所事事的生活，应该说，这种生活的确非常无聊；您，跟一切有钱人一样，没有从事劳动的习惯。要是您有幸得到一份固定的工作，同时将您的'白色庄园'收走，这样您就会开始工作，比如说，为了自己，为了糊口，对别人也大有好处；世界上的一切事情本来就是这样。"

"听我说，谢苗·伊万诺维奇，难道您以为除了饥饿就没有能够激发人从事劳动的有效办法了吗？单纯地想显示显示自己，表现表现自己，这也会促使人去劳动的。相反，仅仅为了糊口，我是不会去工作的——一辈子工作只是为了不至于饿死；为了不至于饿死才去工作——一个聪明而有益的消磨时光的办法！"

"怎么，您饱食终日，又有表现的愿望，您究竟干了多少事情？"老人问道，他已经完全生气了。

"问题就在这里。当然，我并不是自愿选择这种游手好闲、使我讨厌的生活的。我生来不是当专家学者的料，就跟没有当音乐家的天赋一样；可是其他的道路，在我面前好像还没有出现……"

"就是说，您可以心安理得，聊以自慰了；对于您来说，地球并不大，地方也很小；坚强的意志您没有，锲而不舍的精神您没有，gutta cavat…"

"lapidem①，"别利托夫把意思说了出来，"您是个积极向上的人，可怎么也谈起意志来了。"

"您说得倒不错，非常之好。"克鲁波夫说，"可我总觉得一个好的工人没有工作是绝对不行的。"

---

① 拉丁文，意为"水滴石穿"。

"您想到哪儿去了,这些里昂工人饿死的时候还准备干活呢①,您以为他们因为没有工作就什么也不干或者拼命开玩笑吗?你呀,谢苗·伊万诺维奇!请不要急于下诊断,也不要急于开处方——精神和团酸模②,因为前者行不通,后者无济于事。很少有比意识到无用武之地更糟糕的病了。谈什么饮食调养!回忆一下拿破仑回答安托马尔克医生的话吧:'这不是身体内的癌,而是身体内的滑铁卢。'每个人都有自己的 Waterloo rentre!③ 咱们到克鲁齐费尔斯基夫妇那里去吧,谢苗·伊万诺维奇,我有两次都是在他们家治好我的忧郁症的,这比服任何汤药都管用。"

"瞧,您也该说声谢谢了吧!到他们家去——这个处方是谁开给您的呀?"

"抱歉,抱歉,我给忘记了!噢,谢苗·伊万诺维奇,您真是希波克拉底④的最伟大的子孙之一。"别利托夫回答说,他放下雪茄,温厚地对医生微笑着。

我和玛丽亚·斯捷潘诺夫娜想问一下,那位教师的穷家敝舍里到底有什么东西让别利托夫那么感兴趣?是他在这个家里找到知心朋友了呢,还是真的爱上这家主人的妻子了?

---

①一八三一和一八三四年里昂工人因不堪其苦爆发了武装起义。
②团酸模,酸模属,蓼科,一年生草本植物,叶子披针形,花淡绿或淡红,果实扁平,卵形,味辛辣,全草入药。
③法文,意为"体内的滑铁卢"。
④希波克拉底(约公元前406—公元前370),古希腊医师,以医术高明、医德高尚而著称。

让别利托夫亲自回答这些问题,即使他愿意实话实说,也是非常困难的。有许多东西使他和这个家庭的关系拉近了。选举以午宴和大型舞会告终。不用说,别利托夫怎么也没有被选上,他留在 NN 市,只是因为民事法庭的一个案子还没有了结。请诸位想象一下,如果他不认识克鲁齐费尔斯基夫妇的话,那么他在 NN 市期间将是多么枯燥乏味呀。克鲁齐费尔斯基夫妇安静平稳的生活,对别利托夫来说,是一种新的、富有吸引力的东西;他一辈子都在探讨普遍性的问题,研究科学和理论,很多时间在异国他乡度过,在那里很难与家庭生活联系到一起,即使在彼得堡也很少涉及这个问题。他认为家庭幸福是一种空想,或者只是凡夫俗子们的事。克鲁齐费尔斯基夫妇不是这种人。克鲁齐费尔斯基的性格难以确定:他温文尔雅,极富爱心,天生一副女人心肠,非常谦恭随和;他是那样的天真纯洁,让人无法不爱他,尽管他的天真纯洁有时看起来仿佛是不谙世事,像个孩子似的。很难找到比他更不懂实际生活的人了;他所了解的一切,全来自书本,而且错误百出,脱离实际,他笃信茹科夫斯基所赞美的世界的现实,相信飘忽于大地之上的理想。大学生活期间他只知道埋头读书,只有在莫斯科剧院顶层楼座上看戏的时候,他才从与世隔绝的生活状态中走出来,进入激情与矛盾冲突的世界;他不声不响地走进了生活,那是一个秋天灰暗的日子;他面对的是一贫如洗的生活,他觉得一切都在跟他过不去,什么事情都与他格格不入,于是这位年轻学士渐渐学会了在他为逃避人与环境而躲进的幻想世界中去寻求快乐与安慰。同样的外在的生活贫困迫使他踏进了涅格罗夫的家门,面对这样的现实,他的性格变得更加内向了。他生性温和,从来都没想过要和现实进行斗争;他在现实的紧逼下步步退让,他只求能让他过上安静日子;但是爱情降临了,就像在这种人身上常常发生的那样:不疯狂、不盲目,但却是永生永世、地久天长;他是那样全身心投入,心里没有任何保留。情绪烦躁使他一直处于一种喜怒无常的状态;他无时不想大哭一场,发泄一下内心的苦闷——他喜欢在静静的夜晚久久地仰望着天空,这时候谁知道他从这寂静中看见了什么样的景象;他常常握住妻子的手,望着她,心里有说不出的高兴;但这高兴中又夹杂着一种深深的忧愁,以至于他的妻子忍不住流下了眼泪。他所有的行动都透出那种谦和的精神,同样,脸上也露出那种安详、真诚和多愁善感的神情。还用得着说这样的人应该钟爱自己的妻子吗?他的爱情与日俱增,更何况没有任何东西可分散他的注意力;两个小时看不见妻子那双深蓝色的眼睛,他就无法忍受;妻子出去未在预定的时间内回来,他就着急上火,焦躁不安;总之,很明显,他在妻子身上深深地扎下了根。这在很大程度上是他所处的世界造成的。

NN市的中学教师们和我们过去的中学教师一样,在外省的生活中大部分人都变得懒惰和粗俗了,他们迫于困难的物质生活,失去了任何进修的愿望。我们也不认为克鲁齐费尔斯基有把科研工作进行下去的决心，不认为他能全身心地投身于这些课题，把它们当成自己十分紧迫的问题来看待，但是他同情和关注这些问题，有许多事情他能够做到……除了研究条件。自己订购书籍他连想都不敢想，学校里有书，但那些书无法满足年轻学者的要求。总的说来，外省生活对于那些想保全不止一份不动产的人，对于那些不想使自己的身体活动不便的人来说，是极其有害的；在完全缺乏任何理论兴趣的情况下，有谁能够在这死气沉沉的房间里不蒙头大睡呢？即使不能做一个好梦，也能美美地睡上一觉……一个人需要有外界的刺激；他需要报纸，因为报纸每天能够使他接触全世界；他需要杂志，因为杂志可以向他传递当代思潮的每一个动向；他需要与人交谈，需要去剧院看戏——当然，这些需要都可以放弃，好像这一切都没有必要，然后，这一切就真的变得完全没有必要了，也就是说，直到这个人本身变得完全多余为止。克鲁齐费尔斯基远不是那种意志坚强，不屈不挠，能够白手起家为自己创造条件的人；他周围缺乏任何令人感兴趣的事情，这一点对他起的负面影响要大于正面影响，尤其是因为这个情况发生在他生活中最美好的时期，即刚刚结婚后不久。而后来他便习以为常了，仍然沉湎于自己的幻想，探讨几年前就曾经考虑过的几个范围广泛的问题，保持对科学的爱好，还关注早已解决了的一些问题。他在爱情中寻求对更真实的精神需求的满足，从妻子的坚强性格中他找到了一切。持续四年之久的跟克鲁波夫的争论，犹如一潭死水似的外省生活——毫无进展：这些年天天都在争论，说来说去还是那几句话。克鲁齐费尔斯基推崇唯灵论①，克鲁波夫老人用医学上的唯物论对他毫不客气地进行批驳。我们这两位朋友的生活，如小河流水，在河床里平静地潺潺流动着；这时候，一个气质完全不同的人突然闯进了他们的生活。此人内心世界异常活跃，对当前诸多问题很感兴趣，他知识渊博，思维大胆敏捷。不知不觉中，克鲁齐费尔斯基对这位精力旺盛的新朋友佩服得五体投地；而别利托夫也远非没有受到克鲁齐费尔斯基妻子的影响。一个很有个性又没有什么事情可做的人，几乎是不可能不受一个精力充沛的女人的影响的；除非是思想极其保守，或者头脑迟钝和完全缺乏个性的人，才能够在年轻美貌的女子面前坐怀不乱、束身自爱——而实际上，别利托夫生来就非常热情，不习惯约束自己，一见妩媚动人的漂亮女人便不免有所动心。他多次坠入情网，不是疯狂爱上什么歌剧明星、女舞蹈家，就是爱上住在温泉疗养地附近的不三不四的漂亮女人，再不就是爱上那种总喜欢想入非非、打算按照席勒②的方式在夜莺的歌唱下海誓山盟永不分离的面色红润的德国金发女郎——或者是不顾脸面、纵情欢乐的热情奔放的法国女子……但是像克鲁齐费尔斯基夫人这样的影响，别利托夫还不曾领受过。

---

①一种客观唯心主义的哲学理论，是法国唯心主义哲学家库辛（1792—1867）于十九世纪最先提出这一术语并被广为使用的。唯灵论认为精神世界的本原，是不依附于物质而存在的，是特殊的无形实体。
②席勒（1759—1805），德国诗人、戏剧家、启蒙运动艺术理论家。

从认识克鲁齐费尔斯基夫妇起,别利托夫就想勾引女主人;这方面他有的是办法,贵族礼仪或虚伪的清规戒律都难以约束他;他非常自信,因为他勾引过一些不太难对付的女人;他机智伶俐,能说会道,完全能够把一个乡下女人搞得晕头转向,但是足智多谋的别利托夫当即放弃了这种庸俗的追求方法;他知道,像这样的猎物,用捕兽器显然是不行的。一个女人在这穷乡僻壤的地方出现在他的面前,她是那么朴实,那么清纯自然,又那么充满活力与智慧,这使别利托夫很想尽快把她搞到手。很难对她发动进攻,因为她根本就没有设防,也没有什么 en garde[①];另外一种富有人情味的态度很快便拉近了克鲁齐费尔斯基夫人和别利托夫的关系。克鲁齐费尔斯基夫人理解他的苦衷,理解他自己深为苦恼的爱挖苦人的性格特点;她的理解显得很深、很广,比克鲁波夫强过千倍。比如,她知道自己面对他时再也无法保持不管不问、无动于衷的态度了,而是当她注视他的时候,对他的理解越来越深,每天都能从这个人身上不断发现一些新的方面——注定要被埋没的极其旺盛的精力和见多识广的理解力。别利托夫当即就看出了克鲁波夫出于好心的助人为乐精神和克鲁齐费尔斯基动不动就掉泪的浪漫主义同情心,跟他在克鲁齐费尔斯基夫人身上所看到的那种十分得体的分寸感,是很不相同的。有多少次了,当他们四个人坐在房间里的时候,

---

[①] 法文,意为"戒备"。

别利托夫是有机会说明自己内心深处的见解的，但是他习惯于藏而不露，几乎总是用俏皮话把话岔开，或者是一带而过；听他说话的大部分人都没什么反应，但是当他把苦涩的目光投向克鲁齐费尔斯基夫人时，轻微的笑意便会从他脸上一闪而过——他看得出，自己的意思被理解了；他们不知不觉中走到一起了——这种比较是令人遗憾的，但是没有办法——处于当初柳博尼卡和克鲁齐费尔斯基在涅格罗夫家时的那种情形，当时他们只需三言两语，便能够相互了解。这种彼此间的好感，既没有什么好发展的，也没有什么好压抑的，他们所表现的不过是两个人友好情谊发展的事实，不管这两个人在什么地方和怎样的情况下相见；如果他们能够相互了解，能够明白自己这种亲情关系，那么，一旦环境需要，他们每个人都会为发展更高层的亲情关系而牺牲一切低层次的亲情关系。

"请猜猜他是谁？"别利托夫说着，把自己的画像递给克鲁齐费尔斯基夫人看。

"敢情是您呀！"克鲁齐费尔斯基夫人几乎叫了起来，脸唰地一下变红了，"您的一双眼睛，您的额头……真是一位英俊少年！一张无忧无虑、勇敢大胆的脸……"

"我把自己十五年前的画像拿给一位夫人看，这需要有很大的勇气，但我非常想拿给您，让您亲眼看看，我可是这样,在我青春年岁?① 可是您一眼便认出来了,这的确让我很吃惊,因为我已是今非昔比、面目全非了。"

"能够认出来。"克鲁齐费尔斯基夫人回答说,眼睛一直没有离开画像,"为什么这么长时间您不拿来!"

"我只是今天才收到,我的好朋友约瑟夫一个月前去世了,他的外甥给我寄来了这幅画像,还有一封信。"

"啊,可怜的约瑟夫!听您的介绍,我也把他视为好朋友了。"

"老人是在兢兢业业的工作中去世的,无论是从未与他见过面的您、他所教过的许多学生,还是我和我的母亲——都怀着关爱和悲痛的心情在悼念他。他的去世对许多人都是一个沉重的打击。在这方面我要比他幸运:在我母亲百年之后,等我要死的时候,我相信不会给任何人造成什么痛苦,因为谁跟我都没有关系。"

别利托夫的话说得尽管非常实在,但也带有几分做作:他很希望能引出克鲁齐费尔斯基夫人某种温馨的回答。

"您自己不要这样想。"克鲁齐费尔斯基夫人回答说,两眼一直看着他。别利托夫垂下了眼睛。

"唔,死后我一切都无所谓,管他谁哭谁笑呢。"克鲁波夫说。

"我不同意您的看法,"克鲁齐费尔斯基插进来说,"我

---

① 引自普希金的长诗《叶甫盖尼·奥涅金》(《奥涅金的旅行片段》),见《普希金选集》(五),人民文学出版社,一九八五年。

很能够理解：要是人死的时候，不仅身边没有，而且全世界都没有一个亲人，只是由陌生人冷冰冰地往墓里铲一点土，然后慢慢放下铁锹，拿起帽子就回家了——那样死得就太惨了。柳博尼卡，我死后你可要常到我的墓前看看，这样我会感到轻松一些……"

"没错儿，的确能轻松许多，"克鲁波夫伤感地插了一句，"虽然连化学天平也称不出来……"

"这么说，除约瑟夫外，您好像就没有别的朋友了？"克鲁齐费尔斯基夫人问道，"这可能吗？"

"有过许多关系很好、感情很深的朋友，那又怎么样！我过去的样子不是跟现在也完全不一样么。是啊，其实不需要什么朋友：友谊，是青年人一种很可爱的毛病；谁不会自我约束，谁就要倒霉。"

"不过，据我所知，约瑟夫一直到死跟您的关系都是很好的。"

"因为我们住的地方距离很远，我们相处得不错，那是因为我们十五年才见一次面。在转瞬即逝的会面中，我用对过去的回忆掩盖了我发现的我们之间的分歧。"

"这么说，他回瑞士后您见过他了？"

"见过一次。"

"在哪儿？"

"在他去世的地方。"

"是很久以前吗？"

"一年前。"

"那您就不要老讲些令人丧气的话了,最好给我们谈谈您和老人见面的情形。"

"那好,我很愿意谈这件事,谈起来心里也高兴。事情是这样:

"去年初,我从法国南方到了日内瓦。为了什么?很难说清楚。我不想去巴黎,因为我在那里什么也来不及做,因为我一到那里总是非常嫉妒:周围的人都很忙碌,有忙着干事情的,也有净瞎胡扯的,而我只是在咖啡店里看看报纸,悠闲自在,没事人一个。以前我没有到过日内瓦;这是一个很安静的城市,一切可置身事外,所以我才选择到那里租房过冬;我打算在那里攻读政治经济学,空闲时想一想明年夏天该做什么,到什么地方去。不言而喻,我到那里的第二天或者第三天,我已经向导游、向银行业主打听,反正到处打听:大家知不知道,听说没听说过一个叫约瑟夫的先生。谁都不知道他。只有一个老钟表匠说,他认识约瑟夫,他跟约瑟夫一起上过学,后来约瑟夫到彼得堡去了,但这以后他就没再看到过他。

"我心灰意冷,决定不再寻找了;学习的事也没有办好,当时正值早春时分,晴空万里,春寒料峭;生活漂泊不定的我,又想出去走一走了:我决定到日内瓦郊区短距离地走一走,转一转。对我影响最大的莫过于道路了。路上我兴奋极了,特别是在我步行或骑马的时候。坐马车有响声,会分散人的注意力;和马车夫在一起,又破坏孤身一人的心情;而一个人出去,骑马或者手持拐杖,信步而行,面前的道路弯弯曲曲,一直向前延伸,周围没有任何人,只有树木、小溪和在枝头间飞来飞去的小鸟……景色美极了!有一次,我在距离日内瓦市几英里的地方走着,独自一人,走了很长时间……突然,从旁边的路上走过来二十多个农民;他们正在热烈地谈论着什么,神情异常激动;他们离我很近,对我这个陌生人的态度也十分友好,因此,他们的谈话我听得非常清楚:是关于联邦州选举的事;农民们分为两派——明天就要最后选举了;显然他们完全陶醉于自己所关心的问题了:他们挥舞双手,把帽子抛向空中。我在一棵树旁坐下来,这群选民走了过去;过了很长时间,一些煽动性的议论和保守派的反驳还传到我的耳边。每当我看到人们都在忙着什么,有事情可做,而且非常投入,我就十分羡慕与嫉妒……因此,当我看见路上又过来一个人的时候,我的心情已经是很糟糕了。来人是一位翩翩少年,穿一件肥大的短上衣,戴一顶灰色的宽边帽,肩上背着行囊,嘴里含着烟斗;他也在这棵树的阴凉处坐了下来,坐下的时候还把手在帽檐上比画了一下;当我向他答礼时,他才完全摘下了帽子,开始擦拭脸上和他那头漂亮栗色头发上的汗水。我发现我的这位同路是个很谨慎的人,因为他之所以没有先摘下帽子,是怕我误会他是冲着我来的。坐定之后,这位小伙子向我打听道:

"'您要到哪儿去?'

"'很难对您说清楚,不像您认为的那么好回答;我只不过是随便出来走走。'

"'您肯定是个外国人吧?'

"'我是俄国人。'

"'噢!远方的客人……大概,贵国这时候天气还很冷吧?……'

"众所周知,没有一个外国人讲到俄国时会不提到俄国的寒冷和快速驿车,其实无论是严寒,还是快速驿车,早已经没有了。

"'是啊,现在彼得堡正是冬天。'

"'您喜欢我们这里的气候吗?'瑞士青年骄傲地问道。

"'这里气候不错,'我回答说,'您是本地人吗?'

"'是的,我出生在离这儿不远的地方,现在是从日内瓦去参加当地的选举;我还没有权利参加这次选举,但是我有另外一种权利,不参加投票,但或许能够争取些听众。如果您不介意,请跟我一起到我们家里去,我母亲一定会用奶酪和葡萄酒来招待您的;等明天您再看我们这方面是如何打败老头子们的。'

"'噢,原来他是激进派呀!'我心里想,又看了我这个青年伙伴一眼。

"'那我们就到府上去吧!'我对他说,同时把手伸了过去,'我反正无所谓。'

"'看看选举您也许会觉得很有意思,因为你们国家是

没有选举的吧?'

"'这是谁跟您说的?'我回答说,'想必你们学校的地理老师是很差劲的;恰恰相反,俄国的选举非常之多:有贵族选举、商人选举、市民选举、农村选举,甚至地主乡下的管事都是选举的。'

"小伙子脸红了。

"'我很早以前学过地理,'他说,'学的时间不长。我们的老师,不瞒您说,是个非常出色的人;他本人在俄国待过,如果您愿意,我可以介绍您和他认识;他是一位哲学家,能够做任何他想做的事,可是他不愿意,只愿做我们的老师。'

"'非常感谢。'我回答说,我一点也不想见一位什么乡村教师。

"'可他真的去过贵国。'

"'去过哪里?'

"'去过彼得堡和莫斯科。'

"'他叫什么?'

"'我们叫他 Père Joseph①。'

"'Père Joseph!'我跟着叫了一声,不敢相信自己的耳朵。

"'是呀,这有什么好奇怪的?'我这位朋友反问道。

"经过一再询问,可以满意地说,Père Joseph——正是我要找的约瑟夫。我们加快了步子。这个年轻人因为给我带

---

①法文,意为"约瑟夫老爷"。

来这么大的意外惊喜，就别提有多高兴了，与此同时，他也给自己无限热爱和尊敬的约瑟夫带来了莫大的喜悦。我详细询问了老人的生活情况，从各种迹象看，他仍然是原来的样子：朴实、正派、待人热情、充满朝气；言谈中我知道自己在精神年龄上比他大，比他老。他担任主课老师和班主任的职务已经五年了；这期间，他做的工作比他的职务要求他做的要多出两倍；他有一个不大的图书馆，对全村开放；他有一座园子，闲暇时跟孩子们一起耕耘。我们来到先生整洁的小屋前面，夕阳的余晖鲜明地映照着那幢房屋和房屋背后的那座高山——我让我的朋友先去通报一声，就说有一个俄国人前来求见，以免我的突然造访使老人过于激动。Père Joseph 正在园子里，坐在长凳上，靠在一把铁锹上休息。他听到'俄国'一词时先是一怔，然后急忙向我走来；我扑向他的怀抱。使我首先感到吃惊的是——时间不饶人啊！我有十年时间没有看见他了，这期间的变化有多么大呀！他的头发几乎全部脱落了，面容显得非常苍老，步履也不像以前那样坚实有力，而且走起路来有点驼背，只是一双眼睛仍旧像过去一样炯炯有神，焕发着青春的光辉。我简直无法向各位形容先生看到我时那种高兴的样子：老人哭着、笑着，接连不断向我提问题——问我们那条纽芬兰狗是不是还活着，还回忆起我种种的淘气行为；他一边说，一边把我领进一个亭子，让我坐下来休息，让沙尔利——就是陪我一块来的那个人——到地窖里去拿一杯上好的葡萄酒来。老实说，我以前喝过的最好的酒也没有约瑟夫先生这带点酸味的葡萄酒味道香甜,我喝了一杯又一杯;我兴奋不已,感到既年轻,又幸福;但老人很快就打断了我的兴致,问道:

"'这段时间你干了些什么,弗拉基米尔?'

"我把我失败的故事全都给他讲了,最后说:'当然,我本来可以把生活安排得更好一些,但是我并不后悔;如果说我失去了青春的理想,然而我却获得一种冷静的观点,这种观点也许是不容乐观的,令人忧愁的,但却是真实可信的。'

"'弗拉基米尔,'老人反驳道,'你不要太相信这种过分冷静的观点——千万不要因此变得心灰意冷,泯灭了你心中的热情!我不认为你一生能有多大的作为;你很痛苦,但是不应该一遇到困难就立即放下武器;人生的价值在于奋斗……吃得苦中苦,方为人上人。'

"当时我对生活的事看得比较简单,然而老人的话对我影响很大。

"'Père Joseph,最好您还是谈谈自己吧,这些年您是怎样过来的?我的生活失败了,被抛在了一边。我简直像以前我翻译给您听的我国民间故事中的人物,一走到十字路口就大声喊道:"战场上还有人吗?"但是没有人回应……这是我的不幸!……孤身不成军,独木不成林呀……'

"'早了,你退出得太早了。'老人一边摇头,一边说,'我的事情有什么好说的呢?我生活得很平静。离开府上后,我回到瑞士,后来又跟一个英国人去了伦敦,在那里教他的孩子们,教了大约两年;但我的思想方式和这位可尊敬的勋爵的意见不合,我便辞了职。我想回家,于是就直接从那里回到了日内瓦;在日内瓦,我谁都没找到,只见到了我妹妹的一个孩子。我想来想去,晚年做点什么呢——刚好当地学校缺一名老师,我就承担了下来,而且非常满意我的这份工作。不可能、也没有必要人人都站在前沿;每个人在自己圈子内干自己的事——工作到处都能够找到;等工作做完了,到了该彻底休息的时候,再安安稳稳地睡大觉吧。我们追求显赫的社会地位,这说明我们自己还很不成熟;说明我们自己不尊重自己,使自己完全成了外界环境的附庸。请相信我,弗拉基米尔,事情就是这样。'

"我们这样谈了大约一个小时。

"这次见面使我非常感动,心情特别愉快,也特别兴奋;种种已经忘得差不多的青年时期的梦想又回到了我的心中。我望着约瑟夫的脸——安详、镇定,没有一点惶惑与不安,这时我非常为自己感到难受,我因我是个成年人而感到十分压抑;老人生活得有多么好啊!人老自有其本身的美;这种美,既不是要激励人们的热情,也不是要引起人们的冲动,而是要人们能够心平气和,是使他们内心得到安宁;他头上稀疏的白发在晚风的吹拂下轻轻地飘动;他因见面而兴奋不已,一双眼睛流露出温和的目光;我望着老人,有一种青春幸福的感觉,我想到了最初几个世纪的天主教僧侣们,想到意大利学校的艺术大师们是如何表现他们的。我想,他们的头发虽然白了，但却充满了青春活力；约瑟夫也显得生气勃勃，可我已经是老气横秋了；为什么我要知道那么多他们不知道的事情呢？约瑟夫拉着我的手，站了起来，要到屋子里去。他深情地一再重复说：'该回家了，弗拉基米尔，该回家了！'晚上我在他家里过的夜。整夜我都在为成千的计划绞尽脑汁、苦思冥想。约瑟夫这个榜样太能说明问题了：他，一个老人，没有财产，却能够自食其力，安心干他的事业——而我，pardépit①，背井离乡，在异国东游西荡，不为各国所用，无所事事……第二天早上，我告诉老人，说我要直接去NN市参加选举工作。老人流着眼泪，把手放在我的头上说：'去吧，我的朋友，去吧。将来你会看到的——一个人只要堂堂正正地去做事，他一定能干出很大成绩的。'接着，他用颤抖的声音补充说：'一定要保持平静的心态。'我们分手了，我到了NN市，而他却去了另一个世界。这就是全部情况。这是我最近一次的青春迷恋；从这个时候起，我的教育也就结束了。"

克鲁齐费尔斯基夫人望着他，深表同情；从他的眼睛里、脸上，确实流露出一种痛苦悲伤的表情。他的这种忧伤特别令人感动，因为他和克鲁齐费尔斯基的性格完全不同，这不是他的性格特点；明眼人知道，外界环境一直在长期压迫着这位刚正不阿的人的天性，在他的性格中强行加进许多阴暗

---

①法文，意为"说来可悲"。

的东西，它们渐渐腐蚀他的性格，使他失去了自己的个性。

"您为什么到这里来了？"克鲁齐费尔斯基夫人小声问道。

"非常感谢，衷心感谢您提的这个问题。"别利托夫回答说。

"是啊，怪就怪在，"克鲁齐费尔斯基说，"的确很难理解，为什么人们有那么充沛的精力和那么强烈的意愿，却没有任何用武之地。任何动物都能巧妙地适应大自然，采取一定的生活方式。可是人……这里是不是出了什么毛病？可能就是为了让这种充沛的精力和强烈的意愿一直烂在自己的心里，一想到这些，就会打心眼里感到反感，感觉无法苟同。可这究竟是为什么呢？"

"您的话完全正确，"别利托夫激动地说，"但从这一点入手您是解决不了问题的。问题在于这种精力本身正在不断地发展着、准备着，而历史在决定着对它们的需要。您想必知道，每天上午莫斯科都有成群的工人、临时工和受雇者走进劳务自由市场；有的人被雇走了，他们有工可打，另外一些人长久地等待着，最后只好垂头丧气地回家，而更经常的是，他们走进了小酒馆；人世间的事情也是这样：等着补缺的人有的是——历史需要，就起用他们；不需要，那是他们的事，只能白白浪费生命。因此，这 A propos① 一切活动家

---

①法文，意为"正是"。

的滑稽可笑之处。法兰西需要军事统帅了——迪穆里耶①、奥什②、拿破仑及其元帅们便应运而生……源源不断；一旦和平时期到来——关于军事才能，便杳无音信了。"

"但剩下来的人们怎么办呢？"克鲁齐费尔斯基夫人发愁地问道。

"那要看情况了，其中一部分人从此销声匿迹，融入茫茫人海；一部分人侨居国外，有的被流放，有的做了刽子手的刀下鬼。当然，这不是突然间发生的事——他们起初只是小酒馆的常客，赌徒，后来根据各人的意愿常常守候在大路旁或偏僻胡同里。偶尔在路上听到有人喊自己的名字——便立即变换道具：强盗不见了，变成了叶尔马克③，征服西伯利亚的英雄。他们中很少有安分善良之辈，他们在家里为种种非分之想而心神不定。确实，当一个人走投无路，又一心希望能干一番事业，但又不得不袖手一旁……而身体又如此健壮，血气方刚……的时候，脑子里什么古怪念头不会萌生呀……这时候，只有一种情况能够挽救他，吸引住他……那便是见面……与人相聚……"

他没有把话说完。

---

①迪穆里耶（1739—1823），一七九二年曾统帅法军战胜奥普干涉军，一七九三年失败后投奔了奥地利。
②奥什（1768—1797），法国将军，十八世纪九十年代曾统率大军平定过法国旺代省和布列塔尼半岛的叛乱。世的赦免。
③叶尔马克（？—1585），哥萨克首领，约一五八一年远征西伯利亚，为俄国掠夺开发了大片土地，成了俄国民歌中的英雄人物。

克鲁齐费尔斯基夫人不觉怔了一下。

"什么乱七八糟的!"克鲁波夫说,"他说的这算什么呀,杂乱无章,简直是一团乱麻!啧,没说的,一位出色的陪审员或县法官的候选人!"

大家都露出了微笑。

五

NN 市的各种景观中要数大众公园最引人瞩目了。在我国中部地区丰富的自然景观中，大众公园完全是一种奢侈品；因此平时没有人去光顾，一到节假日，从晚上六点到九点，整个城市的人都拥到了大众公园；但群众这时候汇集到这里并不是为了赏花观景，而是为了相互见见面。如果省长和团长的关系相处得很好，这时候军乐队便会带着喇叭和大鼓来到现场，这要看省里驻扎的是什么部队了；这时，《洛朵伊斯卡》序曲[①]、《巴格达的哈里发》[②]，以及使人想起难以忘怀的希腊解放[③]和《莫斯科电讯》[④]时期的法国卡德里尔舞[⑤]曲，让那些身着绸缎

[①]《洛朵伊斯卡》，法国作曲家和小提琴家克鲁采尔 (1766—1831) 的著名歌剧。
[②]《巴格达的哈里发》，法国作曲家布瓦埃尔迪厄 (1775—1834) 的著名歌剧。
[③] 指十九世纪二十年代希腊人民的民族解放运动。
[④]《莫斯科电讯》，俄国综合性文艺刊物，一八二五年开始出版，主要发表俄国作家和西欧作家的作品及评论。
[⑤] 法国卡德里尔舞，是一种由四人组成，分成两对跳的民间交际舞，因此也叫方阵舞，含六种舞式，音乐为二分之四拍。

夏装的商人太太们和那些几乎都已经四十岁以上，其实谁也不会向她们献殷勤的乡下太太们大饱耳福。我已经说过，平时公园里空空荡荡，除非因没有马匹而不得不滞留下来和认为该市跟别的城市没有多大区别的人才会去公园里转转，哪怕只是看一看这平淡无奇的风景。诗人们早就描写过：大自然对于人们在它脊背上究竟干些什么，已经厌恶至极，绝对不予理会。它既不会读着诗歌流泪，也不会看着小说发笑，只是根据自己的理解，一意孤行、我行我素。大自然在 NN 市的所作所为正是这样，它根本不管公园里完全没有游人；即使有个别游人，他们注意的也不是花草树木，而是融中国和希腊风格于一体的漂亮的凉亭；确实，凉亭建造得无与伦比，很有特色；省长夫人给它起了个很好听的名字，叫 **Mon repos**①。作为装饰，凉亭顶端有一匹用铁皮制成的小马驹，它代替了龙的职责，这匹小马驹来回不停地转动着，让人耳边有一种如泣如诉的悲鸣，使人心潮澎湃，浮想联翩；它说明把帽子吹往左面的风确实是从右面吹来的；除了龙之外，圆柱与圆柱间还镶嵌着几只用石膏制成的满头毛发、威风凛凛的狮子脑袋；由于雨水侵蚀，这些狮子的脑袋已经出现裂缝，耳朵和鼻子随时都有可能落到游人头上。不管是龙的这种哭泣，还是就像在但以理②的狮子坑中那样，

---

① 法文，意为"休闲亭"。
② 但以理（公元前 7—公元前 6 世纪），据《圣经·旧约》全书《但以理书》记载，但以理系四大先知之一；他因具有非凡的学识，能洞悉各种异象和梦兆，曾为巴比伦王布甲尼撒解梦，颇受重用，受到众臣的嫉妒，后被投入狮子坑；由于神的护卫，但以理毫发无损，而陷害但以理的人则被扔进狮子坑，葬身狮口。

有葬身狮口的实际危险,无动于衷的大自然仍然显得生机勃勃,特别是两边的林荫道上,树木葱葱、枝繁叶茂;当然这并不是因为大自然的谦恭不矜、虚怀若谷,而是因为前省长曾下令把林荫大道上的老椴树的树枝砍去一些;他认为老椴树的树枝的这样无节制的生长和它们所担负的真正责任是不相符的。被砍去树冠的椴树,下面又长出了新的枝条,直插天空,很像是为防止潜逃被剃了半边头的带足枷的囚犯;因此有些文人名士一再重复奥泽罗夫①的一句诗:

诸神皆在,——可大地却交给了恶人。

然而小路上的树木却在自由地生长,想怎么长就怎么长,只要津液充分;在其中的一条小路上,在一个暖和的四月的日子——NN市的居民想必知道,紧接着五月里还有几个冷天——一位身着白色宽袖女大衣的太太和一位穿黑大衣的男士在悠闲地散步。公园位于山坡上;最高处放着两把长椅,总是有人在长椅上相当清楚地刻了许多图画;地区警察局长费了很大劲也没抓到肇事者,于是每到节日前,他便不顾一切地派出消防队员(他们对破坏已经习以为常了),以求消灭定期在长椅上出现的艺术作品。那位太太和男士在长椅上坐了下来。周围的景色不错。一条大路(泥泞不堪)沿着公

---

①奥泽罗夫(1769—1816),俄国剧作家,这里援引的诗句出自他的悲剧《俄狄浦斯在雅典》(1804)第三幕第四场。

园通向河边,河水正在泛滥,两岸停放着许多大车、板车和四轮马车,立着卸了套的马匹、拿着包袱的妇女、士兵和市民;两条平底木船来来往往不停地摆渡,船上载满了人、马和马车;船体缓慢地移动着,船桨像挖出来的螃蟹的许多爪子,一起一伏地前后划动;坐着的人耳边传来各种各样的声音:有大车的吱吱声,铃儿的叮当声,船工的喊叫声,勉强听得见的对岸的答话声,心急如焚的渡船人的斥骂声,马的蹄声,拴在大车上的牛的哞哞声,以及围着篝火的农民们的很大的说话声。那位太太和男士不再交谈,默默地听着远处的动静……我不知道为什么远处的这些情形对我们有这么大的影响,使我们感到如此震惊——然而我知道,维亚尔多①和鲁比尼②,上帝保佑他们,也能经常有这样热心的听众,听众们听他们的歌时的心情就像我每当夜里听到船夫拉纤时唱的无限忧伤的歌曲时的心情那样——这凄凉的歌声不时被风声、水声所打断,回荡在岸边的垂柳丛中。听着哀婉的歌声,我百感交集;我仿佛觉得穷人们想通过这种歌声从令人窒息的环境中摆脱出来,进入另一种境界;他们在不自觉地宣泄自己内心的苦闷;他们的心灵在呼喊,因为他们不堪其忧,因为他们苦不堪言,如此等等。这就是我青年时期的感受!

"这里真是不错……"那位穿白大衣的太太终于说话了。

---

① 维亚尔多-加西亚(1821—1910),法国著名女中音歌唱家,作曲家,俄国作家屠格涅夫之密友。
② 鲁比尼(1795—1854),意大利著名男高音歌唱家。

"应该说,北方的自然景色也很好,是不是?"

"哪里都一样。一个人,不管在什么地方,面对大自然,面对生活,只要心胸开阔,坦诚无私——就会感到无限喜悦。"

"这倒是真的。只要你愿意,世上的一切都很赏心悦目。我常常会产生一种怪念头:为什么一个人什么都能够欣赏,到处都能够发现美好的东西,唯独在人们的身上发现不了,这是什么原因?"

"这是能够弄明白的,但弄明白之后,心情并不会因此而感到轻松一些。我们在和别人交往时总怀有某种不可告人的用心,这就一下子破坏了人际间的美好关系,使这种关系变得俗不可耐,十分糟糕。人总是认为别人都是自己的敌人,必须与之拼杀争斗、巧施计谋,然后抓紧达成妥协的条件。这里有什么快乐可言呢?我们在这种环境下长大成人,要摆脱这种影响几乎不大可能;我们都有一种小市民的虚荣心,遇事总是要瞻前顾后、左顾右盼一番;一个人用不着和大自然竞争,也不用害怕它,这样我们单独相处时就会感到非常轻松,非常自由;完全陶醉于自己的印象;可是,即使您把自己最要好的朋友请来,那也是另外一回事。"

"我一般很少遇到这样的人,特别是关系非常亲密的人;但是我想,这样的人总是有的,至少他们之间存在着某种同情,一切因不理解而引起的外在障碍是能够得到化解的,他们一辈子在任何情况下都不会妨碍对方。"

"我怀疑这种同情能否长久保持下去;这不过是说说而已。那些相互完全同情的人,其实是还没有谈到他们彼此对立的问题;但迟早他们是会谈到的。"

"不过,在他们谈到之前,毕竟还会有那么短暂的、相互同情的时刻,这时候他们可以互不妨碍,充分地享受自然,娱乐自己。"

"这样的时刻我也相信有。这是一种神圣的浪费感情的时刻,这时候一个人显得非常大方,他把一切都可以掏出来,他自己对自己如此富有爱心都感到吃惊。但这种时刻是非常短暂的;在大部分情况下,我们既不能对它们当场作出评价,也无法珍惜它们,甚至常常视而不见,用一些乱七八糟的东西来玷污它们;因此,这短暂的时刻事后给人留下的印象是对人的心灵的伤害,是对未来可以办成好事、却没有办成的一件事情的愚蠢回忆。应该承认,人们对自己的生活的安排是非常愚蠢的:人生一世,十分之九的时间都浪费在无聊的小事情上了,剩下的十分之一时间也没有好好利用。"

"既然知道它们的价值,为什么还要失去这大好时光呢?您肩负着双重的责任,"克鲁齐费尔斯基夫人微笑着说,"您看得如此清楚,了解得又如此透彻。"

"我不仅珍惜这短暂的时刻,我还珍惜每一次的享受;但这毕竟是说起来容易:别失去这短暂的时刻;搞错一个音符——整个乐队都完了。当你看见旁边有各种各样幻影……有人正指着你对你进行威胁、破口大骂的时候,你怎么能完全集中精力……"

"什么幻影?是不是你自己的错觉?"克鲁齐费尔斯基夫人说。

"什么幻影?"别利托夫重复道,他的声音由于内心激动而渐渐改变了腔调,"我很难对您解释清楚,可是对于我,事情非常明白;人总是把自己控制得严严实实,从不敢放任任何一种情感。请听我说,事情就是这样,我给你举个例子,这例子也许我不该举——但我要把它说出来……一开始说我可就控制不住自己了。从我们认识的最初几天起,我就喜欢上您了——是友谊,是爱情,或仅仅是一种同情?……但我知道,您,您的存在,对于我来说,已经是必不可少的了。我知道,每天上午我都在孩子般的焦急心情中度过,眼巴巴地等待着傍晚的来临……傍晚终于到了,我急着往您家里跑,一想到我马上就能看见您,便激动得有些透不过气来;我什么都不顾了,也不管周围的人如何冷眼旁观,我把您看成是我最后的安慰……请相信我,此时此刻,我的心情绝不是笔墨所能够形容的……我激动地跨进你们家的门槛,进门后,我装出一本正经的样子,说话字斟句酌,就这样,几个小时很快就过去了……为什么要演这种愚蠢的喜剧呢?……再说了,您对我也不是无动于衷;有一天晚上,您大概也在等我,我到您家时看见您眼睛里流露出喜悦的神情——这时我的心便怦怦地跳起来,使我几乎透不过气来——而您对我则装出一副彬彬有礼的样子,坐得离我远远的,好像我们很生疏似的……这是为什么呢?……难道你我的心灵深处有什么于心有愧、见不得人的东西吗?不!——有什么见不得人的东西呢?……更为可笑的是:我们互相在掩盖彼此间的亲密关系;现在我们是第一次谈到这一点,仿佛还有些遮遮掩掩。本来光明正大的感情被我们搞得很别扭,很紧张,羞于见人——不能多说一句话——如果害怕这种感情,把它隐藏起来,它就会认为自己是有罪的,这样它倒真的变成有罪的了;其实,欣赏一件什么东西,要是像小偷欣赏赃物那样,关起门来,倾听着周围的动静——这既是对欣赏对象的侮辱,也是对人的一种侮辱。"

"您说的不对。"克鲁齐费尔斯基夫人回答说,声音有些颤抖,"我从没有掩盖我对您的友谊,我也没有这个必要……"

"那么,请告诉我,究竟为什么,"别利托夫抓住她一只手,紧紧地攥着,"为什么我这样的苦恼,怀着满腔的真诚,想一吐为快,倾诉衷肠,表达对一个女人的爱情,可是我却没有勇气走向她,拉着她的手,看着她的眼睛,说呀……说呀……把自己疲惫的脑袋靠在她的胸前……为什么她不能把看到我时,我从她嘴边上看到,但却一直未能讲出口的话说出来呢?"

"因为,"克鲁齐费尔斯基夫人有点绝望地努力回答说,"因为这个女人属于另外一个人,她很爱他……是的,没错!爱得很深。"

别利托夫松开了她的手。

"我未曾料到的正是这样的回答。不过请告诉我,难道为了另外一个人您就非得拒绝一个人的同情吗?好像一个人的爱是有一定限度似的。"

"您的话也许有道理,但我不理解对两个人的爱情。我的丈夫,别的不说,他以其特有的无限的爱,赢得了对我的爱的巨大而神圣的权利。"

"为什么您开始维护起丈夫的权利来了?没有人要侵犯它。何况您维护得也并不高明;不错,如果说他的爱使他赢得了爱您的权利,那么,为什么另外一个人的爱——真诚的、深深的爱——就毫无这种权利呢?这就怪了!……请您听我说,柳博芙·亚历山大罗夫娜,请听听我的肺腑之言,我毕生中的一次肺腑之言,以后我也许什么都不再说了,甚至我会离开此地,只要您愿意。爱您的丈夫,再爱别的人,这种可能您说您不理解;是不理解吗?请您深入到自己的内心深处,看一看那里现在是怎么想的,此时此刻。喏,您说说看,起码这一切您都亲身体验过,反复考虑过吧,因为这一点我了解,我从您的脸上,从您的眼睛中看出了这种心思。"

"哎呀,别利托夫,别利托夫,何必要说这些话呢,为什么要谈这个话题呢?"克鲁齐费尔斯基夫人说,声音里充满了忧愁,"我们本来好好的……以后就不会这样了……等着瞧吧。"

"就是说,我们还没有把事情点破吗?小孩子的把戏!"

别利托夫忧郁地摇摇头,眯起了眼睛;他的脸一分钟前还兴奋不已,表现出无限的柔情,这时忽然露出一副嘲弄人的神情。

女主人眼含泪水,惊恐不安地注视着他……此时此刻,克鲁齐费尔斯基夫人显得分外漂亮;她摘下帽子;乌黑的头发被湿润的晚风吹得披散开来,她脸上每一根线条都活跃了起来,都在倾诉着什么;一双蓝眼睛透射出爱的光芒;她的一只手在发抖,一会儿紧紧地攥着手绢,一会儿又把它放开,抓住帽子上的绦带,胸口时起时伏,心跳明显加快,但好像肺里的空气仍不够用似的。这位高傲的年轻人到底想要她干什么?他想得到一句话,他想得到胜利,好像这句话对他非常必要似的;如果他的心再年轻一些,如果他脑子里那些令人痛苦的奇谈怪论不是那么根深蒂固,说不定他就不会要她说出这句话了。

"您这个人太可怕了。"可怜的克鲁齐费尔斯基夫人终于小声地说了一句,怯生生地看着他。

他顶住了她的这种目光,问道:

"谢苗·伊万诺维奇·克鲁波夫到哪儿去了?他说他很快就会到的。会不会在别的林荫道上等我们呢?我们迎过去看看,不然天就要黑了。"

她连动都没动,沉默片刻,又抬起眼睛看看别利托夫,然后用恳求的音调小声对他说:

"我的地位在您眼中是低人一等的;您忘记了我只是一

个普通的弱女子。"于是她流下了眼泪。

此时此刻,和任何时候一样,女人的钟爱和温暖,最后战胜了男人的高傲与挑剔。别利托夫大为感动,拉起她一只手,按在自己胸口上;她听见了他的心在跳动,感到热泪滴落在她的手上……他这个人高傲、热情,又是那样的善良,那样吸引人……她自己也觉得热血沸腾,脑子里乱哄哄的,心里感到非常舒服,真是百感交集。在一种下意识的冲动中,她投进了他的怀抱,眼泪雨点般地滴落在弗拉基米尔·彼得罗维奇·别利托夫的巴黎花呢坎肩上。差不多就在这个时候,传来了谢苗·伊万诺维奇·克鲁波夫的声音:

"你们在哪儿呀?"他喊道,"在这里吗?"

"在这里。"别利托夫回答道,并且把手伸向柳博芙·亚历山大罗夫娜。

别利托夫陶醉于自己的幸福之中,他沉睡的心灵突然苏醒了过来,充满了活力。一向被压抑的爱情,现在从他身上表露出来了,他感到有一种说不出来的幸福。他好像昨天——来这里的第三天——还不知道他在爱着别人,同时也被别人所爱。从克鲁齐费尔斯基家出来,他又返回到公园,一屁股坐在原先那张长椅上;他的胸口直憋得慌,眼泪唰唰地直往下流;他感到惊讶的是,他身上竟然还保留着这么多的青春和朝气……诚然,没过多久,在喜悦的情绪中就夹杂进来一些令人不快的事情,一些使人无法不大皱其眉的事情;但是回到家里,他便吩咐格里戈里去拿瓶香槟酒和下酒的小菜;

于是他心头的不快便烟消云散，喜悦的心情更加高涨。

克鲁齐费尔斯基夫人的脸色像死人一样苍白，她在自己家门口和别利托夫道了别，跟着他们到门口的还有谢苗·伊万诺维奇·克鲁波夫。对于刚才所发生的事情，她不敢相信，也不敢仔细回忆……但是有一点，不知为什么记得特别清楚，简直刻骨铭心——就是那热烈的、火一般的长吻；她很想把它忘掉，然而它是那样的甜美，世界上的任何东西都不能取代她对这次长吻的回忆。克鲁波夫也要告辞了，克鲁齐费尔斯基夫人闻听吓了一跳；她请他再回到屋里去，她害怕一个人再跨进这个门槛，她怕极了。

他们进了屋子。德米特里·雅科夫列维奇·克鲁齐费尔斯基正坐在桌前一门心思地在读一本什么杂志，其神态看上去比平时要更沉稳、更安详。他朝正走进屋子的两个人宽厚地微微一笑，合上杂志，向妻子伸过手去，问道：

"你们到哪儿玩去了？我等呀，等呀，等你回来，都有点着急了。"

妻子的手冷冰冰的，而且手上有汗，像病人临死前那样。

"我们到公园去了。"克鲁波夫替她回答说。

"你怎么啦？"克鲁齐费尔斯基问道，"你的手怎么这么凉！脸色也很难看。"

"我有点头晕，不用担心，德米特里，我去卧室里，喝点水，一会儿就会好的。"

"等一等,等一等,急什么呀?让我看看,怎么,您忘记我是医生啦……这是怎么搞的?她感觉很不好。德米特里·雅科夫列维奇,您扶她到沙发上去坐,搀着她,搀着胳膊,搀着胳膊……这样,这样;路上我就发现她有点不大对劲儿。春天风头高,血液循环快,冰雪融化蒸发,各种垃圾也都解冻了……要是手边有英国芥末,倒可以和点芥末膏——在手心里,兑上点醋,用黑面包蘸一蘸……你们家的厨娘呢?……去问问我的那个卡尔普,她知道……很简单,就这样……要点芥末……就这样……往两个小腿肚上一敷,要是不行——再在肩下两边有肉的地方敷上一些。"

"我没有病,我没有病。"柳博芙·亚历山大罗夫娜用微弱的声音一再重复说,她已经苏醒过来,全身一直在颤抖,"德米特里,到我跟前来,德米特里……我没有病,把你的手递给我。"

"你怎么啦,你怎么啦,我的天使?"她的丈夫连声问道,他自己好像也要病倒的样子,失声痛哭起来。

她望着他,愁眉苦脸,又有几分怪异,然而她说不出为什么要喊他过来。他再次询问了她。

"给我点水喝,再睡上一会儿,我就会好的,亲爱的。"

两三个小时后,柳博芙·亚历山大罗夫娜躺在床上,处于深度昏睡状态,或者是不省人事;为了别利托夫这一吻,她受到良心的谴责,肉体上又在接受芥末膏的治疗。这刺激实在是太大了,她的身体承受不了。

克鲁波夫和衣躺在客厅的沙发上，他留下来与其说是为了看护病人，还不如说是为了照顾手忙脚乱、失魂落魄的克鲁齐费尔斯基。克鲁波夫对沙发的弹簧大为不满，因为它一点弹性也没有，使他感到像躺在迦太基人把雷古卢斯装进去的那只人桶里一样[①]——可是一刻钟以后，他便鼾声大作地进入了梦乡，真是心中无愧，能吃能睡。

病人的床边桌上放了一盏小油灯，灯光在天花板上映照出一个亮亮的光圈，时大时小，随着灯芯上小小火苗的晃动而不停地变幻。面色苍白、六神无主的克鲁齐费尔斯基坐在放小油灯的桌子旁边。只有经历过在病榻旁彻夜陪伴病人、朋友、兄弟、爱人的人，特别是在我国这样寒冷的冬夜，才能够体会心乱如麻的克鲁齐费尔斯基的心情。茫然无奈，爱莫能助，加上对未来的担心和因失眠与劳累而造成的高度紧张，使他陷入某种烦躁不安的状态。他不停地起来去看看她，摸摸她的额头，发现她的体温降了下来，于是他想，这是不是更糟了，会不会是病转入体内了。他起来把小油灯和药瓶换了个位置，看了看表，又拿到耳边听听，因为没看清楚时间，他又把它放了下来，然后又重新坐到自己的椅子上，开始目不转睛地瞧着天花板上摇曳不定的光圈，思前想后，心猿意马——被激发起的想象力几乎让他到了胡思乱想的地步。"不会，"他想，"这绝不会，绝不可能，喏，绝对不可能；怎么

[①] 传说迦太基市民俘获了罗马统帅雷古卢斯（公元前？—公元前248），把他装入一只里面钉满钉子的大桶里，然后让大桶在地上滚动。

会呢，她是我在世界上唯一的亲人，她这么年轻。我对她的爱苍天可鉴，上帝会对我们大发慈悲的。她这只不过是小灾小病，会很快好起来的；就是受寒了，被潮湿的风吹了；血气上升，正遇上解冻的天气，诚然，春天得伤风感冒是很可怕的，它会引起反复的高烧，肺结核……为什么至今还医治不了肺结核呢？这种病太可怕了！其实，十八岁以前这种病才是可怕的；可是我们法国老师的妻子三十岁就死于肺结核，没错，是死于肺结核；喏，如果……"于是，在他的想象中，客厅里停放着一口被罩着的棺材，耳边传来悲伤的朗读经文的声音，谢苗·伊万诺维奇·克鲁波夫伤心地站在一旁，头上系着白头巾的奶妈怀抱着亚沙。后来，他仿佛看见了更加可怕的景象：棺材已经不见了，屋子已经收拾过，地板擦得干干净净……只不过散发出一种檀香的气味。他站起身来，晕晕乎乎地走到妻子跟前。她的脸烧得通红，呼吸急促，仿佛噩梦一直在困扰着她。克鲁齐费尔斯基双手捂着胸口，伤心地哭了起来……是啊！只要看他一眼，就会明白此人是多么爱她；他跪下来，拉着妻子发烫的手，把它紧紧贴在自己的胸前。

"不，"他大声喊道，"不，上帝不会把她召回去；她不会丢下我不管的；没有她我可怎么活呀？"

他仰望苍天，默默祷告起来。

这时候，谢苗·伊万诺维奇·克鲁波夫睡眼惺忪地走了进来；无论他怎么使劲，让他的左眼睁开，但它就是睁不开。

"怎么，开始说胡话啦？啊？"

"没有，她睡得很踏实。"

"我自己都听见了，老弟；难道是我在做梦不成，是我的一种感觉？"

"想必就是这样，谢苗·伊万诺维奇，是您在梦中的感觉。"德米特里·雅科夫列维奇·克鲁齐费尔斯基回答说，样子就像是一个被当场捉住了的学生。

克鲁波夫走到床边。

"是在发烧，不过，看来不要紧。您躺下睡一会儿吧，德米特里·雅科夫列维奇，喏，您硬撑着也没用。"

"不，我不想睡。"德米特里·雅科夫列维奇回答说。

"随您的便。"克鲁波夫说着，打着哈欠，向凹凸不平的沙发走去。他在这里安安稳稳地一直睡到七点半钟，这是他每天早上要起床的时间——不管是晚上十点睡，还是早上七点睡的觉。

查看过病人，谢苗·伊万诺维奇·克鲁波夫认为，她不过是有点感冒发烧，还说，现在这种病正在流行。

病后情况如何，还是让柳博芙·亚历山大罗夫娜自己来讲吧。下面是我们摘录的几段日记。

五月十八日

很长时间我没有记日记了：有一个多月……一个

多月了！可有时候又觉得，我生病的那天离现在好像已经有好几年了。现在一切似乎都过去了，生活又恢复了平静，安安定定。昨天我第一次走出了家门。我多么高兴能呼吸到新鲜空气呀！天气那么好……然而这场病使我的身体变得虚弱多了；沿着我们房前的小花园我走过两三次，累得我头都有些晕了。把德米特里吓了一跳，不过很快就过去了。天哪！他是多么爱我呀！我可爱的、可爱的德米特里，一直在精心地照料着我！只要我夜间睁开一下眼睛，稍微动弹一下——他立刻就出现在我面前，问我需要什么，想不想喝水……可怜的德米特里，他自己瘦了许多，像生了一场病似的。爱情的力量是多么大呀！这样的人要是不爱，那真得有一副铁石心肠。噢！我爱他，我无法不爱他。公园里的那件事，什么问题也不能说明，其实我当时已经病了，情况特殊，精神处于兴奋状态……昨天我病后第一次看见了他……我听着他的声音，好像是在梦中，但我没看清他的脸。当时他显得非常激动，虽然他一再进行掩饰，但当他对我说"您终于好起来了"时，他的声音在打战。后来他很少说话，一直在想自己的心事；他两次伸手抚摸自己的脑门儿，仿佛想把自己的心事从脑海里抹去，但是每次它又向他重新袭来。不过关于所发生的事，连一丁点儿的暗示都没有，他想必肯定明白，那不过是一时的病态冲动。为什么我不把这一切告诉德米特里呢？那天晚上他那么温情地把手伸给我，我真想一头扑进他的怀里，把一切都告诉他，但是我没有这个勇气，我真是傻透了。不过，德米特里对我那么温柔体贴，这事肯定会使他感到非常痛苦的。过些时候我一定要告诉他。

五月二十日

昨天我和德米特里去了公园，他要坐在那张长椅上，我说我担心河上风大——这长椅使我感到害怕；我觉得坐这长椅对德米特里是个侮辱。这不真的成了可以同时爱两个人了吗？我不明白。不仅同时可以爱两个人，甚至可以爱好几个人——但这不过是在搞文字游戏，说说而已；真正的爱情只能对一个人，而我爱恋的只是我的丈夫。此外，我爱克鲁波夫，而且我不怕承认，别利托夫我也爱；他是个很有个性的人，我不能不爱他。他是能成大事的人，非等闲之辈；从他的眼睛里能看出他是个天才。那种男女之间的爱情，这样的人是不需要的。对他来说女人算什么呢？女人在他那无限广阔的内心世界里会消失得无影无踪……他需要的是另外一种爱。他感到苦恼，深深地感到苦恼；这时候，女人的绵绵友情能够减轻他的这种痛苦，而他总能从我身上找到这种友情,他对这种友情的理解实在是热过了头，他对什么事情都非常热情；此外，他对别人的关心、同情非常不习惯；他一向形单影只，孤身一人，心里难免有许多苦涩和烦恼，现在突然遇到了知音，感到很振奋，这是很自然的。

五月二十三日

　　有时候也希望过上更充实的生活，这时心里莫名其妙地总感到有些惴惴不安。这是不是对命运的不敬，抑或人生来就如此，而我却常常有一种感觉，特别是最近有的时候，非常希望……这一点很难表达出来。我真心地爱德米特里，但有时候我的心又要求某种从他身上找不到的、另外的东西——他是那么温文尔雅，那么温柔体贴，我愿意把我的一切理想、心里种种幼稚的想法都对他讲，然后听他给以评价；他不讽刺嘲笑，不冷言挖苦或者摆出学者架子加以指责，但这还不够；有时会出现完全另外一些要求，我的心在寻找力量，在寻求大胆的思想；为什么德米特里没有这种追求真理、苦苦思考的要求呢？有时候，我向他提出些重大的问题，提出我的怀疑，他总是安抚我、劝慰我，像哄小孩似的哄我……可我需要的完全不是这个……他也用这种哄孩子的办法哄骗自己，而我却不能。

五月二十四日

亚沙病了。连着两天发烧,今天出了疹子;谢苗·伊万诺维奇·克鲁波夫瞒着没告诉我。有话直说,不知要好多少倍;应该控制幻想,不应任其自由发展,因为那样它会杜撰出更可怕、更糟糕的东西。我不敢正眼看亚沙,因为孩子太痛苦了,我真是心如刀割,肝肠寸断。他瘦多了,可怜的孩子,脸色多么苍白!……可是稍微有点好,立刻便笑嘻嘻地要皮球玩。我们珍贵的东西怎么就这样脆弱呢,想想都觉得可怕!比如,狂风过处,飞沙走石,天昏地暗,不管好坏,统统一扫而空,人也被席卷而去,然后一下子将他抛向幸福的顶峰,接着又把他摔下来。人以为自己能主宰这一切,其实,他只是像河里漂浮的一块木片,小小一个旋涡,便能把他卷走,随波逐流,漂到哪儿算哪儿——冲到岸边,流进大海,或是沉入河底……多么无聊和憋气呀!

五月二十六日

亚沙得的是猩红热。德米特里有三个兄弟都是死于猩红热。谢苗·伊万诺维奇·克鲁波夫的情绪很坏,态度粗暴,动不动就发火;他一步也不离开亚沙。我的天哪,我的天哪!为什么要如此惩罚我们呢?德米特里几乎连腿都迈不动了;我给你带来的就是这样的幸福吗?

五月二十七日

时间在静静地流逝,一切如常。是宣判死刑,还是开恩赦免……只求能快点宣布……的身体竟然能经受住这样的折磨,够令人吃惊的了!谢苗·伊万诺维奇·克鲁波夫只是说:等一等,等一等……亚沙,我的天使,别了,……孩子,别了!

五月二十九日

一昼夜半的时间过得比较平稳,危险过去了。但这时必须注意照料。这期间我一直在硬撑着,现在开始感到精神疲惫不堪。我有许多心里话要说。当我能够得到人们正确、深入的理解和同情时,把话说出来多么叫人高兴啊。

六月一日

一切都很顺利……这一次,头上的乌云终于散去了。亚沙在自己的小床上跟我玩了两个小时。他身体是那么虚弱，连腿都站不稳。谢苗·伊万诺维奇是个好人，一个难得的大好人！

六月六日

一切都放心了；亚沙已经好多了，然而我却病了；我的病，我感觉得出来。有时我坐在他的小床边，忽然间心里会莫名其妙地感到一阵忧愁，有种压抑感；这种感觉渐渐地增强，突然变成一种无声的剧烈的疼痛，好像随时就要死去似的。这阵子忙得我根本没时间坐下来好好想一想，我的病，亚沙的病，各种杂事，使我连一分钟自我反思的机会都没有。直到一切都安定下来，情况变得好一些了，一种悲哀、痛苦的声音在呼唤着我，让我窥探一下自己的内心，这时我连自己都不认识自己了。昨天午饭后，我觉得身体不舒服，坐在亚沙旁边，倒在亚沙的小枕头上便睡着了……不知道我是否睡了很久，只是突然感到一阵难受，我睁开了眼睛——别利托夫站在我的面前，而且屋子里没有其他任何人……德米特里去教课了……他看着我，眼里含满泪水；他什么话也没说，把手伸给我，他紧紧握住我的手，握得我手直痛……然后便走了。为什么他什么话都不说呢？……我想喊住他，但我喊不出声来。

六月九日

整个晚上他都在我们家,显得特高兴:讽刺挖苦,说俏皮话,嘻嘻哈哈,闹得挺欢。但我看得出:都是装出来的。我甚至觉得,为了使自己保持这种状态,他喝了许多酒,他心里难受,他在欺骗自己,他非常不开心。难道我不仅没有减轻他的思想负担,反而给他的内心带来了新的烦恼吗?

六月十五日

今天天气闷热,我感到有些不适。午前下了一场暴雨,这倾盆大雨使我感到浑身清爽多了,兴许比花草树木更显得精神。我们动身到公园去;院子里空气好极了:树木湿润清新,散发出一阵阵的清香;我感到轻快多了……我第一次变个方式来回忆那天发生的事:这其中有许多奥妙……难道有什么罪恶能够使人体验到美妙、陶醉和幸福吗?……我们仍然沿同一条小路走着,长椅上坐着一个人,我们从他身边走了过去:这人正是他;我高兴得几乎叫起来。他显得非常苦恼。他所有的话听起来都十分忧郁,充满了苦涩和讥讽的意味。他的话是对的:人们都在自寻烦恼;是啊,如果他是我的同胞兄弟,难道我就不能公开地爱他,告诉德米特里和所有的人吗？……任何人也不会觉得这有什么奇怪。然而他对我来说，就是一位兄弟，这一点，我感觉到了……我们本可以好好地安排我们的生活，安排好我们这个小小的四口之家；看来我们也有这种相互之间的信任，既有爱慕，也有友谊，而我们总在作让步和牺牲，一直不把话点透。我们回家的时候天色已晚；月亮已经升起。别利托夫走在我的身边。这个人的目光有一种莫名其妙的强大的吸引力！德米特里的目光平静而安详，像蓝色的天空，可是他的目光——让人激动，使人心神不定——过后就什么也没有了。

我们很少说话……只是分手时他对我说："这段时间关于您我想了很多……我很想找机会谈一谈，因为我心里有许多的话。"

我说："我也想了很多……别了，亲爱的弗拉基米尔……"我自己也不知道怎么会说出这种话来；我从没有这样称呼过他，但我觉得我不能用别的称呼来叫他。他听见这个称呼后，愣了一下，随即将身子凑近我，现出他偶尔也有的那种温文尔雅的态度，对我说："您是第三个这样叫我的人，这叫声能使我像孩子似的得到很大的安慰,够我高兴两天了。""别了,亲爱的弗拉基米尔,别了。"我又说了一遍。他想要说什么，想了一下，握了握我的手，盯住我看了看，便走了。

六月二十日

我变了许多，自从遇见弗拉基米尔后，我变得成熟起来；他的火一般的热情、好动的天性、闲不住的性格，拨动了我所有的心弦，触及我生活的方方面面。我心里萌发了多少新问题呀！有多少以前我根本不注意的普通日常事情现在我不得不进行思考。许多以前我几乎不敢想的事情，现在也都清楚明白了。当然，往往也不得不放弃一些我一向珍视和爱护的理想，放弃这些理想的时候常常是非常痛苦的，可是放弃之后倒是变得更轻松，更自由了。如果他离开了这里，那我会非常苦恼的。我没有刻意寻找过他，但是事情就这么巧，生活使我们相遇在一起——把我们完全分开已经是不可能了；他在我的内心打开了一个新的世界。你说事情怪不怪，一个人，只身跑了大半个世界，哪里都找不到个安身立命之处，就是这样一个人，突然来到这里，来到一个偏远的小城，竟然博得了一个文化教养不高、生活清苦、与自己的生活圈相去甚远的女人的好感！他爱我也许有点过分——但这难道取决于个人意愿吗？再说了，他受了那么多的冷遇，遭到那么多的白眼，因此，对于任何友好的情意，他都准备千百倍地偿还。我不能让他再过孤独的生活，使他和我形同路人，这样做简直是一种罪过……是的！他没有错：他有爱的权利！

近来德米特里的情绪特别糟糕：总是心事重重，比平时显得有些心不在焉；这是他的性格特点，但是这样发展下去是很可怕的；他这样心事重重使我很有些不安，有时我把事情想得很严重……

六月二十二日

看来，我没有想错。昨天，德米特里日坐愁城，闷闷不乐，我忍不住问他到底怎么啦，"我脑袋痛，"他回答说，"想出去走走。"于是拿起了自己的帽子。"我和你一块去。"我说。"不，亲爱的，今天不行；我走得很快，你会累着的。"然后他含泪而去。他走之后，我忍不住伤心地哭了起来；他回来时我还在窗边原来的地方，他看见我哭了，便忧郁地握了握我的手，坐了下来。我们都没有说话。后来，过了几分钟，他对我说："柳博尼卡，你知道我在想什么吗？我在想，此时此刻，在这温暖如春的夏夜，在一片小树林里，把脑袋枕在你的膝头，一觉睡过去，永远不醒，那该有多好啊。""说什么呀，德米特里，"我对他说，"哪来的这些丧气话；难道这里就没有你舍不得撇下的人吗？""有，"他回答说，"你和亚沙，我就非常舍不得；但谢苗·伊万诺维奇·克鲁波夫说，我只会妨害对亚沙的教育，他这话我也同意，你比我能更好地教育他。再说了，亲爱的，无论是在那里，还是在这里,我都会永远地祝福你们——充满信任和喜悦的祝福——你们肯定能够听见……你会为我感到惋惜,这我知道,亲爱的,你是那样的善良;但你肯定能够找到克服这一打击的力量;这一点你自己也不能不承认。"听着他的话,我心里难受极了;从他的话中我听出了,而且看到了他的情绪很坏,我流下了眼泪。这是怎么回事儿?我开始觉得,我给我们的生活惹下了大祸。可我又觉得我的良心是清白的……难道是因为我对他爱得不深才使他变成这副样子,或是……他已经不像以前那样信任我了,这一点我看得出来。难道在他高尚的心灵中真的有我不愿说出来的感情吗?难道他怀疑我爱上了别人而不再爱他了吗?上帝呀!我怎么跟他说清楚这一点呢?我爱的不是别人,我爱的是他和弗拉基米尔;我对弗拉基米尔的好感完全是另外一回事……奇怪的是,我觉得我们的生活已经平静下来,以后的日子肯定会过得更开心,更充实——可是突然间,脚下凭空裂开了一道沟……只好停留在边缘……真是难受极了……如果我会弹钢琴,而且弹得很好,我肯定会把我难以向人倾诉的心声弹出来,那样德米特里就能够理解我,知道我的心完全是清白的。可怜的德米特里!你为自己无限的爱情吃尽了苦头;我是爱你的,我亲爱的德米特里!如果从一开始我对他什么都说了,那就永远不会发生这样的事;是什么邪恶的力量不让我这样做呢？等他一冷静下来，我就跟他谈，把事情都告诉他……

六月二十三日

我觉得谢苗·伊万诺维奇·克鲁波夫对我的态度也变了；我究竟怎么啦？……我什么都不明白——我什么也没做，什么事情也没有发生。德米特里的情绪今天好一些，我跟他谈了许多，但不是全部，有时候我觉得他好像能够理解我，但过一会儿我清楚地看到我们对生活的看法完全不同。我开始想，德米特里以前就不完全了解我，也没有真正同情过我——这个想法太可怕了！

六月二十四日

晚上，已经是很晚了。生活啊！生活！在茫茫的愁云惨雾中，在病态的预感和真正的痛苦中，突然之间，太阳出来了，于是一切都变得光明和美好了。弗拉基米尔刚刚离开，我和他谈了很久……他同样是忧心忡忡，苦不堪言，我太能够理解他的每一句话了！为什么周围的人要另眼看待我们彼此间的好感并对它加以破坏呢？他们为什么要这样做呢？

六月二十五日

昨天是伊万节。德米特里在一位老师家里参加了命名日。他回来时已经很晚了,而且喝得醉醺醺的;以前我从未看到过他这副样子,他面色苍白,头发蓬乱,在卧室里摇摇晃晃地走来走去。"你是不是不舒服,亲爱的?"我说,"要不要给你倒点水喝?""好啊,"说话时他气得都快喘不过气来了,脸上的表情和他的性格也完全不一样,"要是你倒的水能够把我淹死的话,我倒真的要谢谢你了。"我直视着他的眼睛,他有些局促不安起来。"看在上帝的分儿上,千万别听我胡说八道,"他说,想必是我的目光把他吓了一大跳,"我自己都不知道怎么会多喝了一杯,因此头脑有些发热,说起胡话来了……再见,亲爱的,我要在这里休息一会儿。"于是他衣服也没脱就倒头在沙发上,很快就完全睡着了。我整夜都没有合眼;他睡着后脸上流露出深深的痛苦,间或他也露出一丝微笑,但这微笑绝不是他的……不,德米特里,你别想骗我!你不是偶然多喝了一杯,你的话也不是胡言乱语,酒不过是帮助你下了狠心;这种狠心是你性格中根本就没有的。天哪,这真是祸从天降!它超过了人力之所为!可怜的德米特里,真是苦了你了!我眼见他吞声饮泣,痛不欲生,而且明知这都是我给他造成的!

三小时后

我还不能把事情理得井井有条,我心里乱极了,就像暴风雨过后浪花不能立刻平静下来一样。血液一个劲儿地往太阳穴上涌,心跳得很厉害,我只好用手捂着胸口——德米特里呀!你如此小看我,你就不觉得自己有错吗?!瞧你这可怜的样子,为这事你可吃了不少苦头!该给他减轻些痛苦了,一定要为他解忧!……哎呀,我头晕得厉害,而且正在发烧!是又得寒热病了吗?我对德米特里说了,我要求他解释他闷闷不乐和一系列言谈举止的原因,不错,他已对我不信任了,他永远都理解不了我身上所发生的变化。这太可怕了,因为我什么也改变不了……一切都显得烟雾茫茫,我的心在颤抖,在疼痛;为什么我要遇见弗拉基米尔呢?

六月二十六日

人们的思想是多么奇怪和混乱啊!有时候,想来想去,却拿不准是该生气呢,还是应该开怀大笑。今天我脑子里萌生一个念头:最忘我的爱,即最大的自私;最大的谦恭与温顺,即最可怕的傲慢,是被掩盖着的冷酷。我自己对这种想法也感到非常害怕,就跟小时候我因为不爱格拉菲拉·利沃夫娜和阿列克谢·阿布拉莫维奇而感到自己有罪,认为自己是个畸形儿那样感到害怕;为了摆脱自己的这种想法,我该怎么办呢?为什么要摆脱呢?我已经不是三岁小孩了。德米特里并没有怪我,也没有指责我,对我什么要求都没有;他变得更温存更体贴了。还要怎样呢!可是从这"还要"之中明显可以感觉到,这一切都是不自然的,不是那么回事儿;对我来说,这中间包含着那么多的傲慢和屈辱,距理解相去太远了。他是很痛苦,但关于那个为了爱情而服毒自杀的女人又能说些什么呢?是啊,我的天哪,难道这是我所希望的吗!我跟他说话比别的女人跟他说话要更坦诚一些;他想必是作了让步,但与此同时,他内心里却正在聚积一些完全不同的东西,而且他无法控制它们。

六月二十七日

他忧心忡忡,表现出一筹莫展、走投无路的样子,自打那次令人伤心的谈话后,有几天我的心情稍微有些好转。但现在却不同了,我不知道我该怎么办,我疲惫极了。把一个温文尔雅的人搞得焦头烂额,束手无策,需要下多大的功夫呀——但是我做到了,我不会再维持这种爱情了。他不再相信我的爱情表白,他正在毁灭自己。还不如我现在死了的好……就是现在,马上!

我开始瞧不起自己了;没错儿,最可恶、最令人无法理解的是,我的良心没有不安;我给我所爱的、把自己全部生命都献给我的人带来了可怕的打击,而我却认为只有我一个人不幸,我觉得,要是我知道自己有罪,兴许我会感到轻松一些——噢,那时我会扑倒在他的脚下,抱住他的双腿,表示追悔莫及,也许这样就能把事情摆平了;我的忏悔会清除我内心的一切污点;他是那样的温柔善良,与人无忤,肯定会原谅我,不使我为难;这样,虽然我们彼此经受了一番痛苦,最后肯定会感到更加幸福。可是哪儿来的这该死的自尊心,使我不能从内心进行忏悔呢?我多么想现在独自待在一个遥远的地方——身边只带着亚沙,我漫步在异地的陌生人中间,身体渐渐恢复过来……德米特里,你的内心里是没有和解的余地的;啊,亲爱的,只要你能够,而且希望了解我,我愿将自己的一腔热血,直至最后一滴,统统献出来;这样你肯定会觉得很好!你由于自己的冲动、不理解而作出了牺牲,我跟着你也跌进了这万丈深渊;我跟着你,因为我爱你,因为有一种神秘的力量要我和你同归于尽。有时我觉得,和弗拉基米尔说上两三句话就能使我感到轻松一些,因此我害怕寻找和他见面的机会。人言可畏呀!他们已经使我感到了恐惧,已经玷污了高尚的、光明磊落的感情。随便他们说吧!谢苗·伊万诺维奇·克鲁波夫已经委婉地对我进行过说教……啊,心地善良的谢苗·伊万诺维奇!我真为他感到惋惜;什么都不懂,却大讲母亲的神圣职责……难道他就没想过有时我也考虑过这一点吗?……人们的同情比他们的冷漠更带有侮辱性……友谊总认为将朋友捆在耻辱柱上是自己最好的权利……然后再要求对方接受自己的劝告……从不问对方对劝告的内容是否赞成……啊,这一切是多么微不足道呀!哎呀,真让人透不过气来,就像被关在一间小屋里,窗户紧闭,苍蝇嗡嗡地在飞!……

如果别利托夫没有来到 NN 市,德米特里·雅科夫列维奇一家人还会幸幸福福、安安静静地过上许多年,这是理所当然的事——但这并不是什么令人安慰的事;当走过一座被烧毁的房屋,面对断井颓垣、一片焦土和残破的烟囱,我有时会想:要是没有火星引燃,酿不成大火,这座房屋肯定还能够使用多年,里面可能会大摆筵席,欢声笑语,但是现在——残垣断壁,一片狼藉。

我的故事实际上已经讲完了;我可以就此打住,让读者去判断:谁之罪?——但是我觉得还有几个细节相当有意思;现在我们就来一起看看。先看看这位可怜的克鲁齐费尔斯基。

妻子病好后不久,克鲁齐费尔斯基就发现她有什么重要的心事;她老是发呆,焦躁不安……她脸上有一种比平时更傲气、更坚决的表情。克鲁齐费尔斯基在脑子里找过各种各样的解释——异想天开的,胡思乱想的,都有;对于这些想法,他在内心只不过是一笑置之;但是它们却反复出现,挥之不去。

有一次,她和亚沙在家里坐着;前厅忽然传来了敲门声,有人在问:"在家吗?"克鲁齐费尔斯基说:"是别利托夫。"他抬起眼睛,看见柳博芙·亚历山大罗夫娜脸上现出一丝红晕,目光里透出欣喜;但这欣喜的目光好像并不是投向他克鲁齐费尔斯基的。他不觉为之一震,便不再说话了。他清楚地知道妻子跟别利托夫非常要好,因此对于后者来访,他丝毫不感到惊奇,但是她的目光,她脸上出现的红晕,可就有点不同了!"难道?"他心里想,并重又把以前发生的事情回顾了一遍。别利托夫在逗亚沙玩;但他盯住孩子母亲的是什么目光呀——满腔热忱,温情脉脉!只有瞎了眼的人才看不出这目光所包含的爱情——火热乃至幸福美满的爱情。她站在那里,垂下眼睛,双手稍微有些颤抖,看来她感到非常惬意。克鲁齐费尔斯基说了几句话后便到另一个房间去了。"难道这是真的吗?"他惊魂未定地反问自己;这时他脑子里是一片混沌,耳朵嗡嗡直响,于是他赶紧坐到了床上;大约有五分钟的时间,他什么都没有想,只觉得麻木难受,旋即他又从房间里走了出来;这时他们两人正谈得非常投机,十分亲切,他觉得他们两个根本不需要他。他开始在屋子里走来走去,回想起各种各样的生活琐事,这些琐事当时几乎都未曾留意，但是现在却都变成了证明，成了真凭实据。别利托夫走的时候，她去送他；她冲他微微一笑，但这是怎样深情的微笑啊！"没错，她爱上他了。"想到这里，克鲁齐费尔斯基被吓了一跳，他急忙打消这个念头，但是它顽固得很，总是浮现出来；他感到万念俱灰，极度地绝望。"果不其然，我的预感应验了！我该怎么办呢？你，你，你都不爱我了！"于是他抓住头发，咬紧嘴唇，突然，他柔情似水的内心产生出一种可怕的愤怒、嫉妒的情绪，他要进行报复，而且他竭力把这种情绪掩盖起来。夜幕降临，他真想大哭一场，但是没有眼泪；有一会儿他刚要蒙蒙眬眬睡去，但立刻又醒了过来，出了一身冷汗；他梦见别利托夫正拉着柳博芙·亚历山大罗夫娜的手，目光里充满了恩爱的情意；她款款而行；他知道事情已经无可挽回了——后来他又梦见了别利托夫，这次是她在向他微笑，这简直太可怕了；他干脆起床不睡了。外面天色已经发亮；她还在熟睡，脸上表情非常安详；一个人睡着后，其面部表情有时候有一种异常动人的美；此时此刻，柳博芙·亚历山大罗夫娜的神态的确就是这样；这时她嘴角上忽然露出了笑容。"她梦见了别利托夫。"克鲁齐费尔斯基心里想。他望着她，满腔的愤恨与恼怒，一齐涌上心头，要不是我们这个时代有崇尚和平的习惯，他肯定会把她掐死的，而且干得绝不比那个威尼斯摩尔人[1]差；可是在我们这里，

---

[1] 指莎士比亚的悲剧《奥赛罗》中主人公奥赛罗。

悲剧的最后结局一般都不那么急转直下。"她是怎样回报这种无限的爱呢?啊,我的天哪,我的天哪!——是怎样回报这种爱的呢?!"他反复地说着,似乎想要摆脱自己的这个念头和这种可怕诱惑;他走到小床边——亚沙四肢伸开,一只小手放在脸上,睡得非常香甜。"你很快就会成为孤儿的。"德米特里·雅科夫列维奇·克鲁齐费尔斯基站在孩子跟前时心里想,"可怜的亚沙!……我不再是你父亲了,可怜的孩子,这一点我无法忍受,我也不愿意忍受!我要把你托付给收养孤儿的人……他和她的情况是多么相似呀!"他哭了起来:眼泪,祷告和熟睡中的亚沙的安详神态,在一定程度上缓解了当事人的痛苦心情;在他那有所软化的内心里涌现出一些跟前面完全不同的想法。"我责怪她对吗?难道是她成心要爱他的吗?而且他……我自己就差一点爱上了他……"于是,我们这位狂热的幻想家,刚刚还是醋意大发、决意要进行报复的丈夫,突然决定要忍辱负重、三缄其口了。"只要她幸福就好,只要她知道我对她的一片痴情就行,我只希望能够看到她,知道她还存在;我情愿做她的兄弟,做她的朋友!"他激动不已,于是哭了起来;当他决定采取这一壮举——作出最大的个人牺牲——后,他的心情立刻便觉得轻松一些,而且他聊以自慰的是:他的这种牺牲肯定会使她大受感动;但这只是他不得已而为之的一时的想法,因为不到两个礼拜,他精神上便不堪重负,终于被压垮了。

我们不想责怪他,因为大部分诸如此类完全不符合人的本性、违反自然的崇高行为和自我牺牲精神,往往只是一种幻想,实际上是做不到的。没过几天他就坚持不住了;但第一个削弱他的英雄主义精神的思想,是很无情、很狭隘的:"她以为我什么都看不出来,她在耍滑头,在装模作样。"他这是在指谁呢?指那个他应该了解但却未能了解的,曾经那么被他钟爱、那么被他尊重的女人。后来,闷在心里的苦恼情绪开始表现在言谈上了,因为把话说出来可以减轻一点痛苦,这样就必须进行一些解释;解释时,克鲁齐费尔斯基又不善于适可而止,而柳博芙·亚历山大罗夫娜也不想多置一词。和她谈过话后,他的心情非常沉重;他避免跟她直接见面,尽管他们两个人过去在隐居式的生活中,几乎总是厮守在一起。他试图多做点研究工作,多读些书,但是研究不下去,书也读不进去,或者眼睛看着书,思想早开了小差,回忆起过去美好的情景了;这时他的眼泪往往夺眶而出,吧嗒吧嗒地滴落在面前的学术论文上。他心里有一种失落感,这种感觉仿佛每时每刻都在扩大;这样生活下去是不行的。他开始懒散起来。我们在她的日记中已经看到伊万节那天晚上,他在自己学校的同事梅杜津家里喝醉后回到家里的样子了。

另外,为了稍事休息,避开这令人紧张的是非之地,我们还是去听听梅杜津家的学术座谈吧,为此,我们得先认识一下这位可敬的主人,不然我们便无法出席这次座谈。认识这位梅杜津先生是件很愉快的事,因此我们专门为他辟了新的一章。

六

伊万·阿法纳西耶维奇·梅杜津是一位拉丁文教师和私立学校的校长，人非常之好。从外表上看，他完全不像墨杜萨①——因为他是个秃顶；从内里看，他也不像墨杜萨，因为他肚子里装的并不是毒液，而是美酒。人们在神学院叫他梅杜津，那是因为，第一，总得有个称呼；第二，这位未来学者以前的头发乱蓬蓬的，而且又粗又硬，简直跟铁丝一样，但是岁月不饶人，他满头的浓发已被"一扫而光"。伊万·阿法纳西耶维奇除了从神学院得到一个具有神话意味的雅号外，还接受了扎扎实实的教育；这种教育通常是神学院学生们毕生都离不开的，而且在他们身上留下了独特的印记，不管他

---

①希腊神话中海神福耳库斯和刻托的三个女儿中最小的一个。据说墨杜萨原是一名美女，因触犯了雅典娜，头发变成了毒蛇，面貌也无比丑陋，谁要看她一眼，就会变成石头，后来被英雄珀耳修斯杀死，割下她的头，送给雅典娜，钉在神盾上，作为饰物。

们穿什么衣服,你们一眼便能看出他们是神学院出来的学生。梅杜津身上没有贵族特有的生活习惯:他从不对学生们称您,也从不在谈话中夹进一些上流社会很少使用的字眼。伊万·阿法纳西耶维奇五十岁左右,起初他在各种不同的家庭里当过教师,最后自己着手办了一所私立学校。他有一位朋友,也是从神学院出来的教师,名叫卡费尔纳乌姆斯基,此人从生下来起就爱出汗,零下三十度还不住地擦汗,零上三十度时他干脆是挥汗如雨;有一次,他在班上遇见了伊万·阿法纳西耶维奇,故意当着大家的面对他说:

"伊万·阿法纳西耶维奇,要是我没记错的话,好像您的命名日快到了。当然我们要庆祝一番了,今年怎么样,还是照老样子热闹热闹?"

"到时候再说吧,尊敬的先生,到时候再说。"伊万·阿法纳西耶维奇在家事的管理上还没有走上正轨。十五年来他从未离开过 NN 市,但看上去好像他昨天刚迁过来一样,什么都还没有来得及整顿。如果说这是因为他不喜欢轻举妄动,还不如说是他完全不了解具体情况,而这对于一个只关心社交生活的人来说,是非常需要知道的。举办舞会前,他察看了自己的家当;原来他有六个茶杯,其中两个已经变成了缸子,因为茶杯上唯一的一个把手已经被打碎,而且总共只有三个茶碟儿;有一只茶炊,几只在桌上放不稳的碟子,它们是厨娘买来的残次品;还有两只高脚杯——梅杜津谦逊地称它们为"自己的伏特加酒杯";三根被烟油子堵住了的烟袋杆——想必是为了防止它们两头通风；这就是他的全部器具。可是他邀请了全校的老师，怎么办呢？他想了很久，最后决定把厨娘佩拉盖娅叫来(请注意：他从不随便叫她帕拉盖娅，而是正儿八经地叫她佩拉盖娅；就像他只说"礼拜四"和"礼拜五"，而不说软绵绵的"星期四"和"星期五"一样)。

佩拉盖娅曾是一位勇敢军人的妻子，她丈夫在婚礼后一个星期便参加了警卫队，从此杳无音信，一直没有回来。这样，佩拉盖娅的寡妇地位不尴不尬，难以确定，总怀疑她的丈夫是不是还活着。我有上千条的理由认为：这位又高又胖、系着头巾、脸上长了许多疣、眉毛乌黑的佩拉盖娅，不仅掌握着厨房的大权，而且还控制着梅杜津的心。但是我不能对你们说出来，因为对于我来说，个人生活隐私是神圣不可侵犯的。佩拉盖娅被叫来了。他向她说明了自己的困难处境。

"我说您这个人也真够滑头的了，"佩拉盖娅回答说，"哪像个什么读书人！愿上帝能饶恕我，您怎么像小孩子一样的不懂事，一下子请了那么多人，平时洗衣服十个戈比都舍不得花！事到临头，现在我们该怎么办呢？真够丢人现眼的了。"

"佩拉盖娅！"梅杜津大声喊道，"别以为我软弱可欺，我请朋友们来庆祝命名日，我想办就一定要办，用不着一个女人家出来说三道四。"

西塞罗①的影响尽人皆知，但佩拉盖娅一听说要大操大办便激动了起来，未曾考虑西塞罗的雄辩术。

"当然，我会闭上嘴的；这是您的事，哪怕您往窗外丢钱，只要您觉得plaisir②就行。给我五十个卢布，一切都由我来办，酒水除外。"

佩拉盖娅很清楚梅杜津不爱听她这些话，所以她说完后，做出很深沉自尊的样子，一只手撑着另一条胳膊，被撑起的那只手托着腮帮子，静观自己的话会不会发生作用。

"这点破事儿张口就要五十个卢布！你可真敢要啊，太过分了吧，是不是？五十个卢布，还不包括酒水！简直胡说八道！你这个傻婆娘！什么主意都想不出来！你还是到约翰尼基神甫那里去一趟，请他二十四日到家里来一趟，跟他借一下那天晚上要用的餐具。"

"那还不如挨门挨户去借呢！"

"佩拉盖娅！你知道这家伙的厉害吗？"梅杜津问道，指了指屋角一根带节的手杖。

佩拉盖娅一见这根熟悉的手杖，赶紧走进厨房，穿上外套，系上丝巾，然后嘴里嘟嘟囔囔地到约翰尼基神甫家去了；而梅杜津则坐在书桌前，苦苦想了一个多小时；后来突然"假

---

①西塞罗（公元前106—公元前43），古罗马政治活动家和著名演说家，力主共和制；留下来的著作有五十八篇辩护词、演说词和十九篇有关雄辩术、政治、哲学方面的论述及八百多封书信。
②法文，意为"高兴"。

他人之手"①,抓起一张纸,一挥而就——要是您以为他是在为《埃涅阿斯纪》②或是在为欧特罗庇厄斯③的《罗马简史》作注释,那可就错了。请看他写些什么:

一、俄语语法和逻辑学……………………使用很多
二、历史和地理………………………………使用还可以
三、纯粹数学…………………………………不好
四、法文………………………………………葡萄酒多了
五、德文………………………………………啤酒太多
六、美术与书法………………………………只要露酒
七、希腊文④…………………………………仍在使用

除了这些人类学性质的条目,伊万·阿法纳西耶维奇还列了一个和它们相应的图表:

桑托林葡萄酒一桶……………………………十六卢布
露酒半桶………………………………………八卢布
啤酒半桶………………………………………四卢布

---

① 指在果戈理的《死魂灵》的影响下当时流行的一种故弄玄虚、假装斯文的时尚,如明明是吐唾沫,不说"吐唾沫"而说"用一下手绢";明明是自己动手写,不说"自己动手写",而说"假他人之手"。
②《埃涅阿斯纪》,古罗马诗人维吉尔(公元前70—公元前19)的大型叙事诗。
③ 欧特罗庇厄斯(?—399),东罗马帝国历史学家,著有《罗马简史》。
④ 原来我写的是"神甫教师",书刊检查部门将它改成"希腊文"。——赫尔岑注

蜂蜜两瓶……………………………五十戈比

苏达克酒十瓶………………………十卢布

牙买加甜酒三瓶……………………四卢布

甜伏特加酒一俄升…………………二点五卢布

———————

共计四十五卢布

梅杜津对自己的预算很满意：既不太贵，又够大家喝。末了，他又拿出一大笔钱，购买做炸馅饼用的鱼干、火腿肉、鱼子酱、柠檬、鲱鱼、烟草和薄荷味的甜饼干——这最后的一项开支，已经不是出于必要，而是在讲排场了。

客人们六点多钟就到了。九点钟，卡费尔纳乌姆斯基已经是满头大汗；十点，地理教师跟法文教师谈论起后者老婆死的时候的情况，笑得前仰后合，他实在不明白这位可敬夫人死去时有什么可笑的——但最令人瞩目的是连这位法国人——悲痛欲绝的鳏夫——望着地理老师，也大笑不止，其实他只喝了一种酒——葡萄酒。梅杜津亲自出马，在客人们面前以身作则：他不停地喝，凡是佩拉盖娅送上来的——露酒、啤酒、伏特加、桑托林葡萄酒，他都照喝不误，甚至总共只有两瓶的蜂蜜他也喝了一杯；受主人鼓舞的客人们也不甘落后；只有克鲁齐费尔斯基是主人的特邀嘉宾，因为他在市里学界的地位最高——只有他一个人没有参与这种胡闹：他坐在屋角，一直在抽烟。主人锐利的目光终于注意到了他。

"德米特里·雅科夫列维奇,您怎么样,喝杯带柠檬汁的露酒吧?……喏,说真的,您闷头坐在一边,一点不喝,这样会影响别人喝的。"

"您知道,伊万·阿法纳西耶维奇,我一向不喝酒。"

"这种无稽之谈,亲爱的,我连听都不愿听,什么不喝、不喝,应该和朋友们一起开怀畅饮,亲切交谈,对了……佩拉盖娅,拿杯露酒来,要劲儿大一点的。"

后面这句话,想必主人是故意说给克鲁齐费尔斯基听的,因为他知道后者是滴酒不沾的。

佩拉盖娅拿来一杯基兹利亚尔烈性葡萄酒①,杯里确实悬浮着一片柠檬,肯定还暗中兑了几勺开水。克鲁齐费尔斯基拿起杯子,想趁主人不备,找机会把四分之三的酒倒到窗外去。但这事并不那么容易,因为梅杜津找了个替他玩牌的人,自己坐守在克鲁齐费尔斯基身边。

"听着,德米特里·雅科夫列维奇,老实对你说,真得好好谢谢你,诚心诚意地谢谢你,否则,像你这样的年纪,又要闭门在家,把自己锁在屋里了;当然,你家里有一位年轻的女主人,但也应该出来看看外面的世界呀。喏,德米特里·雅科夫列维奇,为此,让我来亲你一下。"于是,不等克鲁齐费尔斯基同意,也不管自己身上散发出那股像小酒店门口散发出的扑面的酒气,他那双厚嘴唇着着实实在克鲁齐

---

① 一种产于俄罗斯达吉斯坦自治共和国捷列克河三角洲基兹利亚尔市的葡萄酒。

费尔斯基的脸上留下一个清晰可见的印记。紧接着，二话不说，大汗淋漓的卡费尔纳乌姆斯基也过来拥抱一下德米特里·雅科夫列维奇。克鲁齐费尔斯基想把自己脸上的汗擦干，但按照自己青年时期所受的教育，又不愿意使朋友太过难堪，便走到屋角，才掏出了手绢。背对他站在那里的是那位悲痛欲绝的鳏夫——法文教师，还有那个叫古斯塔夫·伊万诺维奇的德文教师，后者此时喝啤酒喝得连指尖都红了，同时还在抽着一只饰有羽毛的烟斗。他们几个人都没有看见克鲁齐费尔斯基，继续在小声交谈着。不用说，克鲁齐费尔斯基也根本无意去偷听他们在说些什么，但是从他们的交谈中他清楚听见了别利托夫和他克鲁齐费尔斯基的名字，这使他不禁为之一震，而且本能地侧耳细听起来。

"这是个老问题了，"法国人说，不知为什么，他把俄国所有的字母念得一点抑扬顿挫的感觉都没有了，"如果说亚当没有戴绿帽子的话，那是因为伊甸园里他是唯一的男人。"

"说得对，"古斯塔夫·伊万诺维奇回答说，"太对了！这个别利托夫呀，跟唐璜①一模一样。"过了一分钟，他放声大笑起来，在这一分钟时间里，按照德国人的习惯，古斯塔夫·伊万诺维奇把法国教师关于亚当的那段话细细琢磨了一番，终于弄清了它的含义，于是才放声大笑起来，同时从烟

---

① 唐璜，欧洲中世纪传说中一个放荡不羁的骑士形象，他不承认道德、宗教的准则；后来成了许多作家笔下的典型人物，莫里哀、霍夫曼、拜伦、普希金等都描写过他。

斗的嘴子里抽出那根被他的德国牙齿咬得面目全非的羽毛,志得意满地说:"Ich habe die pointe,sehr gut!"①

不过这些话对古斯塔夫·伊万诺维奇的影响还没有什么,但是对于那个几乎从未听到过的人,即克鲁齐费尔斯基,影响可就大了。这两个名字联系在一起,究竟意味着什么呢?怎么会这样呢?难道那个他仅仅有所怀疑,连自己都不愿承认的可怕的秘密,已经成了人们街谈巷议的传闻了吗?他们谈的是这件事吗?当然,他们是谈了——喏,他们现在还站在那里,古斯塔夫·伊万诺维奇还在继续哈哈大笑……克鲁齐费尔斯基感到他胸中有什么东西被揪住了,只觉得满腔热血都沸腾起来,而且越升越高,很快就要从嘴里喷射出来……他感到天旋地转,两眼直冒金星;他害怕和别人的目光相遇,担心自己跌倒在地上——于是他扶着墙壁……突然,什么人的一只手使劲抓住他的袖子,他吓得一哆嗦;"又怎么啦?"他心里想。

"不,亲爱的德米特里·雅科夫列维奇,老实正直的人是不能够这样做的。"伊万·阿法纳西耶维奇说,他一手抓住克鲁齐费尔斯基的袖子,另一只手举着一杯果酒。"不行,老朋友,你躲在一边,还以为自己做得很对。我这里有一条规矩:举不举杯子由你,但是一旦你举起来,就必须得喝。"

克鲁齐费尔斯基看了又看,听了又听——就跟古斯塔

---

①德文,意为"我知道问题在哪儿了,很好!"

夫·伊万诺维奇琢磨法文教师那句话似的——最后才模模糊糊明白了是什么意思；他接过杯子，一饮而尽，哈哈大笑起来。

"我就喜欢这样，好样的！怎么样？可你还说——不会喝，真是滑头！喏，德米特里·雅科夫列维奇，米佳①，再喝一小杯……佩拉盖娅，"梅杜津补充说，一面伸手（彬彬有礼地）取出克鲁齐费尔斯基杯子里那块柠檬，"再来一杯果酒，劲大一点的……敢喝吗？"

"行！"

"好哇，好极了！"

梅杜津没有吻克鲁齐费尔斯基，只因为他嘴里正在嚼一片柠檬，他连皮带核一起将它吃下，还摆出一副解释的姿态："基础打好了，酸的东西也很不错。"

果酒拿来了，克鲁齐费尔斯基像喝水似的，一饮而尽。没有人注意他的脸色已经像蜡一样的白，发青的嘴唇一直在哆嗦，也许是因为客人们也觉得整个地球都在颤动。

这时候大家开始赌牌游戏，不知疲倦的佩拉盖娅用托盘把酒瓶和高脚杯送到小桌上，然后又端来一碟鲱鱼，上面放了些洋葱。鲱鱼虽然被切成数段，其实并没有剔除鱼的脊骨和肋骨，所以它们看上去特别整齐，很有意思。游戏的输赢虽小，最后却闹得大家互相指责，破口大骂，而这些人却

---

①德米特里的小名。

一直是在一起玩牌的。梅杜津是赢家,心情自然是最好的了。

"行了,行了!"他喊道,"托上帝的福,我们最好还是去喝坎塔弗列思吧。"

伊万·阿法纳西耶维奇经常把果酒叫坎塔弗列思,什么原因——不知道,但我想,在拉丁文方面总是有确切出处的。

客人们入席就座。

"德米特里·雅科夫列维奇!想必你也不会拒绝喝坎塔弗列思酒吧?"

"好,就来点坎塔弗列思吧。"克鲁齐费尔斯基回答说,将一大杯浸泡过各种草药的烈性酒一饮而尽。据轻信的人们说,这种酒气味虽然难闻,但对肠胃颇有好处。

客人们的高兴劲儿就别提了;不过佩拉盖娅又端上了用鱼干做的,跟神话里说的那样大的油炸馅饼……其实,我认为,我们都相当清楚伯沙撒狂宴①的情形,梅杜津就是用这种方式庆祝自己的命名日的,因此我认为没有必要再接着描写下去了,我可以向读者保证,庆祝活动的宗旨和基调跟伯沙撒狂宴如出一辙。

第二天,克鲁齐费尔斯基和柳博芙·亚历山大罗夫娜进行了一次长谈;她在他的眼睛里是那样的高,那样不可企

---

①伯沙撒,巴比伦最后一个皇帝那波尼德之子,伯沙撒狂宴即灭亡前的狂宴。据《圣经》传说,波斯军进攻巴比伦,巴比伦王伯沙撒败退入城,以为可以高枕无忧,但在他狂宴的时候,敌军攻入,将他杀死。

及;他能够理解她,珍视她……但他们之间好像缺少点什么东西;一个可怕的念头——"人们都在谈论此事"——又让他感到自惭形秽,无地自容。其实,关于这件事,他对她一个字都没提,他觉得很难跟她启齿,于是便急忙跑到学校去;到了学校,别的老师还没有下课,他就站在教员休息室的窗口等着。他心平气和地从这个窗口向外眺望——难道这是很久以前的事吗?他那么急着回家,享受人类最大的幸福——难道是很遥远的事吗?突然,一切全都变了:他希望逃离家庭……不过她的威严和力量又使他受到很大的压抑;他明白,她内心的痛苦不比他小,但是由于爱他,她一直在掩盖自己这些痛苦……"由于爱我!难道她爱我吗?难道能够爱一根横在幸福之路上的木头吗?……为什么我没有把我所知道的一切都掩盖起来呢;要是我能够小心谨慎一些,也许她就不会这样痛苦了,而我是竭尽全力,想让她幸福的呀;可是现在怎么办呢?逃跑,出走——往哪儿去呀?……"

……

阿涅姆波季斯特·卡费尔纳乌姆斯基喊住了他。看上去卡费尔纳乌姆斯基还没有从昨天晚上的庆祝活动中恢复过来,他两眼发红,眼泡浮肿,像冬季寒日的月亮,脸上和鼻子上有些紫色斑点。

"怎么样,亲爱的,"卡费尔纳乌姆斯基说,一面擦脸上的汗水,"受得了吗?"

克鲁齐费尔斯基没有吭声。

"我自己也是在勉强地活着。

你见过航船的残骸吗?
见过又如何?
它就是我现在的生活……

梅杜津是什么东西?是一条老狗,昨晚叫得多么凶!您怎么样,德米特里·雅科夫列维奇,恢复过来了吗?也算以毒攻毒啊……"

"怎么,你恢复得还好吧?"

"您看我怎么样;显然您还是个新手!走,到我那里去。我住的离这儿不远——

为了罗姆酒和阿拉克酒,
请到寒舍一叙。①

克鲁齐费尔斯基到卡费尔纳乌姆斯基家去了,为什么?他自己也不知道。卡费尔纳乌姆斯基没有让他喝罗姆酒和阿拉克酒,而是给他倒了一杯白酒,拿出些酸黄瓜。克鲁齐费尔斯基喝下后,惊奇地发现,他心里确实好受多了,不用说,

---

① 这是俄国诗人达维多夫(1784—1839)一八〇四年写的《致布尔佐夫》一诗中的两句,上句"为了罗姆酒和阿拉克酒"的原诗为"为了上帝和阿拉克酒",书刊检查部门把"上帝"一词改成了"罗姆酒"。

这一发现来得也再巧不过了,因为当时正是他痛心疾首、走投无路的时候。

…………

十点刚过不久,谢苗·伊万诺维奇·克鲁波夫来到"凯莱斯堡"旅馆的小客厅,他不停地走来走去,脸上表现出心事很重、很生气的样子。五分钟后,别利托夫的房间打开了,格里戈里走了出来,一手拿着刷子,另一只手拿一件大衣。

"怎么,还在睡觉吗?"

"已经醒了。"格里戈里回答说。

"告诉他,我有事要找他。"

"谢苗·伊万诺维奇!"别利托夫喊道,"谢苗·伊万诺维奇,快请进来!"说着他已经出现在门口。

"您能不能给我半个钟头的时间?"克鲁波夫问道。

"一整天都行!"别利托夫回答说。

"我是不是打扰您了?您好像每天上午都要研究政治经济学的,是不是?"

老人毫不掩饰自己问话时嘲弄的语气。

"看来您老今天很早就起床了,只是起得匆忙了些。"别利托夫说,对于老人的牢骚抱怨,他在态度上尽量表现得非常谦和。

"匆忙不匆忙,是我自己的事。"

"那就请吧。"别利托夫说着,用手指了指门口。

克鲁波夫一声不吭地走了进去。

"弗拉基米尔·彼得罗维奇!"克鲁波夫开始说,不管他怎样希望保持冷静、镇定的态度,但是他做不到,"我来找您谈话,绝不是出于一时的心血来潮,而是经过深思熟虑的,我知道我是在干什么。我不得不把痛苦的实情告诉您,对此我感到非常痛心;因为我知道这些情况后,心里也很不好受。我老了老了,还遭人愚弄,完全看错了人,就是十六岁的孩子也会感到脸红的。"

别利托夫惊讶地望着老人。

"只要我一开口说话,我就会像马其顿的士兵一样,该怎么着就怎么着,后果如何,不是我的事;我老了,但没有人说我是胆小鬼,我也决不会因为胆小怕事,把坏事说成是好事。"

"听我说,谢苗·伊万诺维奇!我相信您不是胆小鬼,我更相信您也不会把我看成胆小鬼,但如果非要向我十分敬重的您证明这一点,那我会感到非常遗憾的;我看得出,您情绪非常激动,因此,无论如何,我们要创造一个环境:不要说粗话。因为它们对我有一种奇怪的作用:它们会使我忘记堕落到张口骂人地步的人身上的好的一面。靠骂人是说不清楚问题的,因此,现在我们谈正事吧,请原谅我的aviso①。"

"好吧,亲爱的先生,我将以礼相待、特别客气一些。

---

① 意大利文,意为"警告,告诫"。

请允许我斗胆问一句，弗拉基米尔·彼得罗维奇，您知不知道您破坏了一个幸福的家庭——四年来我常爱去串门，我把它当成了自己的家；可您把它给毁了，您一下子断送了四个人的幸福。出于对您孤身一人的同情，我把您介绍给了这家人；他们像亲人一样接纳了您，待您宛如家人，可您却怎么回报他们呢？请允许我告诉您：说不定做丈夫的明天就会上吊，或投河自尽，或终日烂醉如泥，我说不准；她会得肺结核——这一点我可以对您担保，孩子将会变成孤儿，由别人收养；最后全城的人都会祝贺您的胜利。也请接受我对您的祝贺！"

高尚的老人说到最后一句话时气得浑身都在发抖。

"也许，从更高的高度看，您觉得这算不了什么。"他停顿片刻，又补充说。

别利托夫从沙发上站起来，快步在屋里走来走去，然后突然在老人面前停住了脚步。

"那么请允许我现在问您一句，是谁给您权利让您如此蛮横无理地干涉我的生活隐私呢？您怎么知道我就不比别人更加不幸呢？但我不计较您说话的语气，请允许我来说一说。您需要从我这儿了解什么呢？是我爱不爱这个女人吗？我爱她！是的，没错！我可以重复一千遍：我全身心地爱着这个女人！我爱她，听见了吗？"

"您为什么要害她呢？要是您有良心的话，在您迈上第一个台阶时就应该立即止步，这样您就不会意识到自己的爱情！您为什么不离开他们家呢？为什么？"

"您可以问得更简单些：为什么我要活着？的确，我不知道！也许就是为了破坏这个家庭，为了毁灭我遇到的这个优秀的女人。这些问题，您问起来、评判起来，都很容易。显然，从青年时代起，您的心里一直就非常平静，要不然总会留下哪怕一点点的回忆的。请允许我来回答您的问题。是的！我感到现在没有进行自我辩解的必要——我不承认对我的审判，除了我自己——现在我只是谈一谈；此外，我对您也没有什么好说的了：我明白您的意思，您不过是想利用这件事，变着法儿侮辱谩骂罢了，最后只能使我们双方大动肝火。老实说，我根本不想和您决斗，其中还因为这个女人需要您，少不了您。"

"说吧，说吧，我听着呢。"

"我来这里时，正是我一生中最困难的时候。最近一个时期，我和国外的朋友们中断了联系，这里我又没有一个亲朋好友，在莫斯科，我拜访过几位——和他们没有任何共同语言！这就更增强了我来NN市的意愿。您知道这里的情况，也知道我在这里是否快活。突然，我遇到了这个女人……您喜欢她、尊重她，但您却完全不了解她，就像您不了解我一样。您高度珍视她的家庭幸福，她对丈夫和孩子的爱——仅此而已；请不要生气——有时候，人们谈的并不都是甜蜜真情……不要以为表面的亲近或长久的岁月会打开一个人的心灵——情况绝不是这样！有些人共同生活了二十年，进坟墓时还形同路人，这种事情屡见不鲜；有时候人们互相爱慕，却并不了解，而友好的同情者瞬间所了解的东西何止于他们的十倍百倍。再说了，您一向喜欢说教，用医生的眼光去看她，居高临下，而我呢，一个深深被她的超群魅力所吸引的人，拜倒在了她的面前。她实在是个无与伦比的人！我吃苦受累，花了半生时间所得到的结果，它们对于我是那么新颖，那么珍贵，那么完整无缺，可是在她看来却简单得很，是不言自明的道理：她觉得平常极了。我真不懂，我遇到过许多人，他们每个人迟早都会达到自己的极限，达到一道他们无法逾越的鸿沟；然而我在她身上没有看到这个极限。在我们长时间交谈的每个黄昏，我都体验到一种真正幸福的瞬间！……我在世态炎凉中得到了休息。一个人头一次懂得了什么是爱情，什么是幸福。为什么他没有就此停下来？这一点，说到底，显得非常可笑，因为我没有那么多的理智。而事情过后又完全没有这个必要了。等我清醒过来，自己明白了——为时已经晚了。"

"您总得说一说，您的目标是什么呀？喏，以后打算怎么办？"

"我没考虑过这一点，没法对您说什么。"

"您现在面临的就是您欠考虑的结果。"

"您以为我对这种结果就无动于衷，等着您来告诉我吗？在您之前我就知道，我的幸福是黯淡无光的，充满诗意与欢乐的时代已经过去，人们开始攻击这个女人……因为她站得很高,如鹤立鸡群。德米特里·雅科夫列维奇是个好人,他疯狂地爱她,但是他的爱有些病态;他的爱正在毁掉他自己,可这有什么办法呢?……更糟糕的是,他连她也一起毁了。"

"那该怎么办?照您的意思,眼看自己老婆在爱别的男人,他应该完全无动于衷吗?"

"我没有这样说。也许他应该做已经做了的事;每一个人都是忠于自己的天性的,尤其当他处于危机的时刻。可您知道他不该做什么吗?那就是把自己的生活和像她这样杰出的女人结合在一起。"

"遗憾的是,这话在婚礼前我对他说过,但是您也会同意,现在再谈这一点已经晚了;您到来之前,她一直很幸福。"

"谢苗·伊万诺维奇,这是不会永远维持下去的。这种错误迟早会表现出来的,您怎么就看不透这一点呢?!"

"老实说,这种事是很令人费解的!噢,我不是经常说家庭生活是非常危险的嘛,就像约翰①在荒野里传经布道一样,没有人听我的话。您哪怕是从同情、怜悯的角度……"

"老实说,我真不知道您究竟想要我干什么?她生病后我开始注意到她很忧郁,发现她丈夫有一种难言的、无奈绝望的心态。我几乎不再到他们家去了,这您知道;但这对我意味着什么,只有我知道;我曾经有二十次坐下来给她写信——由于担心影响她的身体,终于没有动笔;我去看过他

---

①西庇太之子,耶稣十二门徒中四大门徒之一,晚年被流放,又称使徒约翰,以便和施洗约翰相区别,见《圣经·新约》。

们——但我什么话都没说；您责怪我什么呢？您想要我干什么呢？您找上门来，我想不光是为了把我痛骂一顿吧？"

"弗拉基米尔·彼得罗维奇，喏，希望您能够证明自己是个意志坚强的人；我知道，这对您是很困难的，但还是希望您能够作出牺牲，很大的牺牲……这样我们，也就能够，拯救这个女人了；弗拉基米尔·彼得罗维奇，请您离开这里吧！……"

语气中温文尔雅代替了刚才的生硬冷漠……老人的声音有些颤抖。他喜欢别利托夫。

别利托夫打开皮包，从中找出一封没有写完的信交给他。

"请读一下吧。"他说。

信是写给母亲的，他告诉她自己决意再次到国外去，而且很快就要启程。

"您看，我要走了。您以为，好心的谢苗·伊万诺维奇，您这样便能够拯救她了吗？"他神情忧郁地问道，一面直摇头。

"可又有什么办法呢？"克鲁波夫有点无奈地问道。

"不知道，"别利托夫回答说，"谢苗·伊万诺维奇，我要给她写一封信，然后交给您，请您转交给她，能做到吗？"

"保证做到。"克鲁波夫回答说。

别利托夫把满面愁容、心情激动的谢苗·伊万诺维奇·克鲁波夫送到门口。

然后他回到自己的小桌旁，往沙发上一倒，感到浑身没有一点力气；显然，跟克鲁波夫的谈话给他带来了很大的打击,他还不能够控制住情绪,好好想一想,并且战胜它。他躺了约莫两个小时,手里拿着一支已经熄灭了的雪茄,后来,他拿过一张信纸,开始写信。写完后,他把信装好,穿上衣服,带着信到克鲁波夫那里去了。

"这就是我写给她的信,"别利托夫说,"您能不能,谢苗·伊万诺维奇,让我跟她见个面,当着您的面,只需两分钟,行吗?"

"为什么呢?"

"这您就不必问了,决不会有什么不好,要是您对我有过哪怕一点同情心的话,就请您帮帮我这个忙吧。"

"您要什么时候走?"

"明天上午。"

"请您八点钟到公园去。"

别利托夫握了握他的手。

"我今天看见过她,样子可怜极了。"

"别说了,谢苗·伊万诺维奇,一个字也别说了,求求您了。"

不幸的柳博芙·亚历山大罗夫娜挽着克鲁波夫走了过来,她脸色苍白,面容消瘦,两眼红肿;她还发着烧,眼神直让人害怕。她知道自己要到哪儿去,也知道为什么要去。他们走到那张她朝思暮想的长椅旁坐了下来;她哭着,手里拿着一封信;谢苗·伊万诺维奇·克鲁波夫的那套道德说教也说不出来了,他一个劲儿地直擦眼泪。

别利托夫走了过来；他脸上的高兴劲儿全没了，脸上的每一根线条都流露出难以忍受的痛苦；他拉着她的手。样子像死人。

"别了，"他对她说，声音勉强听得见，"我又要出去漂泊了；但是我们的相见、您的形象，将留在我心中……它们会在我生命的最后时刻给我以安慰。"

"永远不回来了？"她问道。

他没有作声。

"我的天呀！"她说后立刻便停住了，"别了，弗拉基米尔。"她低声又补充一句。然后，突然间，她的力量一下子好像增长了许多倍，她站起身来，紧紧握住他的手，声音响亮而清楚地说："弗拉基米尔，请您记住，您是个深深被爱着的人……一个被人无限爱着的人，弗拉基米尔！"

她走了，他没有挽留她，她鼓足勇气，迈着比她来时更加坚定的步子走了。

他望着他们的背影，一直到白色的风衣在白桦树林中看不见时为止。她没有勇气回过头来看一看。弗拉基米尔留了下来，他想："难道我真应该丢下她，永远离开吗？"他手扶着头，两眼紧闭，在哀痛欲绝、苦不堪言地坐了大约一个小时后，突然有人在喊他的名字；他抬头一看，勉强认出是一张一般文官所具有的脸型；别利托夫冷冷向他躬了躬身。

"您，弗拉基米尔·彼得罗维奇，好像是来尽情畅想、思考问题的吧？"

"是的，所以我喜欢一个人待着。"

"这话一点儿不错，不瞒您说，像您这样有教养的人，也许没有什么比独处更愉快的了。"这位文官一边坐在长椅上，"其实，有时候跟大伙在一起也不比独自一个人差。我刚才遇见了克鲁波夫，谢苗·伊万诺维奇，他也给自己找了一位年轻太太。"

在这位文官落座的时候，别利托夫立刻站起来就想走，但文官最后这句话使他停了下来。文官那副嘲弄人的样子很清楚地说明了他说这句话的用意。他很可能是受那个玛丽亚·斯捷潘诺夫娜的私下委托才到公园里来的。

"我认识跟克鲁波夫在一块儿的那位太太。"别利托夫说，直感到怒不可遏。

"是啊，我想您怎么能不认识呢？哈哈哈！"

那位举止轻浮的文官说："你们年轻人，对所有漂亮点儿的女人，全都认识。"

"您呀，不是个疯子，就是个蠢货！不管是哪种情况，一边待着去吧，您哪。"别利托夫说着，沿着林荫小道走去。

"您怎么敢这样说我？！"文官的脸红得像芍药花似的，从长椅上跳起来叫道。

别利托夫停住了脚步。

"您想要我怎么样，"他质问文官道，"跟您进行决斗？请便！无论什么孬种，我都能对付；如果不决斗，那就请您多多包涵，我有一个坏习惯，谁妨碍我散步，我会用拐杖把他赶走的。"

"什么拐杖?"文官问道,"您是什么人,竟敢拿拐杖威胁人?"

在任何其他情况下,别利托夫对这位可爱的文官都会忍俊不禁,一笑了之,但是碰上这个时候——就是这位文官先生不来,别利托夫也已经是火冒三丈了——他未必还能记得清自己在干什么和告诉文官先生应该如何行事。让文官先生大为惊讶的是,别利托夫竟然走了。

第二天早上,当管事格里戈里正忙着收拾行李的时候,别利托夫在屋子里来回走个不停;他的脑子里和胸中仿佛一片空虚,好像自己的半个生命和半个存在被投进了水里,踪影全无;因此他感到那样的可怕和痛心,那样的不寒而栗——突然,他眼睛充满了泪水。格里戈里问他十来遍了,他总是回答说:"随便怎么都行。"的确,此时此刻,不仅路上穿哪件大衣,甚至走哪条路,去巴黎还是去托博尔斯克,对他都无所谓。谢苗·伊万诺维奇·克鲁波夫走了进来,和昨天简直判若两人:两眼明显带着泪痕,走进来时轻手轻脚,用袖头轻轻掸去帽子上的灰尘,在窗边站了一小会儿,对格里戈里说,马车旁的撬杠还没有捆好,总之,一切还没有收拾停当。

"您感到满意了吧,谢苗·伊万诺维奇?"别利托夫含泪笑着说。

"我昨天言语上多有冒犯,唉,没办法,请您原谅⋯⋯要是您这就上路⋯⋯"

老人的声音哽住了。

"不要这样，谢苗·伊万诺维奇，不要这样，您这是怎么啦？"

别利托夫把两只手向他伸了过去。

"还有一件事：这是我送给您的，请您收下，留作纪念；我真的很喜欢您，我想……"他把一只挺大的精制羊皮公文包递给他，"我想把这个珍贵的礼物送给您，它对我非常珍贵。"

别利托夫将皮包打开，看了老人一眼，一下子扑过去搂住他的脖子；老人放声大哭，他说："老实说，我自己都觉得非常可笑，真是老糊涂了。多么愚蠢，一大把年纪了，动不动还要流泪。"

别利托夫一下子坐到椅子上，紧紧抱着那只公文包……这是柳博芙·亚历山大罗夫娜的一幅水彩画像。

克鲁波夫站在他面前，极力让别利托夫相信，他自己完全没有动感情；接着，他一面悄悄地擦着眼泪，一面做了如下说明：

"两年前，一位英国水彩画家，一位很不错的水彩画家，从这里路过，他画过一些大幅的油画画像，喏，省长书房里挂的省长夫人的画像就是他画的。我劝柳博芙·亚历山大罗夫娜也去画一张——一共去了三次……当时她想到没有？……"

别利托夫没有听他的说明，因此，当旅馆老板气喘吁吁地跑进来,打断克鲁波夫的话,说警察局长先生来了时,损失并不太大。

"他来干什么?"别利托夫问道。

"找阁下有事。"旅馆老板回答说。

"告诉他,我在房间里。"

警察局长走了进来,身上的马刀碰得叮当作响;从门口望出去,远远看见一位瘦瘦的警官和一名战战兢兢拿着警察局长外套的旅馆伙计。

别利托夫站起身来,他的整个神态表现出了他心中要问的问题,因此用不着多说什么。问题自然是:有何贵干?

"非常遗憾,弗拉基米尔·彼得罗维奇,我必须耽误您几分钟时间,您是不是打算要离开本市?"

"是的。"

"将军请您到他那里去一趟。菲尔斯·彼得罗维奇·叶尔卡涅维奇写信向大人投诉,指控您损害了他的名誉。我感到很抱歉,您自己也明白——这是例行公事,您知道,我的任务——就是公事公办。"

"事情来得太不凑巧了。请问,这要耽误我很长时间吗?"

"这要看您怎么样了,叶尔卡涅维奇是个品德高尚的人,只要您把事情解释清楚,想必他不会揪住不放的。"

"这有什么好解释的?"

"哎呀,弗拉基米尔·彼得罗维奇,叫我拿你怎么办呢?

老实说,你什么都不懂。"克鲁波夫说,"喏,要是您愿意,我跟警察局长先生去说,只要十五分钟就可以把事情办妥,怎么样?"

"非常感谢,衷心表示谢意。"

"那好极了,"警察局长说,"这是我们的神圣职责,能够这样用和平方式解决,使大家都满意,那是再好不过了。"

事情就这样了结了。

……两周后,一辆套有四匹骏马的四轮马车,沿着磨坊前的那条道路,从"白地"庄园驶上了大道,非常招眼。格里戈里坐在前座上,抽着烟斗,马车夫喔喔、吁吁地喊个不停,一心想让马儿跑得协调些,尽量按照他的指挥奔跑。河这边站着一位头戴包发帽、身穿白罩衫的老太太,她由女用人搀扶着,遥望着从四轮马车中探身出来的人,使劲挥动着被眼泪沾湿而变得沉甸甸的手绢,马车里的人也在挥动着手绢——道路慢慢地向右弯去;当马车沿着道路驶过去的时候,能够看见的也只是马车的后半身了,但就这后半车身很快也被扬起的尘土遮住了,等尘埃散去,除了道路,已经什么也看不见了;可是老太太依然站在那里,踮起脚尖,一个劲儿地向远处眺望着。

老太太在"白地"庄园生活得既枯燥,又空虚;每星期总有那么一两次,她觉得弗拉基米尔就要回来,她已经习惯于倾听从远处,从山那边传来的马车铃铛的声音,然后走到阳台上去迎接他的到来；就是在这个阳台上，她以前曾经等待过那个喜气洋洋、皮肤晒得黑黑的翩翩少年。她不觉惦念起 NN 市来了，因为那里有一个她儿子所钟情的女人，后者因为也爱他而成了不幸的牺牲品。入冬之前，老太太真的到城里来了。她找到了柳博芙·亚历山大罗夫娜，这时后者已经是病势危殆，朝不保夕了。当有人询问她的病情时，谢苗·伊万诺维奇·克鲁波夫更是哭丧着脸，连连摇头；悲不自胜的德米特里·雅科夫列维奇只知道向上帝祷告，借酒浇愁。索菲娅·阿列克谢耶夫娜要求来照料病人，天天守护在病榻旁；当柳博芙·亚历山大罗夫娜将脑袋靠在自己一只瘦骨嶙峋的手上，半张着嘴，眼含热泪，倾听一位老母亲滔滔不绝地讲述她们远在他乡的弗拉基米尔的故事的时候，在这种垂危之美和暮年之美的结合中，在这位双颊深陷、眼睛大而明亮、头发披到双肩、正在凋谢的女人身上，洋溢着某种富有高度诗意的东西……